La gravedad que nos atrae

Primera edición en este formato: abril de 2023
Título original: *The Gravity of Us*

© Brittainy Cherry, 2017
© de la traducción, Sonia Pensado, 2018
© de esta edición, Futurbox Project S.L., 2023
Todos los derechos reservados.
Los derechos de traducción de esta obra se han gestionado con Bookcase Literary Agency.

Diseño de cubierta: Taller de los Libros
Imagen de cubierta: Basia Stryjecka // Creative Market

Publicado por Wonderbooks
C/ Aragó, n.º 287, 2.º 1.ª
08009, Barcelona
info@wonderbooks.es
www.wonderbooks.es

ISBN: 978-84-18509-59-9
THEMA: FRD
Depósito Legal: B 7206-2023
Preimpresión: Taller de los Libros
Impresión y encuadernación: Liberdúplex
Impreso en España – *Printed in Spain*

BRITTAINY CHERRY

La GRAVEDAD que nos ATRAE

Serie

LOS ELEMENTOS

Traducción
Sonia Pensado

wonderbooks

Al amor y a todo el dolor que lo hace hundirse.
Al amor y a todos los latidos que lo hacen levantarse.

Prólogo

Lucy

2015

Antes de que mamá muriera hace cinco años, nos dejó tres regalos a mis hermanas y a mí. En el porche delantero de mi hermana Mari estaba la mecedora de madera que le dio. La recibió ella porque a mamá le preocupaba que fuera de mente inquieta. Mari era la mediana y, en cierto modo, le daba la sensación de que se perdía algo de la vida, lo que hacía que a menudo viviera en el limbo. «Si no dejas de pensar demasiado en las cosas, tu cerebro irá a mil, pequeña. A veces es bueno ir más despacio», le solía decir mamá. La mecedora era un recordatorio para Mari de que debía ir despacio y tomarse unos minutos para afrontar la vida y no dejarla pasar.

Nuestra hermana mayor, Lyric, recibió una cajita de música con una bailarina. Cuando éramos pequeñas, Lyric soñaba con bailar, pero con los años dejó aparcado ese sueño. Tras crecer junto a mamá, que toda la vida había sido una rebelde, a Lyric le empezó a molestar la idea de una carrera motivada por la pasión. Mamá vivió la vida de la forma más pasional posible y, a veces, eso implicaba que no sabíamos de dónde sacaríamos la comida el día siguiente. Cuando llegaba el momento de pagar el alquiler, ya lo teníamos todo recogido y nos habíamos puesto en marcha hacia nuestra nueva aventura.

Mamá y Lyric siempre discutían. Me daba la sensación de que mi hermana se sentía responsable de todas nosotras, como si tuviera que hacer de madre de su propia madre. Mari y yo éramos jó-

9

venes y libres; nos gustaban las aventuras, pero Lyric las aborrecía. Aborrecía no tener un lugar estable al que llamar hogar y el hecho de que mamá no tuviera ninguna estructura en su vida. Aborrecía que la libertad fuera su jaula. Cuando Lyric tuvo la oportunidad de marcharse, se alejó de nuestro lado para convertirse en una abogada de lujo. Nunca supe qué fue de la cajita de música, pero tenía la esperanza de que Lyric aún la conservara.

—Baila siempre, Lyric —le repetía mamá una y otra vez—, baila siempre.

A mí, mamá me regaló su corazón.

Era una pequeña piedra con forma de corazón que llevaba alrededor del cuello desde su adolescencia y fue todo un honor para mí que me la diera.

—Es el corazón de la familia —me dijo—. De una rebelde a otra: nunca te olvides de amar plenamente, mi Lucille. Necesitaré que mantengas a la familia unida y que estés ahí para tus hermanas en los momentos difíciles, ¿vale? Tú serás su fortaleza. Lo sé porque ya amas con mucha intensidad. Hasta las almas más oscuras pueden encontrar cierta luz en tu sonrisa. Estoy segura de que protegerás a esta familia, Lucy, y por eso no tengo miedo de despedirme.

El collar no se ha separado de mi cuello desde que mamá falleció hace años, pero aquella tarde de verano lo sujeté en la mano con más fuerza mientras miraba fijamente la mecedora de Mari. La muerte de mamá había afectado a Mari profundamente y todo lo que le habían enseñado sobre espiritualidad y libertad le parecía una mentira.

—Era muy joven —dijo Mari el día que mamá falleció. Ella creía que nuestro tiempo debería ser casi infinito—. No es justo —comentó con tristeza.

Yo solo tenía dieciocho años cuando murió y Mari, veinte. En ese momento era como si nos hubieran robado toda la luz y no teníamos ni idea de cómo salir adelante.

—*Maktub* —susurré mientras la abrazaba con fuerza. Las dos nos habíamos tatuado la palabra en la muñeca y significaba «está escrito». Todo en la vida sucedía por alguna razón, sucedía exactamente como se suponía que debía ser, sin importar lo doloroso que pudiera parecer. Algunas historias de amor tenían que ser eternas y otras duraban solo una estación. Mari había olvidado que la historia de amor entre una madre y una hija siempre estaba ahí, incluso con el cambio de estación.

La muerte no era algo que pudiera alterar ese tipo de amor, pero, tras la muerte de mamá, Mari dejó a un lado su naturaleza de espíritu libre, conoció a un chico y echó raíces en Wauwatosa, Wisconsin; todo en nombre del amor.

Amor.

El sentimiento que hacía que la gente volara y también que se estrellara. Iluminaba al ser humano y le quemaba el corazón. Era el inicio y el final de todo viaje.

Cuando me mudé con Mari y su marido, Parker, sabía que sería solo algo temporal, pero me descolocó por completo pillarlo marchándose aquella tarde. La brisa del final del verano era cortante porque llevaba el rastro del frío del otoño latente tras las sombras. Parker no me había oído acercarme a él por detrás, estaba muy ocupado tirando el equipaje en su sedán gris.

Entre sus labios apretados descansaban dos palillos y el traje azul marino de marca se le ajustaba perfectamente a la piel, con su pañuelo doblado en el bolsillo derecho de la americana. Estaba segura de que, cuando muriera, le gustaría que lo enterraran con todos sus pañuelos. Era su manía, al igual que la colección de calcetines que tenía. Nunca había visto a nadie planchar tantos pañuelos y calcetines hasta que conocí a Parker Lee. Me dijo que era algo normal, pero su idea de normal difería de la mía.

Por ejemplo, para mí era normal comer pizza cinco días a la semana, pero para él solo eran carbohidratos innecesarios. Eso debería haberme disparado las alarmas cuando lo conocí. Había habido muchas señales de alarma. Un hombre al que no le gustaban la pizza, los tacos o llevar pijama los domingos por la tarde no era alguien que debiera cruzarse en mi camino.

Se inclinó sobre el maletero y se puso a mover las maletas para tener más espacio.

—¿Qué haces? —pregunté.

Mi voz lo desconcentró y dio un salto que le hizo golpearse contra el capó.

—¡Mierda! —Se puso derecho mientras se frotaba la coronilla—. Joder, Lucy, no te había visto. —Se pasó las manos por el pelo rubio y sucio antes de meterlas en los bolsillos del pantalón—. Pensaba que estabas trabajando.

—Hoy el padre de los niños ha vuelto antes a casa —dije refiriéndome a mi trabajo como niñera mientras no le quitaba ojo al maletero del coche—. ¿Tienes alguna conferencia de trabajo o algo? Tendrías que haberme llamado. Podría haber venido para...

—¿Eso significa que hoy cobrarás menos? —me interrumpió sin responder a mi pregunta—. ¿Así cómo vas a ayudarnos con las facturas, eh? ¿Por qué no haces más horas en la cafetería? —El sudor le resbalaba por la frente porque nos daba el sol de pleno.

—Hace semanas que dejé la cafetería, Parker. No es que me ganara los garbanzos precisamente. Además, pensé que, como trabajas, aquí os podría ayudar más.

—Joder, Lucy, eso es muy típico de ti. ¿Cómo pudiste ser tan irresponsable? Sobre todo con lo que está pasando. —Echó a caminar moviendo las manos enfadado, echando pestes de todo, lo que cada vez me confundía más.

—¿Y qué está pasando exactamente? —Di un paso hacia él—. ¿A dónde vas, Parker?

Se quedó quieto y abrió mucho los ojos. Algo cambió en su interior. El enfado se transformó y dio paso al remordimiento que tenía escondido:

—Lo siento.

—¿Lo sientes? —El corazón se me encogió—. ¿Por qué? No sabía por qué, pero mi pecho empezó a colapsarse a medida que una avalancha de sentimientos se agolpaba en mi mente. Ya estaba prediciendo la destrucción de sus próximas palabras. Se me iba a partir el corazón.

—Ya no puedo seguir así, Lucy. No puedo.

La forma con la que pronunció esas palabras hizo que se me encogiera todo. Lo dijo como si se sintiera culpable, pero las maletas en el coche demostraban que, a pesar de la culpabilidad, ya se había decidido. Sus pensamientos estaban muy lejos de allí.

—Está mejorando —dije con la voz temblorosa por el miedo y la inquietud.

—Es demasiado. No puedo… Ella… —Suspiró y se restregó el dorso de la mano contra la sien—. No puedo quedarme para ver cómo se muere.

—Pues quédate para ver cómo vive.

—No puedo dormir. Hace días que no como. Mi jefe se mete en mis casos porque me quedo atrás y no puedo perder este trabajo, sobre todo con los gastos médicos. He trabajado muy duro para conseguir todo lo que tengo y no puedo perderlo por esto. No puedo hacer más sacrificios. Estoy cansado, Lucy.

«Estoy cansado, Lucy».

¿Cómo se atrevía a usar esas palabras? ¿Cómo se atrevía a afirmar que estaba exhausto como si fuera él el que estaba librando la mayor batalla de su vida?

—Todos estamos cansados, Parker. Todos estamos lidiando con ello. Yo me he mudado con vosotros para poder cuidarla, para facilitarte las cosas, ¿y ahora pierdes la fe en ella? ¿En vuestro matrimonio? —Ninguna palabra por su parte. Mi corazón se partió—. ¿Ella lo sabe? ¿Le has dicho que te vas?

—No —negó, avergonzado—. No lo sabe. He pensado que así sería más fácil. No quiero que se preocupe.

Resoplé impactada por las mentiras que me lanzaba y aún más anonadada por cómo, de alguna manera, se las creía como si fueran ciertas.

—Lo siento. He dejado dinero sobre la mesa del recibidor. Te iré preguntando si está bien, si está cómoda. Incluso os puedo hacer una transferencia con más dinero si lo necesitáis.

—No quiero tu dinero —dije, indiferente a su gesto de dolor—. No necesitamos nada de ti.

Abrió la boca para decir algo, pero la cerró con rapidez, incapaz de formar ninguna frase que pudiera suavizar un poco la situación. Observé todos sus pasos mientras se dirigía a la puerta del conductor y, cuando llegó, lo llamé. No se volvió para mirarme, pero levantó las orejas, esperando.

—Si abandonas ahora a mi hermana, no te molestes en volver. No te molestes en llamar cuando estés bebido o para saber cómo está si te encuentras triste. Cuando supere el cáncer, porque lo conseguirá, no te molestes en regresar como si nada y hacer ver que la amas. ¿Lo has entendido?

—Claro que sí.

Esas tres palabras eran las mismas con las que, entusiasmado, se había comprometido con Mari en la salud y en la enfermedad. Ahora eran palabras llenas de agonía y mentiras asquerosas.

Entró en el coche y se marchó sin pisar el freno ni una vez. Me quedé allí unos instantes, sin saber cómo entrar y explicarle a mi hermana que su marido la había abandonado en plena tormenta.

Mi corazón volvió a partirse.

Se me rompió el corazón por mi hermana, la inocencia en un mundo lleno de crueldad. Había dejado atrás su vida de espíritu libre para vivir de forma más estructurada y ambos mundos se habían vuelto contra ella.

Respiré hondo y coloqué la palma de la mano sobre mi collar con forma de corazón.

«Maktub».

En vez de salir corriendo como Parker, fui a ver a Mari. Estaba descansando tumbada encima de la cama. Le sonreí y ella me devolvió la sonrisa. Estaba muy delgada por la batalla diaria contra la muerte. Un pañuelo le envolvía la cabeza, donde ya solo quedaba el recuerdo de lo que un día fue una larga cabellera morena. A veces eso la entristecía cuando se miraba en el espejo, pero ella no veía lo que yo veía. Era muy guapa, incluso con la enfermedad. Su brillo natural no se lo podían llevar aquellos cambios corporales, porque su belleza estaba arraigada en su alma, donde solo residían la luz y la bondad.

Se pondría bien, estaba segura de ello porque era una luchadora.

El pelo le volvería a crecer, los huesos recobrarían su fuerza, pero la razón más que suficiente para celebrar cada día era que su corazón seguía latiendo.

—Hola, guisantito —susurré acercándome deprisa a la cama y acostándome a su lado. Ella se movió para ponerse de cara a mí. Incluso estando tan débil, encontraba la manera de sonreír cada día.

—Hola, garbancito.

—Tengo algo que decirte.

Cerró los ojos.

—Se ha ido.

—¿Lo sabías?

—Le he visto hacer las maletas cuando pensaba que dormía. —Las lágrimas empezaron a caerle por las comisuras de los ojos, que mantenía cerrados.

Estuvimos allí tumbadas un rato. Su tristeza se convirtió en mis lágrimas y sus lágrimas expresaban mi tristeza.

—¿Crees que me echará de menos cuando me muera? —preguntó. Cada vez que sacaba el tema de la muerte me entraban ganas de maldecir al mundo entero por herir a mi mejor amiga, a mi familia.

—No digas eso —la reñí.

—¿Pero tú crees que me echará de menos? —Abrió los ojos y estiró los brazos para cogerme las manos—. ¿Te acuerdas cuando éramos pequeñas y tuve aquella pesadilla en la que mamá se moría? Me pasé todo el día llorando y, entonces, ¿recuerdas que nos dio una charla sobre la muerte? ¿Sobre que no es el final del camino?

Asentí.

—Sí, nos dijo que la veríamos por todos lados: en los rayos de sol, en las sombras, en las flores, en la lluvia. Dijo que la muerte no nos mata, solo nos abre las puertas a un nuevo mundo.

—¿La ves alguna vez? —susurró.

—Sí, en todo. En absolutamente todo.

Un suave quejido le brotó de los labios y asintió.

—Yo también, pero donde más la veo es en ti.

Esas eran las palabras más bonitas que nunca me habían dedicado. Echaba de menos a mamá a cada segundo del día y que Mari me dijera que la veía en mí significaba más de lo que se podía llegar a imaginar. Me acerqué más a ella y la envolví en un abrazo.

—Te echará de menos. Te echará de menos ahora que estás viva y sana, y te echará de menos cuando formes parte de los árboles. Te echará de menos mañana y cuando te conviertas en el viento que le roza el hombro. El mundo te echará de menos, Mari, aunque aún te quedan muchos años por aquí. En cuanto estés mejor abriremos la floristería, ¿vale? Entre las dos lo conseguiremos.

Mi hermana y yo siempre habíamos sido unas enamoradas de la naturaleza. Siempre habíamos soñado con montar una floristería e incluso llegamos a ir a la Escuela de Diseño Floral de Milwaukee, Wisconsin. Ambas nos graduamos en Administración de Empresas para así tener todos los conocimientos sobre negocios a nuestra disposición. De no ser por el cáncer, ya tendríamos nuestra propia tienda. Así que, cuando el cáncer se fuera, tenía planeado hacer todo lo que estuviera a mi alcance para hacer realidad la tienda.

—¿Vale, Mari? Eso es lo que haremos —repetí intentando sonar más convincente, intentando tranquilizarla.

—Vale —contestó, pero con un tono de voz que delataba sus dudas. Sus salvajes ojos marrones, como los de mamá, estaban llenos de la más profunda melancolía—. ¿Puedes traer el tarro? ¿Y la bolsa de las monedas?

Suspiré, pero lo hice. Me apuré hasta el comedor, donde habíamos dejado el tarro y la bolsa con las monedas la noche anterior. El tarro de cristal estaba recubierto con cinta rosa y negra y prácticamente lleno de monedas. En un lateral tenía escritas las letras PN, que hacían referencia a los pensamientos negativos. Cada vez que un pensamiento negativo se nos pasaba por la cabeza, metíamos una moneda en el tarro. Cada pensamiento negativo nos conducía a un precioso resultado: Europa. Cuando Mari estuviera mejor usaríamos el dinero para viajar con la mochila a cuestas por Europa, un sueño que siempre quisimos cumplir. Por cada pensamiento negativo del hoy, las monedas nos recordarían que el mañana sería mejor.

Ya teníamos ocho tarros llenos a rebosar.

Me senté en la cama de Mari y ella se incorporó ligeramente y cogió la bolsa de las monedas.

—Garbancito —susurró.

—Dime, guisantito.

Las lágrimas le corrían por las mejillas cada vez más deprisa a medida que los sentimientos se apoderaban de su cuerpecito.

—Vamos a necesitar más dinero.

Metió todas las monedas en el tarro y cuando acabó la envolví con mis brazos, donde se derrumbó por completo. Llevaban cinco años de matrimonio y salud, y solo habían sido necesarios siete meses de enfermedad para que Parker desapareciera y dejara a mi pobre hermana con el corazón destrozado.

—¿Lucy? —Oí mi nombre mientras estaba sentada en el porche delantero. Llevaba una hora en la mecedora mientras Mari descansaba; intentaba con todas mis fuerzas entender cómo podía ser que todo lo que había pasado tuviera que pasar. Al levantar la mirada vi a Richard, mi novio, que corría hacia mí después de saltar de la bici y apoyarla junto al porche.

—¿Qué pasa? He recibido tu mensaje. —Richard llevaba la camiseta manchada de pintura como siempre, la consecuencia de ser el artista creativo que era—. Siento no haberte cogido las llamadas. Tenía el móvil en silencio mientras ahogaba las penas bebiendo porque me han vuelto a rechazar la invitación para otra galería de arte.

Se acercó y me besó la frente.

—¿Qué pasa? —preguntó de nuevo.

—Parker se ha ido.

Esas pocas palabras bastaron para dejar boquiabierto a Richard. Lo puse al día y cuanto más hablaba, más suspiraba.

—¿Estás de broma? Y Mari, ¿se encuentra bien?

Negué con la cabeza; ¡claro que no estaba bien!

—Deberíamos entrar —dijo buscando mi mano, pero se la rechacé.

—Tengo que llamar a Lyric. Hace horas que intento localizarla, pero no me contesta. Voy a seguir intentándolo un rato. ¿Podrías mirar si está bien y si necesita algo?

—Claro —afirmó.

Estiré el brazo y le limpié una mancha de pintura amarilla de la mejilla antes de besarlo.

—Siento lo de la galería.

Hizo una mueca y se encogió de hombros.

—No pasa nada. Si a ti te vale salir con un mierda que no es lo bastante bueno como para que expongan su obra, entonces a mí también me vale.

Hacía tres años que estaba con Richard y no me podía imaginar estar con alguien que no fuera él. Me daba rabia que el mundo aún no le hubiera dado la oportunidad de brillar; se merecía tener éxito. Pero, hasta que le llegara, yo estaría a su lado, sería su mayor admiradora.

Cuando entró, volví a marcar el número de Lyric.

—¿Diga?

—Lyric, por fin —dije con un suspiro y me tensé al oír la voz de mi hermana por primera vez en mucho tiempo—. Llevo todo el día intentando hablar contigo.

—Bueno, no todas podemos permitirnos ser la señora Doubtfire y además trabajar a media jornada en una cafetería, Lucy —dijo con un sarcasmo alto y claro.

—La verdad es que ahora solo soy niñera. Dejé la cafetería.

—Qué raro —replicó—. Oye, ¿necesitas algo o solo te aburrías y has decidido llamarme una y otra vez?

Su tono era el mismo que había usado casi siempre conmigo; era como si mi simple existencia la decepcionara. Lyric conseguía aguantar las peculiaridades de Mari, sobre todo desde que se había instalado con Parker. Después de todo, Lyric fue la que los presentó. Sin embargo, mi relación con mi hermana mayor era completamente diferente. A menudo pensaba que me odiaba porque le recordaba demasiado a mamá.

Con el tiempo me di cuenta de que me odiaba porque yo no era más que yo misma.

—Eh, no, es por Mari.

—¿Está bien? —preguntó con la voz teñida de una falsa preocupación. La oía teclear en el ordenador, trabajaría hasta bien entrada la noche—. ¿No habrá...?

—¿Muerto? —Resoplé—. No, sigue viva, pero Parker se ha ido hoy.

—¿Irse? ¿A qué te refieres?

—A que se ha ido. Ha hecho las maletas, ha dicho que no podía soportar verla morir y se ha ido con el coche. La ha dejado sola.

—Por Dios, menuda locura.

—Pues sí.

Hubo un silencio largo en el que la oía teclear.

—¿No le habrás tocado las narices o algo por el estilo?

—¿Cómo? —Dejé de balancearme en la silla.

—Vamos, Lucy. Desde que te mudaste para ayudarlos, seguro que no les has puesto nada fácil la convivencia contigo. Eres una persona muy difícil. —De alguna manera, se las había arreglado para hacer lo que siempre hacía cuando yo estaba involucrada en algún asunto: convertirme en la mala. Me culpaba a mí por que un cobarde hubiera abandonado a su mujer.

Tragué saliva con dificultad e ignoré su comentario:

—Solo quería que lo supieras, nada más.

—¿Y Parker está bien?

«¿Cómo?»

—Creo que lo que querías preguntar es si Mari está bien y no, para nada. Está luchando contra un cáncer, su marido la acaba de dejar y apenas tiene un centavo a su nombre, por no mencionar las fuerzas para seguir adelante.

—Ah, ya estamos —murmuró Lyric.

—¿Ya estamos con qué?

—Me llamas para pedirme dinero. ¿Cuánto necesitas?

Se me hizo un nudo en el estómago con sus palabras y un sabor repugnante me inundó la boca. ¿Pensaba que la había llamado porque quería dinero?

—Te he llamado porque tu hermana lo está pasando mal y se siente sola, y pensé que quizás querrías venir a verla para asegurarte de que está bien. No quiero tu dinero, Lyric. Quiero que empieces a actuar como una puñetera hermana.

Hubo otro momento de silencio, pero el tecleo no cesaba.

—Mira, estoy hasta arriba en el trabajo. Tengo unos casos que acaban de llegar al bufete y ahora mismo no puedo permitirme dejarlos. Me es imposible acercarme a su casa hasta quizás la semana que viene o la otra.

Lyric vivía en el centro, a tan solo veinte minutos en coche, pero, de todas formas, estaba convencida de que estaba muy lejos.

—Da igual, ¿vale? Haz como si no te hubiera llamado.

Los ojos se me inundaron de lágrimas, estaba estupefacta por la frialdad de alguien a quien alguna vez había admirado. El ADN decía que era mi hermana, pero sus palabras me transmitían que era una completa desconocida.

—Basta ya, Lucy. Deja esa actitud pasivo-agresiva. Mañana os dejaré un cheque en el correo, ¿de acuerdo?

—No, de verdad. No necesitamos tu dinero, ni tu apoyo. No sé ni por qué te he llamado. Apúntatelo como una debilidad mía. Adiós, Lyric. Mucha suerte con los casos.

—Sí, vale. Y, Lucy…

—¿Sí?

—Quizás deberías recuperar el trabajo de camarera cuanto antes.

Al cabo de un rato, me levanté de la mecedora y me fui al cuarto de invitados en el que me había instalado. Cerré la puerta del dormitorio, cogí el collar con las manos y cerré los ojos. «Aire encima de mí, tierra debajo de mí, fuego dentro de mí, agua alrededor de mí...». Respiraba profundamente y sin parar de repetir las palabras que me había enseñado mamá. Siempre que perdía el equilibrio vital y se sentía lejos del suelo, repetía ese cántico para recuperar su fortaleza interior.

Aunque yo repetía las mismas palabras, sentía que no me funcionaban.

Dejé caer los hombros y las lágrimas me empañaron los ojos mientras hablaba con la única mujer que me había llegado a entender de verdad. «Mamá, tengo miedo y no me gusta nada. No me gusta estar asustada, porque significa que, en cierto modo, pienso igual que Parker. Una parte de mí no cree que lo vaya a conseguir y me siento aterrorizada cada día».

Era desgarrador ver cómo tu mejor amiga se consumía. Sabía que la muerte era solo el próximo capítulo de sus preciosas memorias, pero eso no me ayudaba a aceptarlo. En un rincón de mi mente, sabía que cualquier abrazo podía ser el último y que cualquier palabra podía ser un adiós.

«Me siento culpable porque por cada pensamiento positivo que tengo, aparecen cinco negativos. En el armario tengo quince tarros a rebosar de monedas que Mari ni siquiera sabe que existen. Estoy cansada, mamá. Estoy agotada y, entonces, me siento culpable por estar a punto de derrumbarme. Tengo que mantenerme fuerte, porque ella no necesita que nadie más de su entorno se derrumbe. Sé que nos has enseñado que no debemos odiar a nadie, pero odio a Parker. Dios no lo quiera, pero si estos son los últimos días de Mari, odio que los haya manchado. Sus últimos días no deberían estar llenos del recuerdo de su marido abandonándola».

No era justo que Parker pudiera hacer las maletas y escapar hacia una nueva vida sin mi hermana. Quizás encontrara el amor algún día, pero ¿y Mari? Él era el amor de su vida y eso era lo que más me dolía. Conocía a mi hermana como la palma de mi mano y sabía lo noble que era su corazón. Sufría con cada herida diez veces más que los demás. Abría su corazón a todo el mundo y les dejaba oír sus latidos, incluso a los que no se merecían su sonido, y rezaba para que les llegara a encantar. Ella siempre había querido que la amaran y yo odiaba que Parker la hiciera sentir que había fracasado. Dejaría el mundo con la sensación de que había fracasado en su matrimonio, todo en nombre del amor.

Amor.

El sentimiento que hacía que la gente volara y también que se estrellara. Iluminaba al ser humano y le quemaba el corazón. Era el inicio y el final de todo viaje.

Con el paso de los días, los meses y los años, las noticias que Mari y yo teníamos de Parker y Lyric disminuían. Las llamadas que hacía por pena eran cada vez menos frecuentes y los cheques enviados porque se sentía culpable dejaron de llegar por correo. Mari se pasó semanas llorando cuando le llegaron los papeles del divorcio al buzón. Yo me mantenía fuerte por ella en público y lloraba por su corazón en privado.

No era justo cómo el mundo se había llevado la salud de Mari y después aún había tenido el valor de regresar para asegurarse de que su corazón también se partía en un trillón de pedacitos. Con cada inspiración, Mari maldecía su cuerpo por traicionarla y por arruinar la vida que había construido. Con cada espiración, rezaba para que su marido volviera a casa. Nunca se lo dije a ella, pero con cada inspiración yo suplicaba que se curara y, con cada espiración, rezaba por que su marido nunca volviera.

Capítulo 1

Graham

2017

Dos días antes había comprado flores para alguien que no era mi mujer. No había salido de la oficina desde la compra. Había papeles desperdigados por todos lados: postales, *post-its,* papeles arrugados con garabatos sin sentido y palabras tachadas. Encima de la mesa descansaban cinco botellas de whisky y una caja de puros sin abrir.

Me escocían los ojos por el cansancio, pero no podía cerrarlos porque tenía la mirada inexpresiva y fija en la pantalla del ordenador, donde escribía palabras que después borraría.

Nunca le había comprado flores a mi esposa.

Nunca le había regalado bombones por San Valentín, encontraba absurdo regalar peluches y no tenía ni idea de cuál era su color favorito.

Ella tampoco tenía ni idea de cuál era el mío. Pero yo sí sabía quién era su político favorito. Conocía su opinión sobre el calentamiento global, ella sabía mi punto de vista sobre la religión y ambos sabíamos nuestra opinión sobre los hijos: nunca quisimos tenerlos.

Eso era lo que habíamos decidido que más nos importaba, era lo que nos unía. Ambos nos dedicábamos por entero al trabajo y teníamos poco tiempo para el otro y mucho menos para la familia.

Yo no era una persona romántica y a Jane no le importaba porque ella tampoco lo era. No se nos veía a menudo agarrados de la mano o intercambiando besos en público. No éramos de achucharnos o de expresar nuestro amor en las redes sociales, pero eso no significaba que nuestro amor no fuera real. Nos preocupábamos el uno por el otro a nuestra manera. Éramos una pareja racional que entendía lo que significaba estar enamorado, estar comprometido el uno con el otro, aunque nunca nos hubiéramos adentrado en los aspectos románticos de una relación.

Nuestro amor se basaba en el respeto mutuo; eso era lo que lo conducía. Cada decisión importante que tomábamos siempre se estudiaba minuciosamente y a menudo implicaba la realización de esquemas y gráficas. El día que le pedí matrimonio, hicimos quince diagramas de sectores y de flujos para asegurarnos de que tomábamos de decisión correcta.

¿Es romántico?

Quizás no.

¿Es lógico?

Sin duda.

Por eso me preocupaba esa invasión durante el plazo de entrega. Nunca me interrumpía cuando estaba trabajando, así que era más que raro que entrara en el despacho antes de la fecha de entrega.

Me faltaban todavía noventa y cinco mil.

Noventa y cinco mil palabras antes de enviarle el manuscrito al editor en dos semanas. Noventa y cinco mil palabras equivalían a una media de seis mil setecientas ochenta y seis palabras por día. Lo que significaba que me pasaría las siguientes dos semanas delante del ordenador, sin apenas poder salir para respirar aire puro.

Mis dedos iban a toda velocidad, tecleando y tecleando tan rápido como podían. Las ojeras púrpuras bajo mis ojos mostraban mi agotamiento y me dolía la espalda por llevar horas sin moverme de la silla. Sin embargo, cuando me sentaba delante del ordenador con dedos automatizados y ojos de zombi, me sentía más yo que nunca.

—Graham —dijo Jane, lo que me sacó de mi mundo terrorífico y me llevó al suyo—, deberíamos irnos.

Estaba de pie en la puerta de mi despacho. Llevaba el pelo rizado y se me hacía raro verla así, ya que siempre lo llevaba liso. Cada día se levantaba horas antes que yo para domar su melena de leona rizada y rubia. Podía contar con los dedos de una mano las veces que la había visto con sus rizos naturales. Junto con la melena rebelde, su maquillaje también estaba emborronado porque era de la noche anterior.

Solo la había visto llorar dos veces desde que estábamos juntos: una cuando supo que estaba embarazada hacía siete meses y otra cuando recibimos malas noticias hacía cuatro días.

—¿No te tienes que alisar el pelo? —pregunté.

—Hoy no me lo aliso.

—Siempre te lo alisas.

—Hace cuatro días que no me lo aliso. —Frunció el ceño, pero yo no hice ningún comentario sobre su decepción. No quería lidiar con sus sentimientos aquella tarde. Los últimos cuatro días había estado hecha polvo, todo lo contrario a la mujer con la que me casé, y yo no era alguien con quien poder hablar sobre sentimientos.

Jane tenía que recomponerse.

Volví la mirada a la pantalla del ordenador y mis dedos siguieron moviéndose con rapidez por el teclado.

—Graham —refunfuñó, caminando como un pato hacia mí con su prominente barriga de embarazada—, tenemos que ir tirando.

—Tengo que acabar el manuscrito.

—Llevas cuatro días sin parar de escribir. Te acuestas a las tres de la madrugada y a las seis ya estás en pie. Necesitas un descanso. Además, no podemos llegar tarde.

Me aclaré la garganta y seguí tecleando.

—He decidido que voy a tener que perderme ese acontecimiento absurdo. Lo siento, Jane.

De reojo vi que se quedaba boquiabierta.

—¿Acontecimiento absurdo? Graham… es el funeral de tu padre.

—Lo dices como si me tuviera que importar.

—Claro que te importa.

—No me digas lo que me importa y lo que no. Es denigrante.

—Estás cansado —dijo.

«Venga, otra vez hablando por mí».

—Ya dormiré cuando tenga ochenta o cuando esté como mi padre. Seguro que esta noche duerme bien.

Se horrorizó. Me daba igual.

—¿Has estado bebiendo? —preguntó preocupada.

—En todos los años que llevamos juntos, ¿me has visto beber alguna vez?

Analizó las botellas de alcohol que me rodeaban y dejó escapar un leve suspiro.

—Ya lo sé, lo siento. Simplemente es que… has añadido más botellas a la mesa.

—Es un tributo a mi querido padre. Que se pudra en el infierno.

—No hables mal de los muertos —dijo Jane antes de notar una molestia y llevarse las manos a la barriga—. Dios, qué sensación tan desagradable. —Me apartó las manos del teclado y me las puso en su barriga—. Es como si me diera patadas en todos y cada uno de los órganos que tengo. No lo soporto.

—Qué maternal eres —me burlé aún con las manos en su barriga.

—Nunca quise tener hijos —soltó y se retorció de nuevo—. Nunca.

—Sin embargo, aquí estamos —repliqué. No estaba convencido de que Jane hubiera asumido del todo que en unos dos meses daría a luz a un ser humano de verdad que necesitaría su amor y atención las veinticuatro horas del día.

Si había alguien que diera menos amor que yo, esa era mi mujer.

—Dios —murmuró y cerró los ojos—, hoy me siento rara.

—Quizás deberíamos ir al hospital —ofrecí.

—Buen intento. Vas a ir al funeral de tu padre.

«Mierda».

—Aún nos falta encontrar una niñera —dijo—. El bufete me ha dado unas semanas de baja de maternidad, pero no tengo que gastarlas todas si encontramos una niñera decente. Me encantaría que fuera una mujercita mexicana ya con sus años y mejor si tiene la tarjeta de residente permanente.

Fruncí el ceño, molesto.

—Sabes que lo que acabas de decir no es solo repugnante y racista, sino que decírselo a tu marido medio mexicano también es de mal gusto, ¿verdad?

—Casi no tienes nada de mexicano, Graham. Ni siquiera hablas una pizca del idioma.

—Lo que me convierte en no mexicano, ya me había dado cuenta, gracias —dije con frialdad. A veces mi mujer era la persona a la que más odiaba. Aunque estábamos de acuerdo en muchas cosas, a veces las palabras que le salían de la boca me hacían replantearme todos los gráficos de flujos que habíamos hecho.

¿Cómo alguien tan hermoso podía ser tan feo de vez en cuando?

Pum.

Pum.

Se me encogió el corazón, todavía tenía las manos sobre la barriga de Jane.

Esas pataditas me aterrorizaban. Si algo sabía seguro era que yo no estaba hecho para ser padre. Mi historial familiar me hacía pensar que cualquier cosa que surgiera de mi línea sucesoria no sería buena.

Solo le rezaba a Dios para que el bebé no heredara ninguna de mis cualidades o, lo que era peor, de mi padre.

Jane se apoyó sobre la mesa y me desordenó los papeles perfectamente colocados; mis manos seguían en su barriga.

—Es hora de darse una ducha y cambiarse. Te dejo el traje colgado en el baño.

—Ya te he dicho que no puedo ir a ese acontecimiento. Tengo una fecha de entrega que respetar.

—Tú tienes una fecha de entrega que respetar y tu padre ya cumplió con la suya, por eso ahora toca mandar su manuscrito.

—¿Por manuscrito te refieres a su ataúd?

Jane frunció el ceño.

—No, deja de decir tonterías. Su cuerpo es el manuscrito; el ataúd es la cubierta del libro.

—Una cubierta extremadamente cara. Aún no me creo que eligiera un féretro forrado con oro. —Hice una pausa y me mordí el labio—. Mejor pensado, sí que me lo creo. Ya conocías a mi padre.

—Hoy habrá mucha gente. Sus lectores y compañeros. Centenares de personas irían a celebrar la vida de Kent Russell.

—Será un circo —me quejé—. Llorarán por él llenos de tristeza y se sentarán sin poder creérselo. No dejarán de llegar con sus historias y sufrimiento: «No me creo lo de Kent, no puede ser. Él es la razón por la que empecé a escribir. Llevo cinco años sobrio gracias a este hombre. No me puedo creer que se haya ido. Kent Theodore Russell, un marido, un padre, un héroe. El ganador de un Premio Nobel. Muerto». La gente llorará su muerte.

—¿Y tú? —preguntó Jane—. ¿Tú qué harás?

—¿Yo? —Me recosté en la silla y me crucé de brazos—. Acabaré mi manuscrito.

—¿Te entristece que se haya ido? —preguntó Jane y se frotó la barriga.

Su pregunta flotó en mi cabeza un segundo antes de contestar:

—No.

Quería echarlo de menos.

Quería amarlo.

Quería odiarlo.

Quería perdonarlo.

Sin embargo, no sentía nada. Me había costado años aprender a no sentir nada por mi padre, a borrar todo el dolor que me infligía y que infligía a la gente que más amaba. La única manera que conocía para acabar con el sufrimiento era cerrarlo bajo llave y olvidar todo lo que me había hecho, olvidar todo lo que había deseado que fuera.

Una vez hube aislado el dolor, casi me olvidé por completo de cómo sentir.

A Jane no le importaba que mi alma estuviera encerrada bajo llave, porque ella tampoco sentía demasiado.

—Me has contestado muy deprisa —comentó.

—La respuesta más rápida es siempre la más sincera.

—Lo echo de menos —dijo en un tono de voz más bajo para transmitirme su dolor por la muerte de mi padre. En muchos sentidos, Kent Russell fue el mejor amigo de millones de personas a través de sus novelas, sus discursos motivacionales y el personaje público y la marca que había vendido al mundo. Yo también lo echaría de menos si no conociera el hombre que realmente era en la privacidad de su hogar.

—Lo echas de menos porque nunca llegaste a conocerlo de verdad. Deja de estar triste por un hombre por el que no merece la pena perder el tiempo.

—No —dijo, cortante, levantando la voz por el dolor. Empezó a llorar como llevaba haciendo los últimos días—. No tienes que hacer eso, Graham. No tienes que minar mi dolor. Para mí, tu padre era un buen hombre. Era bueno conmigo cuando tú eras frío y siempre salía en tu defensa cuando yo tenía ganas de irme, así que no me digas que deje de estar triste. No tienes derecho a describir el tipo de tristeza que siento —añadió; una gran emoción se estaba apoderando de ella y temblaba mientras un torrente de lágrimas le caía de los ojos.

Incliné la cabeza hacia ella, confundido por su súbito estallido, pero entonces bajé la vista hacia su barriga.

Un desequilibrio hormonal.

—¡Guau! —musité, un poco perplejo.

Se sentó de inmediato.

—¿Qué ha sido eso? —preguntó un poco asustada.

—Creo que acabas de tener una crisis nerviosa por la muerte de mi padre.

Respiró profundamente y chilló:

—Dios mío, ¿qué me pasa? Las hormonas me están desequilibrando. Qué asco todo esto del embarazo. Te juro que me ligaré las trompas después de esto. —Se puso de pie intentando recom-

ponerse y se secó las lágrimas; cada vez respiraba más hondo—.
¿Podrías hacerme al menos un favor hoy?

—¿Cuál?

—¿Podrías hacer ver que estás triste en el funeral? La gente hablará si te ven sonreír.

Le fruncí el ceño de broma.

Puso los ojos en blanco.

—Vale, repite después de mí: «A mi padre se le quería de verdad y se le echará mucho de menos».

—Mi padre era un auténtico capullo y no se le echará nada de menos.

Me dio una palmadita en el pecho.

—Casi. Ahora, ve a vestirte.

Me levanté y me fui refunfuñando.

—Eh, ¿has encargado las flores para el oficio? —gritó Jane mientras me sacaba la camiseta blanca de manga corta por la cabeza y la tiraba al suelo del baño.

—Plantas inútiles valoradas en cinco mil dólares para un funeral que acabará en unas horas.

—A la gente le encantarán —dijo.

—La gente es tonta —repliqué y me metí bajo el agua caliente que caía de la alcachofa de la ducha. Mientras estaba bajo el agua pensé con todas mis fuerzas en el tipo de panegírico que dirigiría al hombre que fue un héroe para muchos y un demonio para mí. Intenté desenterrar recuerdos en los que me diera amor, cariño o instantes de orgullo, pero me quedé en blanco. Nada. No encontraba sentimientos auténticos.

Dentro de mi pecho, el corazón, que él mismo había ayudado a endurecer, permanecía impasible.

Capítulo 2

Lucy

—Aquí descansa Mari Joy Palmer, una persona generosa que siempre ha repartido amor, paz y felicidad. Es una vergüenza cómo se ha ido del mundo. Ha sido repentino, incalificable y más doloroso de lo que pensé que sería. —Bajé la mirada hacia el cuerpo inmóvil de Mari y me sequé la parte de atrás del cuello con una toalla pequeña. El temprano sol de la mañana entraba por las ventanas mientras yo hacía todo lo posible por recuperar el aliento.

—Muerta por el yoga a alta temperatura —soltó Mari mientras inspiraba profundamente y espiraba poco.

Reí.

—Vas a tener que levantarte, Mari. Tienen que preparar la siguiente clase. —Le tendí la mano a mi hermana, que estaba tumbada sobre un charco de sudor—. Vamos.

—Vete sin mí —dijo de forma dramática y ondeando una bandera blanca invisible—, me rindo.

—De eso nada, venga, vamos. —La cogí por los brazos y tiré de ella para ponerla de pie, pero se resistía todo el rato—. Has soportado la quimioterapia, Mari, así que puedes con el yoga a alta temperatura.

—No lo entiendo —se quejó—. Yo pensaba que el yoga te hacía sentir en contacto con la tierra y te proporcionaba paz y no toneladas de sudor y un pelo asqueroso.

Sonreí y me quedé mirando su melena a la altura de los hombros, que en ese momento estaba encrespada y recogida en un moño alto. Hacía casi dos años que estaba en fase de remisión y

31

desde entonces estábamos viviendo la vida al máximo, lo que incluía abrir la floristería.

Tras una ducha rápida en los vestuarios, nos dirigimos afuera, y cuando el sol veraniego nos rozó la piel y nos cegó, Mari refunfuñó:

—¿Por qué narices hemos decidido venir en bici hoy? ¿Y por qué nos hemos siquiera planteado hacer yoga a las seis de la mañana?

—Porque nos preocupa nuestra salud y bienestar y queremos estar en nuestra mejor forma —me burlé—. Además, el coche está en el taller.

Mari puso los ojos en blanco.

—¿Entonces ahora es cuando vamos en bici hasta la cafetería y pillamos dónuts y cruasanes antes de ir a trabajar?

—Sí —dije abriendo el candado que sujetaba la bici a un poste y subiéndome a ella.

—¿Y con dónuts y cruasanes te refieres a…?

—Bebidas de col verde, sí, eso mismo.

Refunfuñó de nuevo, pero ahora más alto:

—Me gustabas más cuando no te importaba una mierda tu salud y tu dieta se basaba en comer chuches y tacos.

Sonreí y empecé a pedalear.

—¡Te echo una carrera!

Llegué la primera a Green Dreams, obviamente, y cuando ella llegó, se dejó caer sobre el mostrador.

—En serio, Lucy, yoga normal vale, pero ¿el yoga este a más de cuarenta grados? —Hizo una pausa para respirar hondo—. Por mí puede volver al infierno de donde vino para sufrir una muerte lenta y dolorosa.

Se nos acercó una camarera con una sonrisa radiante.

—Hola, chicas, ¿qué vais a querer?

—Un tequila, por favor —dijo Mari, que al final levantó la cabeza del mostrador—. Lo puedes poner en un vaso para llevar, así me lo bebo de camino al trabajo.

La camarera se quedó perpleja mirando a mi hermana y yo sonreí.

—Queremos dos zumos verdes y dos rollitos de huevo y patata para desayunar.

—Genial, ¿el rollito lo queréis integral, de espinacas o de semillas de lino? —preguntó la chica.

—Pues de borde de pizza relleno ya va bien —contestó Mari—. Con patatas y queso de guarnición.

—El de semillas de lino. —Me reí—. Queremos el rollito de semillas.

Cuando salió la comida, fuimos a buscar mesa y Mari se sumergió en la comida como si no hubiera comido en años.

—Bueno —empezó a decir con los mofletes hinchados como si fuera una ardilla—, ¿y cómo está Richard?

—Bien —dije y asentí con la cabeza—. Está ocupado, pero bien. Ahora mismo parece que haya pasado un tornado por nuestro piso con su última obra, pero él está bien. Desde que sabe que tendrá una exposición en el museo en unos meses, ha entrado en pánico e intenta crear algo inspirador. No duerme, pero eso es muy propio de él.

—Los hombres son raros y no me puedo creer que de verdad estés viviendo con uno.

—Lo sé. —Reí. Me había llevado más de cinco años mudarme con Richard, sobre todo porque no me sentía a gusto dejando a Mari sola cuando enfermó. Hacía cuatro meses que vivíamos juntos y me encantaba. Lo amaba—. ¿Te acuerdas de lo que decía siempre mamá sobre que los hombres se fueran a vivir con las mujeres?

—Sí: «El instante en que se encuentran lo suficientemente cómodos como para quitarse los zapatos en tu casa y abrir la nevera sin preguntar es el momento de que se vayan».

—Era una mujer inteligente.

Mari asintió.

—Debería haber seguido viviendo con sus reglas después de que se muriera, quizás así podría haber evitado a Parker. —Se le agrandaron los ojos durante un instante antes de alejar su dolor con un parpadeo y sonreír. Apenas hablaba sobre Parker desde que la había dejado hacía dos años, pero, cuando lo hacía, era como si una nube de tristeza se cerniera sobre ella. Sin embargo, Mari luchaba contra la nube y nunca dejaba que descargara una tormenta en la que sumirse. Hacía todo lo posible para ser feliz y lo conseguía casi siempre, aunque a veces había instantes de dolor. Instantes en los que recordaba, instantes en los que se culpaba, instantes en los que se sentía sola. Instantes en los que dejaba que su corazón se partiera para rápidamente empezar a reconstruirlo. Por cada segundo de sufrimiento, Mari se obligaba a encontrar un minuto de felicidad.

—Bueno, ahora vives según sus normas, más vale tarde que nunca, ¿no? —dije para intentar ayudarla a deshacerse de la nube que la cubría.

—¡Cierto! —dijo con entusiasmo y sus ojos recuperaron la alegría. Era curioso cómo funcionaban los sentimientos, cómo una persona podía estar triste un instante y feliz al siguiente. Lo que más me sorprendía era cómo una persona podía experimentar ambas sensaciones en el mismo momento. Diría que Mari sentía una pizca de cada en ese momento, un poco de tristeza entremezclada con la alegría.

Pensé que era una bonita forma de vivir.

—Bueno, ¿nos vamos a trabajar? —pregunté y me levanté de la silla. Mari se quejó, molesta, pero aceptó y se arrastró hacia fuera para coger la bicicleta y pedalear hasta nuestra tienda.

Jardines de Monet era el sueño de mi hermana y mío hecho realidad. La tienda estaba decorada con los cuadros de mi artista favorito, Claude Monet. Cuando Mari y yo finalmente consiguiéramos ir a Europa, yo tenía planeado pasar mucho tiempo en los jardines de Monet en Giverny, Francia.

Había reproducciones de sus obras por toda la tienda y a veces creábamos composiciones florales a juego con los cuadros. Después de vender nuestras almas al diablo con préstamos bancarios, Mari y yo trabajamos duro para abrir la tienda y con el tiempo cogió forma a las mil maravillas. Estuvimos a punto de no abrirla, pero Mari consiguió un último préstamo que había solicitado.

Aunque supuso mucho trabajo y requirió de tanto tiempo que ni siquiera me planteaba tener vida social, no me podía quejar por pasarme los días rodeada de flores.

El local era pequeño, pero lo suficientemente grande para tener decenas de flores distintas, como tulipanes papagayo, lirios, amapolas y, por supuesto, rosas. Además, ofrecíamos servicio a todo tipo de eventos; mis favoritos eran las bodas y los peores, los funerales.

Ese día tenía uno de los peores y me tocaba a mí llevar la furgoneta de reparto para entregar el pedido.

—¿Seguro que no quieres que me ocupe yo de la boda de Garret y tú del funeral de Russell? —pregunté mientras cogía todos los gladiolos y rosas blancos preparados para el transporte. El fallecido debía de ser una persona muy querida si nos basábamos en el número de arreglos florales que nos habían encargado. Había docenas de rosas blancas para el ataúd, cinco caballetes con cruces hechas con flores de las que colgaban cintas que decían «padre» y docenas de ramos hechos al azar para colocar por la iglesia.

Me fascinaba lo bonitas que podían ser las flores para una ocasión tan triste.

—No, seguro, pero te puedo ayudar a cargar la furgoneta —contestó Mari levantando uno de los ramos y dirigiéndose al callejón donde estaba aparcada.

—Si hoy te encargas del funeral, dejaré de arrastrarte a hacer yoga cada mañana.

Se rio.

—Si me dieran un centavo cada vez que oigo eso, ya estaría en Europa.

—No, ¡te lo juro! Se acabó sudar a las seis de la mañana.

—Eso no es verdad.

Asentí.

—Vale, no es verdad.

—Y se acabó posponer el viaje a Europa. Ya es oficial que nos vamos el próximo verano, ¿no? —preguntó con los ojos entrecerrados.

Me quejé. Yo no paraba de posponer el viaje desde que había enfermado hacía dos años. Mi cerebro sabía que estaba mejor, que estaba sana y fuerte, pero una pequeña parte de mi corazón temía viajar tan lejos de casa por la posibilidad de que su salud empeorara en otro país.

Tragué saliva con dificultad y asentí. Ella me dirigió una amplia sonrisa, complacida, y entró en la trastienda.

—¿Y a qué iglesia me toca ir hoy? —pregunté en voz alta mientras saltaba sobre el ordenador para buscar el archivo. Me detuve y entrecerré los ojos al leer: «UWMilwaukee Panther Arena»—. Mari —grité—, aquí dice que es en el estadio del centro… ¿está bien la dirección?

Se apresuró en volver, se acercó al ordenador y se encogió de hombros.

—¡Guau! Eso explica que haya tantas flores. —Se pasó las manos por el pelo y sonrió. Cada vez que hacía eso, se me desbordaba el corazón de alegría. Que le creciera el pelo era un recordatorio de que su vida también estaba en crecimiento, de la suerte que teníamos de estar donde estábamos. Estaba muy feliz de que las flores de la furgoneta no fueran para ella.

—Ya, pero ¿quién celebra un funeral en un estadio? —pregunté confundida.

—Debe de ser alguien importante.

Me encogí de hombros sin darle demasiada importancia. Llegué al estadio dos horas antes del acontecimiento para montarlo todo y el exterior del edificio ya estaba rodeado de gente. Juraría que eran cientos de personas las que llenaban las calles del centro de Milwaukee y también había agentes de policía paseando por allí.

Había personas escribiendo notas que luego dejaban en las escaleras; algunas lloraban y otras estaban enfrascadas en conversaciones profundas.

Di la vuelta con la furgoneta para descargar las flores por la parte de atrás, donde uno de los trabajadores del estadio me denegó el acceso al edificio. Empujó la puerta para abrirla y me bloqueó la entrada con el cuerpo.

—Disculpe, no puede entrar —dijo el hombre—. Solo acceso VIP. —Llevaba unos auriculares enormes alrededor del cuello y me extrañó la forma en que cerró con cuidado la puerta tras de sí para impedirme ver nada de dentro.

—Ah, no, solo vengo a entregar las flores para el servicio —empecé a explicarle y puso los ojos en blanco.

—¿Más flores? —gruñó y me señaló otra puerta—. La entrega de flores está al doblar la esquina, la tercera puerta. No tiene pérdida—dijo en un tono monótono.

—De acuerdo. Por cierto, ¿de quién es el funeral? —pregunté. Me puse de puntillas e intenté echar un vistazo a lo que sucedía en el interior.

Me echó una mirada asesina llena de irritación.

—La puerta está al doblar la esquina —rugió, atravesó el umbral y cerró de un portazo.

Tiré una vez de la puerta y fruncí el ceño. Estaba cerrada.

Algún día dejaría de meter las narices en todo, pero obviamente no iba a ser ese día.

Sonreí para mí y murmuré:

—Yo también estoy encantada de conocerle.

Cuando doblé la esquina con la furgoneta me di cuenta de que la nuestra no era la única floristería con la que habían contactado para el evento. Delante tenía tres furgonetas en fila india y ni siquiera les permitían entrar en el edificio; había empleados en la puerta para recoger los arreglos florales. Antes incluso de poder aparcar la furgoneta, ya estaban los trabajadores en la parte de atrás golpeando las puertas para que las abriera. Cuando lo hice, empezaron a agarrar las flores sin mucho cuidado y me horroricé al ver cómo una mujer sujetaba la corona de rosas blancas. Se la tiró sobre el brazo y destrozó las campanillas de Irlanda verdes.

—¡Con cuidado! —grité, pero parecía que estaban sordos.

Cuando acabaron cerraron las puertas de un portazo, me firmaron el papeleo y me entregaron un sobre.

—¿Esto para qué es?

—¿Nadie se lo ha explicado? —La mujer exhaló un profundo suspiro y se llevó las manos a los labios—. Las flores solo son de adorno y el hijo del señor Russell ha indicado que, al finalizar el oficio, se devolverán a los floristas que las han entregado. Dentro del sobre está su entrada para el evento y un pase para acceder después entre bambalinas a recoger sus flores. Si no, se tirarán.

—¿Tirarlas? —exclamé—. ¡Qué desperdicio!

La mujer levantó la ceja.

—Claro, porque de ninguna manera las flores se morirían por sí solas —dijo con sarcasmo—. Bueno, así las puede revender.

¿Revender las flores de un funeral? Eso no era nada macabro.

Antes de que me diera tiempo de replicar me estaba diciendo adiós con la mano.

Abrí el sobre y vi la entrada y una tarjeta que decía: «Por favor, tras el oficio, presente esta tarjeta para poder recoger los arreglos florales; de lo contrario, se desecharán».

No podía parar de leer la entrada.

Una entrada.

Para un funeral.

Nunca en mi vida había presenciado algo tan extraño. Cuando doblé la esquina hacia la calle principal, vi que había incluso más gente allí agolpada y que dejaban cartas en las paredes del edificio.

Mi curiosidad alcanzó un nuevo máximo y después de dar vueltas para encontrar un sitio para aparcar acabé en un aparcamiento. Detuve la furgoneta y salí para ver qué hacía allí la gente y de quién era el funeral. Nada más pisar la acera abarrotada me fijé en una mujer que estaba de rodillas garabateando algo en una hoja.

—Disculpe —dije y le toqué el hombro. Levantó la vista hacia mí con una amplia sonrisa en la cara—, siento molestarla, pero… ¿de quién es el funeral exactamente?

Se levantó aún con la sonrisa en el rostro.

—De Kent Russell, el escritor.

—No puede ser.

—Sí. Todo el mundo le está escribiendo panegíricos sobre cómo salvó su vida y después los pega en la pared del recinto para honrar su memoria, pero, esto que quede entre nosotras, de lo que más ganas tengo es de ver a G. M. Russell. Sin embargo, es una pena que tenga que ser en estas circunstancias.

—¿G. M. Russell? Un segundo, ¿el mejor autor de historias de terror y suspense de todos los tiempos? —solté al darme cuenta por fin—. ¡Por Dios! ¡Me encanta G. M. Russell!

—¡Guau! Te ha costado unir todos los puntos. Al principio pensaba que eras rubia de bote, pero ahora veo que tu rubio es natural —bromeó—. Se ha armado tanto revuelo porque ya sabes cómo es G. M. en las apariciones públicas y tampoco hace muchas. En las presentaciones de libros no se relaciona con los lectores, solo les dirige una amplia sonrisa falsa y tampoco permite que se hagan fotografías, pero hoy sí que podremos. Esto. Es. Increíble.

—¿Los fans están invitados al funeral?

—Sí, Kent lo puso en su testamento. Todo el dinero se donará a un hospital infantil. Yo he conseguido asientos privilegiados. Se suponía que Heather, mi mejor amiga, iba a venir conmigo, pero está de parto. Los puñeteros niños lo estropean todo.

Me reí.

—¿Quieres la entrada que me sobra? —preguntó—. Estoy supercerca de todo. Además, prefiero sentarme al lado de otra fan de G. M. y no de una fan de su padre. Te sorprendería la de gente que está aquí por él. —Hizo una pausa, levantó la ceja y metió la mano en el bolso—. Pensándolo bien, quizás no, ya que ha sido él el que ha estirado la pata. Mira, ya abren las puertas. —Me dio la entrada que le sobraba—. Por cierto, me llamo Tori.

—Lucy —dije con una sonrisa. Dudé unos segundos, pensando en lo raro y fuera de lo común que era ir al funeral de un desconocido en un estadio, pero… dentro estaría G. M. Russell, junto con mis flores, que se tirarían en unas horas.

Llegamos a nuestros asientos y Tori no paraba de hacer fotos.

—Los asientos son estupendos, ¿verdad? Aún no me creo que consiguiera estas entradas por solo dos mil.

—¿Dos mil? —dije con voz entrecortada.

—Ya, ya lo sé. Una ganga, solo he tenido que vender mi hígado en Craigslist a un tipo llamado Kenny.

Se volvió hacia el señor mayor que se sentaba a su izquierda. Debía de tener setenta y muchos, pero seguía teniendo cierto atractivo. Llevaba una gabardina abierta y, debajo, un traje de ante marrón con una pajarita azul y blanca de lunares. Cuando nos miró, lucía una sonrisa sincera.

—Hola, perdone, solo por curiosidad, ¿cuánto ha pagado por el asiento?

—Ah, pues yo no he pagado nada —contestó con la sonrisa más amable del mundo—. Graham fue alumno mío y me ha invitado.

Los brazos de Tori salieron disparados por la impresión.

—Espere, espere, espere, tiempo muerto. ¿Usted es el profesor Oliver?

Él sonrió y asintió.

—Culpable.

—Usted es… como el Yoda de nuestro Luke Skywalker; el Mago detrás de Oz. ¡Usted es la rehostia, profesor Oliver! He leído todos los artículos que Graham ha escrito sobre usted y debo decir que es genial conocer a la persona que alaba tanto, bueno, alabar a la manera de G. M., lo cual no es tanta alabanza, si sabe a qué me refiero. —Ella misma se rio la gracia—. ¿Puedo estrecharle la mano?

Tori siguió hablando durante casi todo el oficio, pero se calló cuando llamaron a Graham al escenario para pronunciar su panegírico. Antes de abrir la boca, se desabrochó la americana del traje, se la quitó, se desabrochó los puños de la camisa y se arremangó de una forma muy varonil. Juraría que se subió cada manga a cámara lenta mientras se frotaba los labios y soltaba un leve suspiro.

«Vaya».

Era muy guapo y, además, sin ningún esfuerzo.

En persona era más guapo de lo que yo pensaba. Todo su personaje era oscuro, cautivador, aunque tenía algo que no invitaba a acercarse a él. Llevaba el pelo corto y negro como la noche engominado hacia atrás y un poco rizado. Una barba de pocos días le cubría el mentón, cuadrado y afilado. Su piel cobriza era suave y sin imperfecciones, no se le veía ni una mancha, solo una pequeña cicatriz en el cuello, pero eso no lo hacía imperfecto.

Si había aprendido algo de cicatrices en las novelas de Graham era que también podían ser bonitas.

No había sonreído ni una sola vez, pero eso no era de extrañar (al fin y al cabo, era el funeral de su padre), pero, cuando habló, su voz fue delicada, como el whisky con hielo. No podía apartar los ojos de él, igual que todos los demás.

—Mi padre, Kent Russell, me salvó la vida. Todos los días me retaba no solo a ser un narrador mejor, sino también a ser mejor persona.

Los siguientes cinco minutos de su discurso provocaron el llanto de cientos de personas, que contenían el aliento y deseaban estar también emparentadas con Kent. Nunca había leído ninguna historia de Kent, pero Graham hizo que me picara la curiosidad por adquirir uno de sus libros. Cuando acabó el discurso, miró hacia el techo y esbozó una tensa sonrisa.

—Voy a acabar con unas palabras de mi padre: «Sé inspiración. Sé honesto. Sé aventurero». Solo tenemos una vida para vivir y, en su honor, tengo planeado vivir cada día como si fuera mi capítulo final.

—Dios mío —susurró Tori mientras se secaba las lágrimas de los ojos—. ¿Lo ves? —preguntó señalando su regazo con la cabeza.

—¿El qué? —susurré.

—Lo dura que se ha puesto mi amiga invisible. No sabía que un panegírico te pudiera poner a mil.

Reí.

—Yo tampoco.

Cuando todo acabó, Tori y yo nos dimos los teléfonos y me invitó a su club de lectura. Después de despedirnos, me acerqué a la sala de atrás para recoger mis arreglos florales. Mientras buscaba mis rosas no podía dejar de pensar en lo incómoda que me sentía por la fastuosidad del entierro de Kent. Me recordaba un poco a… un circo.

Yo no era de las que entendían los funerales, al menos no los de siempre. En mi familia, el último adiós normalmente implicaba plantar un árbol en memoria de nuestro ser querido, así se honraba su vida aportando más belleza al mundo.

Al ver pasar a una empleada con una de mis composiciones florales, suspiré y le grité:

—Disculpe.

Sin embargo, los auriculares que llevaba en los oídos le impedían escucharme, así que tuve que abrirme paso entre la gente y correr para no perderla. Se acercó a una puerta, la abrió y tiró las flores afuera antes de cerrarla y marcharse bailando al ritmo de su música.

—¡Esas eran unas flores de tres cientos dólares! —grité indignada y me apresuré a cruzar la puerta. La oí cerrarse mientras corría hacia las flores que habían tirado a una papelera en una zona enrejada.

Al recoger las rosas me rozaba el viento nocturno y me bañaba la luz de la luna. Cuando acabé, inspiré profundamente. En la noche siempre había cierta paz, todo se ralentizaba ligeramente, todo el ajetreo del día desaparecía hasta la mañana siguiente.

Cuando fui a abrir la puerta para volver a acceder al recinto, entré en pánico.

Tiré del pomo varias veces.

Cerrada.

«Mierda».

Me puse a golpear la puerta con los puños e intenté con todas mis fuerzas entrar de nuevo.

—¿Hola? —gritaba una y otra vez durante lo que me parecieron diez minutos hasta que me cansé.

Media hora después, estaba sentada en el suelo mirando las estrellas cuando oí que se abría la puerta. Me volví y solté un pequeño suspiro.

Tú.

Graham Russell.

De pie detrás de mí.

—No hagas eso —soltó al darse cuenta de que no le quitaba ojo—. Deja de mirarme.

—¡Espera, espera! No la… —Me levanté, pero antes de que me diera tiempo de decirle que la aguantara, ya oí que se cerraba de un portazo— cierres.

Levantó una ceja asimilando mis palabras. Tiró de la puerta y resopló.

—Esto tiene que ser una broma. —Tiraba y tiraba, pero la puerta estaba bloqueada—. Está cerrada.

—Sí. —Asentí.

Se llevó las manos a los bolsillos del pantalón y gruñó:

—Y me he dejado el móvil en la americana, que está colgada dentro, en el respaldo de una silla.

—Lo siento, te ofrecería el mío, pero está sin batería.

—Por supuesto —dijo de mal humor—. El día no podía empeorar más.

Se puso a golpear la puerta unos minutos sin resultado alguno y entonces empezó a maldecir el mundo por aquella vida asquerosa. Caminó hacia el otro lado de la zona enrejada y se puso las manos detrás del cuello. Se le veía agotado por todos los acontecimientos del día.

—Lo lamento mucho —susurré con una vocecita llena de timidez. ¿Qué otra cosa podía decir?—. Lamento mucho tu pérdida.

Se encogió de hombros, indiferente.

—La gente se muere. Es algo muy común en la vida.

—Sí, pero no por eso es más llevadero, así que lo siento.

No me contestó, ni falta que hacía. Yo seguía impresionada por estar tan cerca de él. Me aclaré la garganta y hablé de nuevo porque no sabía estar callada.

—Ha sido un discurso precioso. —Volvió la cabeza hacia mí y me dirigió una mirada fría y dura antes de darme la espalda de nuevo. Continué—: Has sabido resaltar el hombre amable y noble que era tu padre y cómo te cambió la vida a ti y a mucha gente. Tu discurso de hoy… ha sido… —Hice una pausa para buscar en mi cerebro las palabras adecuadas para describir su panegírico.

—Una patraña —expuso.

—¿Cómo? —Me tensé.

—El panegírico ha sido una patraña. Lo he cogido de fuera. Un desconocido lo ha escrito y lo ha colgado en el edificio, alguien que seguramente nunca ha pasado más de diez minutos en la misma habitación que mi padre, porque, si lo hubiera hecho, sabría lo asqueroso que era Kent Russell como persona.

—Un segundo, ¿has plagiado un panegírico para el funeral de tu padre?

—Si lo dices así suena horrible —contestó con frialdad.

—Si suena horrible quizás sea porque lo es.

—Mi padre era un hombre cruel que manipulaba las situaciones y a la gente para obtener los mayores beneficios. Se reía del hecho de que gente como tú pagara dinero por su pila de libros motivacionales y basara su vida en la porquería que escribía. Por ejemplo, ¿conoces su libro *Treinta días para una vida sobria?* Lo escribió borracho como una cuba. Yo tenía que levantarlo de su propio vómito y porquería más veces de las que querría admitir. *¿Cincuenta maneras de enamorarse?* Se tiraba a prostitutas y despedía a sus secretarias por no querer acostarse con él. Era una basura, una broma de ser humano, y estoy seguro de que no salvó la vida de nadie como muchos me han contado de forma tan dramática esta noche. Os utilizaba a todos para comprarse un barco y sexo de una noche.

Me quedé boquiabierta y anonadada.

—¡Guau! —Me reí, dándole paraditas con el zapato a una piedra—. Explícame cómo te sientes en realidad.

Se tomó en serio mi desafío, se volvió despacio para ponerse de cara a mí y se me acercó, lo que disparó mis pulsaciones. Ningún hombre debería ser tan oscuro como él. Graham era una profesional de las muecas. Me preguntaba si acaso sabía sonreír.

—¿Quieres saber cómo me siento en realidad?

«No».

«Sí».

«Bueno, ¿quizás?».

No me dio tiempo a responder.

—Creo que es absurdo vender entradas para un funeral. Considero que es ridículo sacar provecho de la muerte de alguien, convertir su último adiós en un circo. Pienso que es aterrador que la gente pague un extra para tener acceso a una fiesta VIP después del acto, pero también hubo quien pagó por sentarse en el mismo sofá en el que se sentó Jeffrey Dahmer. El ser humano ya no me debería sorprender, pero, sin embargo, cada día me asombra más con su falta de inteligencia.

—Vaya… —Me alisé el vestido blanco mientras cambiaba el peso de una pierna a la otra—. No te caía nada bien, ¿no?

Bajó la mirada al suelo y me volvió a mirar.

—Ni lo más mínimo.

Yo dirigí la mirada hacia la oscuridad de la noche y después hacia las estrellas.

—Qué curioso, cómo el ángel de una persona puede ser el mayor demonio de otra.

Sin embargo, a Graham no le interesaban mis pensamientos. Fue de nuevo hacia la puerta y se puso a golpearla.

—*Maktub*. —Sonreí.

—¿Qué?

—*Maktub*. Quiere decir que todo está escrito, que todo sucede por algún motivo. —Sin darle más vueltas, le extendí la mano—. Por cierto, me llamo Lucille, pero puedes llamarme Lucy.

Entrecerró los ojos, enojado.

—Muy bien.

Solté una risita y me acerqué más, todavía con la mano extendida.

—Entiendo que los escritores a veces os perdéis con las pautas sociales, pero este es el momento en el que se supone que me estrechas la mano.

—No te conozco.

—Aunque te sorprenda, ese es el momento exacto en el que se supone que debes estrecharle la mano a alguien.

—Graham Russell —dijo sin darme la mano—. Yo soy Graham Russell.

Bajé la mano con una sonrisa avergonzada en los labios.

—Ya, ya sé quién eres. No quiero que suene a tópico, pero soy tu mayor fan. He leído todas y cada una de las palabras que has escrito.

—Eso es imposible. Hay cosas que he escrito y no he publicado nunca.

—Puede ser, pero si las publicas, te aseguro que las leeré.

—¿Has leído *La cosecha*?

Arrugué la nariz.

—Sí.

Sonrió, bueno, no, solo fue un movimiento nervioso de los labios. Fallo mío.

—¿Es tan malo como pienso? —preguntó.

—No, solo es… diferente al resto. —Me mordí el labio inferior—. Es diferente, pero no sabría decir por qué.

—Lo escribí cuando murió mi abuela. —Se movía nervioso de un lado para otro—. Es una auténtica porquería y nunca se debería haber publicado.

—No —lo contradije con impaciencia—. También me dejó sin aliento, solo que de una forma distinta, y créeme, si pensara que es una porquería te lo diría. Nunca se me ha dado bien mentir. —Moví las cejas y arrugué de nuevo la nariz mientras movía las puntas de los pies, igual que hacía mamá, y dirigí de nuevo la vista hacia las estrellas—. ¿Has pensado en plantar un árbol?

—¿Qué?

—Plantar un árbol, en honor a tu padre. Tras la muerte de alguien a quien quería, incineramos su cuerpo y mi hermana y yo plantamos un árbol con sus cenizas. En vacaciones compramos sus chuches favoritas, nos sentamos debajo del árbol y nos las comemos en su honor. Es un ciclo de vida completo. Ella vino como una parte de energía del mundo y volvió a él de la misma manera.

—Te gusta alimentar estereotipos milenarios, ¿no?

—En realidad es una forma maravillosa de preservar la belleza del medio ambiente.

—Lucille.

—Puedes llamarme Lucy.

—¿Cuántos años tienes?

—Veintiséis.

—Lucy es nombre de niña pequeña. Si de verdad quieres tener éxito en la vida, deberías hacerte llamar Lucille.

—Me lo apunto. Y si alguna vez quieres ser el alma de la fiesta, deberías sopesar el sobrenombre de Graham *Cracker*.

—¿Siempre eres tan graciosa?

—Solo en los funerales en los que hay que comprar entrada.

—¿A qué precio se vendían?

—Iban desde los doscientos hasta los dos mil dólares.

Suspiró.

—¿Lo dices en serio? ¿La gente ha pagado dos mil dólares para ver un cadáver?

Me pasé las manos por el pelo.

—Más impuestos.

—Me preocupan las nuevas generaciones.

—No te preocupes, la generación anterior a la tuya también se preocupó por ti y salta a la vista que eres una celebridad cautivadora y alegre —me burlé.

Pensé que casi había conseguido que sonriera.

Y fue casi bonito.

—¿Sabes qué? Debería de haber sabido que tú no habías escrito ese panegírico por el final. Esa era la gran pista de que tú no lo habías escrito.

Levantó una ceja.

—En realidad lo escribí yo.

Reí.

—No, no es verdad.

Él no rio.

—Tienes razón, yo no lo escribí. ¿Cómo lo has sabido?

—Pues… porque tú cuentas historias de suspense y terror. Me las he leído todas desde que tenía dieciocho y nunca ninguna ha tenido un final feliz.

—Eso no es cierto —rebatió.

—Sí que lo es. Los monstruos siempre ganan. Empecé a leer tus libros después de perder a una de mis mejores amigas y la oscuridad que transmiten en cierto modo me brindó un poco de alivio. Saber que hay otras clases de heridas en el mundo me ayudó con mi propio dolor. Aunque parezca raro, tus libros me trajeron paz.

—Seguro que hay uno con final feliz.

—Ni uno solo. —Me encogí de hombros—. No pasa nada. Siguen siendo obras maestras, pero no tan positivas como el panegírico de esta noche. —Hice una pausa y solté otra risita—. Un panegírico positivo. Es probable que esa sea la frase más torpe que haya dicho nunca.

Nos volvimos a quedar en silencio y cada poco tiempo Graham aporreaba la puerta de nuevo. Tras cada intento fallido, suspiraba con fuerza, decepcionado.

—Lamento lo de tu padre —dije una vez más; parecía muy tenso. Había sido un día largo para él y era evidente que quería estar solo. Sin embargo, yo andaba por allí en medio. Estaba enjaulado con una desconocida el día del funeral de su padre.

—No pasa nada. La gente se muere.

—No, pero no lamento su muerte. Soy de las que creen que la muerte es solo el inicio de una nueva aventura. Lo que quiero decir es que lo lamento por ti, porque no fuera el tipo de hombre que era para los demás.

Se tomó un momento, parecía que estaba pensando en decir algo, pero eligió el silencio.

—No sueles compartir tus sentimientos a menudo, ¿verdad? —pregunté.

—Y tú los compartes demasiado a menudo —replicó.

—Pero ¿has escrito alguno?

—¿Algún panegírico? No. ¿Has colgado alguno fuera? ¿He leído el tuyo?

Reí.

—No, pero he escrito uno durante el oficio. —Rebusqué en mi bolso y saqué el trocito de papel—. No es tan bonito como el tuyo (hice énfasis en la palabra «tuyo»), pero son palabras, al fin y al cabo.

Extendió la mano hacia mí y le di el papel; nuestros dedos se rozaron ligeramente.

Momento fan enloquecida en tres, dos...

«Aire encima de mí, tierra debajo de mí, fuego dentro de mí, agua alrededor de mí...».

Leyó mis palabras en voz alta y silbó.

—Vaya —dijo con un lento asentimiento de cabeza—, eres una *hippie* rarita.

—Sí, soy una *hippie* rarita. —Se le torcieron las comisuras de los labios, como si se esforzara por no sonreír—. Mi madre siempre nos lo decía a mis hermanas y a mí.

—Así que tu madre también es una *hippie* rarita.

Un ligero dolor me impactó en el corazón, pero no dejé de sonreír. Encontré un sitio en el suelo y me volví a sentar.

—Sí, lo era.

—Era —murmuró y frunció el entrecejo—. Lo siento.

—No pasa nada. Alguien me dijo una vez que la gente se muere, que es algo muy común en la vida.

—Sí, pero... —empezó, pero sus palabras se perdieron.

Nuestras miradas se encontraron unos segundos, su frialdad había desaparecido, sus ojos ahora estaban llenos de pena y de dolor. Era una mirada que llevaba todo el día escondiendo al mundo, una mirada que probablemente llevaba toda la vida escondiéndose a sí mismo.

—Sí que he escrito un panegírico —susurró y se sentó a mi lado en el suelo. Dobló las rodillas y se subió las mangas de la camisa.

—¿En serio?

—Sí.

—¿Quieres hablar sobre ello? —pregunté.

—No.

—Vale.

—Sí —musitó bajito.

—Vale.

—No es nada del otro mundo... —me avisó, se llevó la mano al bolsillo de atrás del pantalón y sacó un papel doblado.

Le di un codazo en la pierna.

—Graham, estás sentado en el exterior de un estadio atrapado con una *hippie* rarita que seguro que no volverás a ver. No te debería poner nervioso compartirlo.

—De acuerdo. —Se aclaró la garganta, con los nervios a flor de piel—. Odiaba a mi padre y hace unas noches se murió. Era mi mayor demonio, mi mayor monstruo y mi pesadilla en vida. De todas formas, desde que se ha ido, todo lo que me rodea se ha ralentizado y echo de menos los recuerdos que nunca existieron.

«Vaya».

Eran pocas palabras, pero tenían un peso enorme.

—¿Ya está? —pregunté. Se me había puesto piel de gallina.

—Ya está —afirmó.

—¿Graham *Cracker?* —dije con dulzura y me acerqué unos centímetros hacia él.

—¿Sí, Lucille? —replicó y se acercó más hacia mí.

—Cada palabra que escribes se convierte de nuevo en mi historia favorita.

Cuando abrió la boca para contestarme, se abrió la puerta y rompió el lazo de nuestra mirada. Me volví y vi a un vigilante de seguridad gritando detrás de él.

—¡Lo he encontrado! Esta puerta solo se puede abrir desde dentro. Supongo que se ha quedado atrapado.

—¡Por Dios, ya era hora! —dijo una voz femenina. Cuando salió, entrecerré los ojos, confundida.

—Jane.

—¿Lyric?

Graham y yo hablamos al unísono y mirábamos a mi hermana mayor, a quien hacía años que no veía; mi hermana mayor, que ahora estaba embarazada y me miraba con los ojos como platos.

—¿Quién es Jane? —pregunté.

—¿Quién es Lyric? —contestó Graham con otra pregunta.

A ella se le llenaron los ojos de emoción y se llevó las manos al pecho.

—¿Qué demonios haces aquí, Lucy? —preguntó con la voz temblorosa.

—He traído flores para el oficio —contesté.

—¿Habías encargado flores al Jardín de Monet? —preguntó Lyric a Graham.

Me sorprendió un poco que conociera el nombre de mi tienda.

—Encargué flores en varias floristerías. ¿Qué más da? Un segundo, ¿de qué os conocéis vosotras dos? —preguntó Graham, que seguía confundido.

—Bueno —dije. La voz me temblaba mientras le miraba la barriga a Lyric y después la miraba a los ojos, que eran como los de mamá. Los tenía anegados de lágrimas, como si la hubieran pillado en su mayor mentira, y yo abrí la boca para decir la mayor verdad—, es mi hermana.

Capítulo 3

Graham

—¿Tu hermana? —pregunté, repitiendo las palabras de Lucy mientras miraba perplejo a mi mujer, que no decía nada—. ¿Desde cuándo tienes una hermana?

—¿Y desde cuándo estás casada y embarazada? —preguntó Lucy.

—Es una larga historia —dijo con un tono dulce y se llevó una mano a la barriga, un poco avergonzada—. Vámonos, Graham. Tengo los tobillos hinchados y estoy agotada.

La mirada de Jane, bueno, de Lyric, se precipitó sobre Lucy, que seguía con los ojos muy abiertos por la confusión. Sus ojos eran del mismo color, pero ese era el único parecido que tenían. Un par de ojos de color chocolate era frío como el hielo, como siempre, mientras que el otro par era dulce y cálido.

Yo no podía dejar de mirar a Lucy mientras intentaba comprender cómo alguien como ella podía estar emparentada con alguien como mi mujer.

Si Jane tuviera un opuesto, ese sería Lucy.

—Graham —ladró Jane y aparté la vista de la mujer de ojos cálidos. Me volví hacia ella y levanté una ceja. Ella cruzó los brazos sobre la barriga y resopló a todo volumen—, ha sido un día largo y nos tenemos que ir.

Se volvió y empezó a marcharse, pero Lucy habló sin dejar de mirarla.

—Nos has ocultado los detalles más importantes de tu vida. ¿Tanto odias a tu familia? —preguntó con voz temblorosa.

Jane se quedó helada unos segundos y se puso tensa, pero no se dio media vuelta.

—No eres mi familia.

Y con eso, se fue.

Me quedé allí de pie un momento, sin saber si me responderían los pies. Pude ver cómo el corazón de Lucy se partía delante de mí. Empezó a derrumbarse por completo y sin disculparse. Una oleada de emoción llenó esos ojos amables y ni siquiera intentó evitar que las lágrimas se le derramaran por las mejillas. Dejó que los sentimientos se apoderaran de ella, no se resistió a las lágrimas y los temblores. Casi podía ver cómo se echaba el mundo entero sobre los hombros y cómo ese mundo la asfixiaba poco a poco. Se dobló, lo que la hacía parecer mucho más pequeña a medida que el sufrimiento le atravesaba el cuerpo. Nunca había visto a nadie sentir las emociones con tanta libertad, no desde que...

«Para».

Mi mente viajaba hacia el pasado, hacia los recuerdos enterrados en lo más profundo de mi ser. Aparté la vista de ella, me bajé las mangas de la camisa e intenté bloquear el ruido del dolor que ella sentía.

Mientras me dirigía hacia la puerta, que el vigilante de seguridad mantenía abierta, miré de nuevo a la mujer que se derrumbaba y me aclaré la garganta.

—Lucille —la llamé mientras me apretaba la corbata—, un consejo.

—¿Sí? —Se envolvió el cuerpo con los brazos y cuando me miró le había desaparecido la sonrisa; ahora fruncía el ceño.

—Siente menos —solté—. No dejes que los demás guíen tus sentimientos así. Ciérralos.

—¿Que cierre mis sentimientos?

Asentí.

—No puedo —argumentó todavía llorando. Dejó caer las manos sobre su corazón y sacudió la cabeza de un lado a otro—. Soy así. Soy la chica que lo siente todo.

Eso lo tenía claro.

Ella era la chica que lo sentía todo y yo era el hombre que no sentía nada en absoluto.

—Pues el mundo hará todo lo posible por hacerte insignificante —dije—. Cuántos más sentimientos des, más te sacarán. Créeme. Haz de tripas corazón.

—Pero... es mi hermana...

—No es tu hermana.

—¿Cómo?

Me rasqué la parte de atrás del cuello y metí las manos en los bolsillos.

—Acaba de decir que no formas parte de su familia, lo que significa que le importas una mierda.

—No —negó con la cabeza sin dejar de sujetar con la mano el colgante en forma de corazón—, no lo entiendes. La relación con mi hermana es...

—Inexistente. Si quieres a alguien, ¿no lo nombrarías? Yo nunca he oído hablar de ti.

Se quedó en silencio, pero la intensidad de sus emociones disminuyó una pizca mientras se secaba las lágrimas. Cerró los ojos, respiró hondo y susurró para sí misma:

—Aire encima de mí, tierra debajo de mí, fuego dentro de mí, agua alrededor de mí, el espíritu se convierte en mí.

Repetía esas palabras una y otra vez y entrecerré los ojos, confundido por cómo era Lucy realmente. Era una lunática: voluble, impredecible, pasional y sobrecargada de sentimientos. Parecía que fuera del todo consciente de sus defectos y, a pesar de todo, los dejara subsistir. Esos defectos la completaban.

—¿No te resulta cansado? —pregunté—. Lo de sentir tanto, digo.

—¿Y a ti no te cansa no sentir nada de nada?

En ese momento me di cuenta de que estaba cara a cara con mi polo opuesto y no tenía ni idea de qué más decirle a una extraña tan extraña como ella.

—Adiós, Lucille —dije.

—Adiós, Graham *Cracker* —replicó.

—No he mentido —juró Jane mientras volvíamos a casa. No la había llamado mentirosa, no le había preguntado absolutamente nada sobre Lucy ni sobre el hecho de no haber sabido nada de ella hasta esa noche. Ni siquiera le había mostrado ningún tipo de enfado por eso y, en cambio, ella no dejaba de decir que no había mentido.

Jane.

¿Lyric?

No tenía ni idea de quién era la mujer que tenía sentada a mi lado, pero, en verdad, ¿realmente la conocía antes de la revelación de su hermana de esa noche?

—Te llamas Jane —dije, mis manos sujetaban con fuerza el volante. Asintió—. ¿También te llamas Lyric?

—Sí… —Sacudió la cabeza—. Bueno, no, me llamaba, hace años que me cambié el nombre, antes de conocerte. Cuando empecé a solicitar plaza en las universidades sabía que no me tomarían en serio con un nombre como Lyric. ¿Qué bufete de abogados contrataría a alguien llamada Lyric Daisy Palmer?

—Daisy. —Resoplé—. Nunca me habías dicho tu segundo nombre.

—Nunca me has preguntado.

—Ya.

Levantó una ceja.

—¿No estás enfadado?

—No.

—Vaya. —Respiró hondo—. Vale. Si hubiera sido al revés yo estaría tan…

—Pero no es al revés —corté, porque no tenía ganas de hablar después de pasar el día más largo de mi vida.

No paraba de moverse en el asiento, pero se quedó callada.

El resto del camino a casa permanecimos sentados en silencio. En mi cabeza se arremolinaban las preguntas y una gran parte de mí no quería saber las respuestas. Jane tenía un pasado del que no quería hablar, igual que yo. Había partes de la vida que era mejor que se quedaran en la sombra y suponía que la familia de Jane era un ejemplo excelente. No hacía falta analizar los detalles. El día anterior no tenía ninguna hermana y ese día sí.

Sin embargo, dudaba que Lucy viniera por Acción de Gracias en un futuro cercano.

Fui directo a nuestra habitación y empecé a desabrocharme la camisa. Solo tardó unos segundos en seguirme hasta la habitación; su cara mostraba su nerviosismo, pero no dijo ni una palabra. Mientras nos desvestíamos, se acercó a mí, callada, y me dio la espalda pidiéndome en silencio que le bajara la cremallera del vestido negro.

Hice lo que me pedía, dejó caer el vestido al suelo y cogió una de mis camisetas de manga corta, que siempre usaba como camisón. Su barriga cada vez más prominente me las estiraba, pero me daba igual.

Minutos después estábamos en el baño cepillándonos los dientes y sin intercambiar ninguna palabra. Nos cepillábamos, escupíamos y nos enjuagábamos. Era nuestra rutina diaria; el silencio siempre fue nuestro amigo y esa noche no cambió nada.

Cuando nos metimos en la cama, cada uno apagó la lámpara de su mesita de noche y no murmuramos ni una palabra, ni siquiera «buenas noches».

Con los ojos cerrados, intenté con todas mis fuerzas acallar mi mente, pero algo de ese día hacía que los recuerdos se abrieran paso. Así que, en vez de preguntarle a Jane sobre su pasado, me levanté de la cama y me fui al despacho para perderme en la novela. Todavía me faltaban unas noventa y cinco mil palabras y decidí meterme en la ficción para evadirme de la realidad durante un rato. Cuando mis dedos tecleaban, mi cerebro solo se centraba en las palabras. Las palabras me liberaban de la confusión que me había provocado mi mujer. Las palabras me liberaban de recordar a mi padre. Las palabras me liberaban de adentrarme demasiado en mi mente, donde tenía almacenado todo el dolor de mi pasado.

Sin la escritura, mi mundo estaría lleno de pérdidas.

Sin palabras, me haría añicos.

—Vente a la cama, Graham —dijo Jane de pie en la puerta.

Era la segunda vez en un día que me interrumpía mientras escribía. Esperaba que no se convirtiera en una costumbre.

—Tengo que acabar el capítulo.

—Te quedarás despierto durante horas, como estos últimos días.

—Da igual.

—Tengo dos —dijo y se cruzó de brazos—. Tengo dos hermanas.

Hice una mueca y me puse a teclear de nuevo.

—No hagas esto, Jane.

—¿La has besado?

Se me helaron los dedos y fruncí el ceño mientras me volvía para mirarla.

—¿Qué?

Se pasó los dedos por el pelo y las lágrimas le corrían por la cara. Estaba llorando, otra vez. Demasiadas lágrimas de mi mujer en un día.

—Te he preguntado si la has besado.

—¿De qué hablas?

—La pregunta es muy sencilla. Contéstame.

—No vamos a entrar en este juego.

—La has besado, ¿verdad? —gritó. Le había desaparecido toda racionalidad que hubiera tenido previamente. En algún punto entre el momento en el que habíamos apagado las luces y en el que me había ido a mi despacho, mi mujer se había convertido en un manojo de nervios y ahora su mente se inventaba historias que creaba a partir de la ficción—. La has besado. ¡Has besado a mi hermana!

Entrecerré los ojos.

—Ahora no, Jane.

—¿Ahora no qué?

—Por favor, no tengas una crisis hormonal ahora mismo. Ha sido un día muy largo.

—Solo dime si has besado a mi hermana —repitió. Sonaba como un disco rayado—. Dilo, dímelo.

—Ni siquiera sabía que tenías una hermana.

—Eso no cambia que la hayas besado.

—Ve a acostarte, Jane. Vas a hacer que te suba la presión arterial.

—Me has engañado. Sabía que esto pasaría. Siempre supe que me engañarías.

—Estás paranoica.

—Pues contéstame, Graham.

Me pasé los dedos por el pelo sin saber qué hacer excepto decir la verdad.

—Por Dios, ¡no la he besado!

—Sí que lo has hecho —gritó y se secó las lágrimas—. Sé que lo has hecho porque la conozco. Conozco a mi hermana. Es probable que supiera que eras mi marido y que lo hiciera para vengarse de mí. Destruye todo lo que toca.

—No la he besado.

—Ella es… Es como esa plaga enfermiza que nadie ve venir. Pero yo sí la veo. Se parece mucho a mi madre, lo estropea todo. ¿Por qué nadie más ve lo que hace? No me puedo creer que me hayas echo esto, que nos lo haya hecho. ¡Estoy embarazada, Graham!

—¡Que no la he besado! —grité. Me ardía la garganta cuando las palabras me saltaron de la boca. No quería saber nada más sobre el pasado de Jane. No le había pedido que me hablara sobre sus hermanas, no había indagado sobre el tema ni le había insistido y, sin embargo, acabamos igualmente discutiendo sobre una mujer que apenas conocía—. No tengo ni idea de quién es tu hermana y no quiero saber nada más de ella. No sé lo que te está devorando el cerebro, pero deja de pagarlo conmigo. No te he mentido. No te he engañado. Hoy no he hecho nada malo, así que basta ya de atacarme, y menos hoy.

—Deja de actuar como si el día de hoy te importara —susurró y me dio la espalda—. Ni siquiera te importaba tu padre.

Un fogonazo me atravesó la mente.

«Sin él, todo a mi alrededor se ha como ralentizado, y echo de menos los recuerdos que nunca existieron».

—Ahora es un buen momento para dejar de hablar —advertí.

No me hizo caso.

—Es verdad y lo sabes. No significaba nada para ti. Era un buen hombre y no significaba nada para ti.

Guardé silencio.

—¿Por qué no me preguntas por mis hermanas? —demandó—. ¿Por qué te da igual?

—Todos tenemos un pasado del que no hablamos.

—No te he mentido —repitió, pero yo nunca la había llamado mentirosa. Era como si se convenciera a sí misma de que no había mentido y, en realidad, sí lo había hecho. La cuestión era que no me importaba, porque si algo había aprendido de los humanos era que todos mentían. No creía a nadie.

Una vez la persona rompía la confianza, una vez la mentira salía a la luz, era como si cualquier cosa que hubiera dicho a lo largo de su vida, cierta o falsa, estuviera parcialmente cubierta de traición.

—Vale, hagamos esto. Vamos a poner todas las cartas sobre la mesa. Todas. Tengo dos hermanas, Mari y Lucy.

Me horroricé.

—Para, por favor.

—No hablamos. Yo soy la mayor y Lucy es la más pequeña. Es un manojo de nervios. —Fue una afirmación irónica, porque Jane estaba en medio de su propia crisis nerviosa—. Ella es el vivo retrato de mi madre, que murió hace años. Mi padre nos abandonó cuando yo tenía nueve años y ni siquiera lo culpo; mi madre era una chiflada.

Di un golpe sobre la mesa y me di la vuelta para mirarla a la cara.

—¿Qué quieres de mí, Jane? ¿Quieres que te diga que estoy cabreado por no habérmelo contado? Vale, estoy cabreado. ¿Quieres que sea comprensivo? Vale, te comprendo. ¿Quieres que te diga que haces lo correcto pasando de esa gente? Genial, haces lo correcto. Y ahora ¿puedo volver al trabajo?

—Háblame de ti, Graham. Háblame de tu pasado, ya sabes, de eso de lo que nunca hablas.

—Déjalo estar, Jane. —Se me daba muy bien mantener mis sentimientos a raya. Era muy bueno en no involucrarme emocionalmente, pero ella no dejaba de insistir y de ponerme a prueba.

Me hubiera gustado que parara, porque cuando los sentimientos salían de la oscuridad de mi alma no era tristeza ni desgracia lo que salía disparado.

Era ira.

La ira iba en aumento y ella no paraba de lanzar mazazos contra mi mente.

Me forzaba a convertirme en el monstruo que no sabía que se acostaba a su lado todas las noches.

—Venga, Graham, háblame de tu infancia. ¿Qué fue de tu madre? Tuviste que tener una, ¿no? ¿Qué pasó con ella?

—Para —dije. Cerré los ojos y los puños, pero ella no lo dejaba estar.

—¿No te quería bastante? ¿Le puso los cuernos a tu padre? ¿Se murió?

Salí de la habitación porque notaba cómo la ira escalaba hasta la superficie. Notaba que se estaba haciendo demasiado grande, demasiado intensa, demasiado dominante. Intenté escapar de ella con todas mis fuerzas, pero me perseguía por la casa.

—Vale, no quieres hablar sobre tu madre. ¿Y si hablamos de tu padre? Cuéntame por qué lo desprecias tanto. ¿Qué te hizo? ¿Te molestaba que estuviera siempre ocupado trabajando?

—No sigas —advertí una vez más, pero ya había llegado demasiado lejos. Quería jugar sucio, pero estaba jugando con la persona equivocada.

—¿Te quitó tu juguete favorito? ¿No te dejó tener una mascota de niño? ¿Se olvidó de tu cumpleaños?

Abrí mucho los ojos y se dio cuenta porque nuestras miradas se cruzaron.

—Ah —susurró—, se olvidó de muchos cumpleaños.

—La he besado —solté al fin y la miré a la cara; se quedó boquiabierta—. ¿Es eso lo que querías? ¿Es esa la mentira que querías oír? —Bufé—. Te juro que actúas como una idiota.

Lanzó sus manos hacia mí.

Con violencia.

Cada vez que me pegaba afloraba una nueva emoción. Con cada bofetada un nuevo sentimiento me golpeaba el estómago.

En ese momento era arrepentimiento.

—Lo siento —dije en un suspiro—. Lo siento mucho.

—¿Entonces no la has besado? —preguntó con voz temblorosa.

—Claro que no.

—Ha sido un día largo y... ¡ay! —susurró y se dobló de dolor—. ¡Ay!

—¿Qué pasa? —Cuando mis ojos se encontraron con los suyos, se me hundió el pecho. Estaba de pie con mi camiseta cedida, se sujetaba la barriga con las manos y le temblaban las piernas, que además estaban empapadas—. ¿Jane? —susurré nervioso y confuso—. ¿Qué te pasa?

—Creo que he roto aguas.

Capítulo 4

Graham

—Es muy pronto, es muy pronto, es muy pronto —murmuraba Jane para sí todo el rato mientras yo la llevaba al hospital. Tenía las manos sobre la barriga y las contracciones no cesaban.

—Estás bien, no pasa nada —la tranquilizaba en voz alta, pero en el fondo estaba aterrorizado. «Es muy pronto, es muy pronto, es muy pronto...».

Cuando llegamos al hospital, nos llevaron rápido a una habitación llena de enfermeros y médicos que nos hacían preguntas para hacerse una idea de lo que había pasado. Cada vez que preguntaba, me sonreían y me decían que tenía que esperar para hablar con el neonatólogo. El tiempo pasaba despacio, cada minuto parecía una hora. Era muy pronto para que naciera el bebé, solo tenía treinta y una semanas. Cuando por fin llegó el neonatólogo, llevaba el historial de Jane en la mano y, con una ligera sonrisa en los labios, se sentó en una silla junto a su cama.

—Buenas noches, soy el doctor Lawrence y, con suerte, tendrán que verme poco —dijo mientras echaba un vistazo al historial y se pasaba una mano por la barbilla peluda—. Me da la sensación de que el bebé le está dando guerra, Jane. Como el embarazo todavía es un poco temprano, nos preocupan los peligros de provocarle el parto cuando aún faltan unas doce semanas para que salga de cuentas.

—Nueve —corregí—. Solo le quedan nueve semanas.

El doctor Lawrence bajó la vista hacia sus papeles.

—No, doce semanas, lo que trae consigo cuestiones bastante complejas. Supongo que ya habrán repasado las preguntas con los enfermeros, pero es importante saber cómo están usted y el bebé. Así que ¿ha sufrido algún tipo de estrés últimamente?

—Soy abogada, así que eso define mi vida —replicó.

—¿Toma alcohol o drogas?

—No y no.

—¿Fuma?

Afirmó con la cabeza.

Levanté una ceja.

—No fastidies, Jane.

—Solo alguna vez a la semana —argumentó, y me dejó aturdido. Se volvió hacia el doctor para explicarse—. He estado bajo mucha presión en el trabajo. Cuando supe que estaba embarazada intenté dejarlo, pero unos cigarrillos al día son mejor que el medio paquete que fumaba antes.

—Me dijiste que lo habías dejado —solté con los dientes apretados.

—Lo intenté.

—¡No es lo mismo que dejarlo!

—¡No me grites! —rugió; estaba temblando—. Me he equivocado, ahora estoy sufriendo un montón y que me grites no hace que la cosa mejore. Por Dios, Graham, ojalá fueras más atento, como tu padre.

Sus palabras me llegaron a lo más profundo del alma, pero me esforcé por no mostrar ninguna reacción.

El doctor Lawrence hizo una mueca antes de recuperar su leve sonrisa.

—Muy bien, el tabaco puede provocar muchas complicaciones distintas a la hora del parto y, aunque es imposible conocer la causa exacta que lo ha adelantado, es bueno tener todos los datos posibles. Viendo lo pronto que es y las contracciones que tiene, vamos a darle tocolíticos para intentar detener el parto prematuro. Al bebé aún le falta desarrollarse mucho, así que tendremos que esforzarnos al máximo para que se quede dentro un poquito más. La tendremos aquí en observación durante cuarenta y ocho horas.

—¿Cuarenta y ocho horas? ¿Y qué pasa con mi trabajo?

—Le escribiré una baja médica estupenda. —El doctor le guiñó un ojo y se levantó para irse—. En un segundo vendrán los enfermeros para ver cómo está y para empezar con el tratamiento.

Cuando salió por la puerta, me levanté rápido y lo seguí fuera de la habitación.

—Doctor Lawrence.

Se volvió hacia mí y se me acercó.

—¿Sí?

Me crucé de brazos y entrecerré los ojos.

—Discutimos justo antes de que rompiera aguas. Le grité y... —Hice una pausa y me pasé una mano por el pelo antes de volver a cruzarme de brazos—. Solo quería saber si eso podría ser la causa... ¿Lo he provocado yo?

Me sonrió de lado y negó con la cabeza.

—Estas cosas pasan. Es imposible saber la causa y que se coma la cabeza no le hace bien a nadie. Ahora todo lo que podemos hacer es afrontar la situación y asegurarnos de que hacemos lo mejor para su esposa y el bebé.

Asentí y le di las gracias.

Me esforcé al máximo para creer lo que me decía, pero en el fondo me sentía culpable.

Tras cuarenta y ocho horas y que la presión arterial del bebé bajara, los médicos nos informaron de que la única opción que había era dar a luz al bebé mediante cesárea. Todo era confuso y tenía los nervios a flor de piel. Estaba de pie en el quirófano sin saber qué sentir cuando naciera el bebé.

Cuando los médicos acabaron con la cesárea y se cortó el cordón umbilical, todo el mundo se movía con prisas y se gritaban unos a otros.

La niña no lloraba.

¿Por qué no lloraba?

—Un kilo cincuenta gramos —anunció una enfermera.

—Vamos a necesitar CPAP —dijo otra.

—¿Qué es eso? —pregunté cuando pasaban por mi lado.

—Presión positiva continua en las vías respiratorias, para ayudarla a respirar.

—¿No respira? —pregunté a otra enfermera.

—Sí, pero de forma muy débil. La vamos a trasladar a la UCI de neonatos. Se pondrán en contacto con usted cuando esté estable.

Antes de que pudiera preguntar nada más, se llevaron al bebé a toda prisa.

Parte del personal se quedó cuidando de Jane y, cuando la trasladaron a una habitación, se pasó horas durmiendo. Cuando por fin se despertó, el médico nos puso al día sobre la salud de nuestra hija. Nos habló de su lucha constante, de cómo hacían todo lo posible por cuidarla en la UCI de neonatos y de cómo su vida seguía en peligro.

—Si le pasa algo a la niña, que sepas que ha sido todo culpa tuya —dijo Jane cuando el doctor se fue. Me dio la espalda y miró hacia la ventana—. Si se muere no es culpa mía, sino tuya.

—Entiendo lo que me dice, señor White, pero... —Jane estaba en la UCI de neonatos de espaldas a mí y hablaba por el móvil—. Lo sé, señor, lo entiendo perfectamente. Verá, es que mi bebé está en la UCI de neonatos y... —Hizo una pausa, caminaba de aquí para allí y asentía con la cabeza—. Vale, lo entiendo. Gracias, señor White.

Colgó el teléfono y sacudió la cabeza de un lado para otro mientras se limpiaba los ojos antes de volverse de cara a mí.

—¿Va todo bien? —pregunté.

—Son solo cosas del trabajo.

Asentí.

Nos quedamos quietos mirando hacia nuestra hija, que respiraba con dificultad.

—No puedo con esto —susurró Jane y, de repente, se puso a temblar—. No puedo quedarme aquí sin hacer nada. Me siento inútil.

La noche anterior pensamos que habíamos perdido a nuestra niñita y en aquel momento noté que todo lo que había en mi interior se derrumbaba. Jane no lo llevaba nada bien y no había dormido ni un minuto.

—Está bien —dije, aunque no me lo creía.

Negó con la cabeza.

—Yo no quería esto. No quería nada de esto. Nunca quise niños. Solo quería ser abogada. Tenía todo lo que quería. Y ahora… —No paraba de moverse, nerviosa—. Se va a morir, Graham —susurró; tenía los brazos cruzados—. Su corazón no es lo bastante fuerte. No tiene los pulmones desarrollados. Está más allí que aquí. Solo sigue con vida gracias a todo esto —dijo señalando las máquinas pegadas al cuerpecito de nuestra hija—. A toda esta mierda y ¿se supone que tenemos que quedarnos aquí sentados para verla morir? Eso es cruel.

No le repliqué.

—No puedo con esto. Hace casi dos meses que está aquí, Graham. ¿No debería empezar a mejorar?

Me molestaban sus palabras y me ponía enfermo su convicción de que nuestra hija ya hacía tiempo que se había ido.

—Quizás deberías ir a casa y ducharte —ofrecí—. Tómate un descanso. Quizás ir a trabajar te ayudaría a despejar la mente.

Cambió el peso de pierna e hizo una mueca.

—Sí, tienes razón. Tengo que ponerme al día con muchas cosas en el trabajo. Volveré en unas horas, ¿vale? Así nos turnamos y vas tú a ducharte.

Asentí.

Caminó hasta nuestra hija y la miró.

—Aún no le he dicho a nadie cómo se llama. Sería una tontería, ¿no? Decirle a la gente cómo se llama cuando se va a morir.

—No digas eso —espeté—. Todavía hay esperanza.

—¿Esperanza? —Los ojos de Jane se llenaron de confusión—. ¿Desde cuándo eres un hombre optimista?

No sabía qué contestarle porque tenía razón. No creía en las señales, ni en la esperanza, ni en nada parecido. No conocía el nombre de Dios hasta el día que nació mi hija y me sentí demasiado ridículo para dedicarle una plegaria.

Era realista.

Creía en lo que veía, no en lo que esperaba que sucediera, pero, de todas formas, una parte de mí miraba a esa personita y deseaba saber rezar.

Era un pensamiento egoísta, pero necesitaba que mi hija estuviera bien. Necesitaba que se pusiera bien, porque no sabía si podría superar perderla. Cuando nació, me dolía el pecho. En cierto modo, mi corazón se despertó después de permanecer años dormido y, al despertar, solo sintió dolor. Dolor por saber que mi hija podía morir. Dolor por no saber cuántos días, horas o minutos me quedaban junto a ella. Por eso necesitaba que sobreviviera, para que el dolor de mi alma desapareciera.

Era mucho más fácil vivir cuando estaba apagado.

¿Cómo lo había hecho? ¿Cómo había conseguido esa niñita encenderlo de nuevo al nacer?

«Ni siquiera la he llamado por su nombre...».

¿Qué clase de monstruos éramos?

—Vete, Jane —dije con frialdad—. Yo me quedo.

Se fue sin decir nada más y yo me senté en una silla junto a nuestra hija, cuyo nombre a mí también me ponía nervioso decir en voz alta.

Esperé algunas horas antes de intentar llamar a Jane. Sabía que a veces se encerraba tanto en el trabajo que se olvidaba de alejarse de la oficina, lo mismo que me pasaba a mí cuando me enfrascaba en la escritura.

No contestaba al móvil. Seguí llamándola durante cinco horas sin obtener respuesta, así que fui un paso más allá y llamé a la recepción de su oficina. Me quedé hecho polvo cuando hablé con Heather, la recepcionista.

—Hola, señor Russell. Lo siento, pero… la verdad es que la echaron esta mañana. Se ha perdido tantas cosas que el señor White le pidió que se fuera… Pensé que lo sabía. —Bajó la voz—. ¿Cómo va todo? ¿Con el bebé?

Colgué.

Estaba confuso.

Enfadado.

Cansado.

Volví a llamarla al móvil y me saltó el buzón de voz.

—¿Necesita un descanso? —preguntó una enfermera que vino a comprobar la sonda nasogástrica de mi hija—. Parece agotado. Vaya a casa y descanse un poco. Lo llamaremos si…

—Estoy bien —dije cortante.

Habló de nuevo, pero mi mirada severa hizo que se callara. Acabó de comprobar todos los datos y me dirigió una sonrisa cuando se iba.

Me senté con mi hija mientras escuchaba el ruido de las máquinas y esperaba a que mi mujer volviera con nosotros. Con el paso de las horas, me permití irme a casa para ducharme y coger el portátil para poder escribir en el hospital.

Fui rápido, me metí en el agua ardiendo, dejé que me golpeara la piel y me quemara. Después me vestí y corrí al despacho para coger el portátil y algunos papeles. En ese momento lo vi; vi el papel doblado encima de mi teclado.

Graham:

Ahí debería haber dejado de leer. Sabía que sus siguientes palabras no podían traer nada bueno. Sabía que nunca había salido nada bueno de una carta inesperada escrita con tinta negra.

No puedo con esto. No puedo quedarme y verla morir. Hoy he perdido mi trabajo, aquello por lo que más duro he luchado, y me siento como si hubiera perdido una parte de mi corazón. No puedo sentarme y ver cómo otra parte de mí también desaparece. Es demasiado. Lo siento. Jane.

Me quedé mirando el papel, leyendo una y otra vez sus palabras antes de doblar la carta y metérmela en el bolsillo de atrás.

Notaba sus palabras en lo más profundo de mi alma, pero me esforcé al máximo para no mostrar ninguna reacción.

Capítulo 5

Lucy

—Me quedé en blanco —dijo el desconocido con voz temblorosa—. Es decir, los dos estábamos saturados por los exámenes y yo solo intento mantenerme a flote y se me olvidó por completo nuestro aniversario. No hace falta decir que apareció con mis regalos y vestida de gala para la cena romántica que yo no había reservado.

Le dirigí una sonrisa al chico y asentí mientras él me explicaba toda la historia de por qué su novia estaba enfada con él.

—Tampoco ayuda que también me olvidara de su cumpleaños porque me habían rechazado en la facultad de medicina hacía una semana. Eso me causó un bajón enorme, jolín. Vale, sí, lo siento... Le llevaré estas flores.

—¿Esto es todo? —pregunté y pasé por caja la docena de rosas rojas que el chico había elegido para disculparse con su novia por olvidarse de las únicas dos fechas que tenía que recordar.

—Sí, ¿crees que será suficiente? —preguntó nervioso—. La he fastidiado mucho y no tengo ni idea de cómo empezar a disculparme.

—Las flores son un buen comienzo —dije—. Las palabras también ayudan. Después, tus acciones serán las que más cuenten.

Me dio las gracias cuando pagó y se marchó de la tienda.

—Les doy dos semanas antes de cortar —dijo Mari con una sonrisa burlona en los labios mientras podaba unos tulipanes.

—Doña Optimista. —Reí—. Él lo intenta.

—Le ha pedido consejo sobre su relación a una desconocida. Fracasar, eso es lo que está haciendo —replicó y negó con

70

la cabeza—. No lo entiendo. ¿Por qué los hombres sienten la necesidad de disculparse después de cagarla? Si simplemente no la cagaran, no habría nada por lo que disculparse. No es tan difícil... actuar bien.

Le dirigí una sonrisa tensa mientras veía cómo cortaba los tallos de las flores con agresividad y se le llenaban los ojos de emoción. No iba a admitir que en ese momento pagaba todo su dolor con las bonitas plantas, pero estaba muy claro.

—¿Estás bien? —pregunté al ver cómo cogía un puñado de margaritas y las metía en un jarrón.

—Estoy bien. Simplemente no entiendo cómo ese chico puede ser tan insensible, ¿sabes? ¿Por qué narices te ha pedido consejo?

—Mari.

—¿Qué?

—Se te ha ensanchado la nariz y mueves las tijeras como una loca solo porque un chico ha comprado flores a su novia por olvidarse de su aniversario. ¿Estás de verdad molesta por eso o tiene algo que ver con la fecha de hoy? Porque hoy sería tu...

—¿Séptimo aniversario? —Desmenuzó dos rosas—. Anda, ¿es hoy? No me había dado ni cuenta.

—Mari, deja las tijeras.

Me miró primero a mí y después a las rosas.

—Oh, no, ¿estoy sufriendo una crisis nerviosa? —preguntó mientras me acercaba a ella y poco a poco le quitaba las tijeras de las manos.

—No, estás viviendo una situación humana. No pasa nada, en serio. Tienes derecho a estar enfadada y triste tanto tiempo como necesites. ¿Lo recuerdas? *Maktub*. Solo se convierte en un problema cuando destrozamos nuestras cosas por culpa de hombres capullos, sobre todo las flores.

—Uf, tienes razón, lo siento —gruñó y dejó caer la cabeza sobre la palma de las manos—. ¿Por qué me importa todavía? Han pasado muchos años.

—El tiempo no hace desaparecer los sentimientos, Mari. Es normal y lo mejor es que nos he montado una cita para esta noche.

—¿De verdad?

Asentí.

—Incluye margaritas y tacos.

Se animó un poco.

—¿Y queso fundido?

—Por supuesto, todo el queso que quieras.

Se levantó y me envolvió con un fuerte abrazo.

—Gracias, garbancito, por siempre estar ahí, incluso cuando no te digo que te necesito.

—Siempre, guisantito. Déjame ir a buscar una escoba para limpiar tu ataque de ira. —Fui a la trastienda y oí el timbre de la entrada que anunciaba la llegada de un cliente.

—Hola, eh, buscaba a Lucille —dijo una voz profunda que puso mis oídos alerta.

—Ah, sí, acaba de ir a la trastienda —contestó Mari—. Ahora sale.

Me apresuré a volver a la tienda y me quedé allí de pie mirando a Graham. Tenía un aspecto diferente sin traje ni corbata, pero igual, en el fondo. Vestía unos vaqueros de color azul oscuro, una camiseta de manga corta negra ceñida y sus ojos desprendían la misma frialdad.

—Hola —dije sin aliento. Me crucé de brazos y me acerqué más—. ¿En qué puedo ayudarte?

No paraba de mover las manos y, cada vez que nos cruzábamos la mirada, la apartaba.

—Me preguntaba si has visto a Jane últimamente. —Se avergonzó un poco y se aclaró la garganta—. Es decir, a Lyric. Es decir, a tu hermana. ¿Has visto a tu hermana últimamente?

—¿Eres Graham *Cracker*? —preguntó Mari y se levantó de la silla.

—Graham —dijo con seriedad—. Me llamo Graham.

—No la he vuelto a ver desde el funeral —comenté.

Asintió con un deje de decepción que le hizo curvar los hombros hacia delante.

—Vale, bueno, si la… —Suspiró—. Da igual.

Se volvió para marcharse, pero lo llamé.

—¿Va todo bien con Lyric? —Hice una pausa—. ¿Con Jane? —Se me encogió el corazón porque se me pasó por la cabeza lo peor—. ¿Está bien? ¿Y el bebé? ¿Va todo bien?

—Sí y no. Dio a luz al bebé hará dos meses; es una niña. Era prematura y lleva en el hospital de San José desde entonces.

—Por Dios —musitó Mari y se llevó la mano al corazón—, ¿están mejor?

—Nosotros... —empezó a contestar, pero la forma en la que se perdieron sus palabras mostraba su confusión, igual que sus ojos mostraban sus miedos—. No estoy aquí por eso. He venido porque Jane ha desaparecido.

—¿Eh? —Mi cabeza iba a mil por hora con toda la información que me daba—. ¿Desaparecida?

—Se fue ayer sobre las doce del mediodía y no he vuelto a saber de ella. La despidieron del trabajo y no sé ni dónde está ni si está bien. Pensé que quizás sabrías algo de ella.

—Pues no. —Me volví hacia Mari—. ¿Tú sabes algo de Lyric? Negó con la cabeza.

—No pasa nada. Siento haber venido. No quería molestar.

—Pero si no... —Antes de que acabara la frase ya estaba fuera—... molestas —murmuré.

—Voy a intentar llamarla —dijo Mari, que se apresuró a coger el móvil. Estoy segura de que su corazón latía tan rápido como el mío—. ¿Dónde vas? —preguntó al verme ir en dirección a la puerta.

No me dio tiempo a contestar porque salí con las mismas prisas que Graham.

—¡Graham! —llamé justo antes de que se metiera en el Audi negro. Me miró como si mi existencia lo confundiera.

—¿Qué?

—¿Qué de qué? No puedes irrumpir en mi tienda, soltar toda esa información y salir pitando. ¿Qué puedo hacer? ¿Cómo puedo ayudar?

Frunció el ceño y negó con la cabeza.

—No puedes. —Se metió en el coche y se fue, lo que me dejó perpleja.

Mi hermana estaba desaparecida y tenía una sobrina que luchaba por su vida, ¿y no podía hacer nada al respecto?

Me costaba creérmelo.

—Voy al hospital —comenté a Mari cuando volví a la tienda—. Voy a comprobar que todo va bien.

—Yo también voy —ofreció, pero le dije que era mejor que mantuviera la tienda abierta y en funcionamiento. Había mucho trabajo por hacer y si las dos nos íbamos nos atrasaríamos mucho con todo.

—De todas formas, sigue intentando contactar con Lyric. Si le cogiera el teléfono a una de las dos, sería a ti.

—Vale. Prométeme que me llamarás si pasa algo malo y me necesitas —dijo.

—Prometido.

❧

Cuando llegué a la UCI de neonatos, lo primero que vi fue la espalda de Graham. Estaba sentado en una silla, encorvado y con la vista fija en la cuna donde estaba su hija.

—Graham —susurré y levantó la mirada. Cuando se volvió en mi dirección, sus ojos denotaban esperanza, como si pensara que yo era Jane. El rayo de esperanza desapareció, se alejó de mí y se acercó más a su hija.

—No hacía falta que vinieras —dijo.

—Lo sé, pero he pensado que me tenía que asegurar de que todo iba bien.

—No necesito compañía —musitó mientras yo me acercaba. Cuanto más me aproximaba, más tenso se ponía.

—No pasa nada si estás triste o enfadado… —susurré sin quitarle ojo a los pulmones de la niñita que tanto se esforzaban por respirar—. No tienes que ser fuerte siempre —dije.

—¿Mi debilidad la salvará? —soltó.

—No, pero…

—Entonces no voy a perder el tiempo.

Yo me movía de aquí para allí.

—¿Tienes noticias de mi hermana?

—No.

—Volverá —dije con la esperanza de no estar diciendo una mentira.

—Me dejó una nota que dice lo contrario.

—¿En serio? Eso es… —Mis palabras se desvanecieron antes de poder expresar que era impactante. En cierta manera, no lo era. Mi hermana mayor siempre había sido un poco huidiza, como nuestro padre. Cambié de tema—. ¿Cómo se llama? —pregunté mirando hacia la niñita.

—No tiene sentido decirle a la gente su nombre si se va a…

—Se le quebró la voz. Cerró los puños y los ojos. Cuando los reabrió, había cambiado algo en su mirada fría. Por un instante, se había permitido sentir algo al ver a su hija esforzándose al máximo para vivir. Bajó la cabeza y susurró—: Si se va a morir.

—Sigue aquí, Graham —prometí y asentí en su dirección—. Sigue aquí y es preciosa.

—Pero ¿por cuánto tiempo? Solo soy realista.

—Por suerte, yo soy esperancista.

Apretaba las manos con tanta fuerza que se le pusieron rojas.

—No quiero que estés aquí —me dijo y se volvió hacia mí. Por un momento, pensé en lo grosera que era por estar allí sin ser bienvenida.

Sin embargo, en ese momento lo vi temblar.

Un leve estremecimiento le recorría el cuerpo mientras miraba a su hija, mientras miraba a lo desconocido. En ese momento supe que no podía dejarlo solo.

Me acerqué a él, le abrí los puños y le agarré la mano. Sabía que la niña estaba luchando una dura batalla, pero Graham también estaba en guerra. Mientras le sujetaba la mano, noté que se le escapaba un leve suspiro de entre los labios.

Tragó saliva con dificultad y me apartó la mano unos segundos después, pero pareció ser suficiente para que dejara de temblar.

—Talon —susurró con voz asustada, como si pensara que decirme su nombre significaba darle a su hija una sentencia de muerte.

—Talon —repetí con dulzura y se me formó una leve sonrisa en los labios—. Bienvenida al mundo, Talon.

Entonces, por primera vez en mi presencia, Talon Russell abrió los ojos.

Capítulo 6

Graham

—¿Seguro que estás bien? —preguntó Lucy sin ser consciente de que se quedaba más de lo debido en el hospital. Había venido todos y cada uno de los días de las últimas dos semanas para ver cómo estaba Talon y cómo estaba yo. Con cada día que pasaba, mi irritación iba en aumento por su persistencia en aparecer por allí. No la quería allí y estaba claro que mi parada en la floristería en busca de Jane había sido una mala idea.

¿Lo peor? Lucy no callaba.

Nunca dejaba de hablar. Era como si todos sus pensamientos tuvieran que pasar por sus labios. Lo peor era que cada palabra estaba llena de jerga *hippie* positiva. A sus discursos solo les faltaba un porro, cristales de roca y una esterilla de yoga.

—Me puedo quedar si me necesitas —ofreció una vez más. A Talon le estaban quitando la sonda nasogástrica porque los médicos consideraban que podía empezar a comer por sí misma, lo que era un paso en la buena dirección tras meses de incertidumbre—. En serio, Graham, no me importa quedarme unas horas más.

—No, vete.

Asintió y al final se levantó.

—Vale. Mañana vuelvo.

—No.

—Graham, no tienes que hacer esto solo —insistió—. Puedo quedarme a ayudarte si…

—¿No te das cuenta? —solté—. No eres bienvenida. Ve a molestar a otra persona con tu compasión.

Abrió la boca y retrocedió unos pasos.

—No me compadezco de ti.

—Pues compadécete de ti por no tener una vida propia —musité sin dirigirle la mirada, pero por el rabillo del ojo podía ver el dolor en su rostro.

—Hay instantes en los que te veo, es decir, en los que veo lo dolido que estás, en los que veo tu sufrimiento y preocupación, pero entonces vas y lo anulas con tu grosería.

—Deja de actuar como si me conocieras —dije.

—Deja de actuar como si no tuvieras corazón —replicó. Entonces, hurgó en el bolso y sacó un bolígrafo y un papel y garabateó su número de teléfono—. Toma, cógelo por si me necesitas o cambias de opinión. Trabajé de niñera, te puedo echar una mano si la necesitas.

—¿Por qué no lo entiendes? No necesito nada de ti.

—¿Te piensas que lo hago por ti? —dijo con una risita y negó con la cabeza mientras se llevaba los dedos alrededor del colgante con forma de corazón—. Parece que tu egocentrismo te impide darte cuenta de la verdad del asunto. No estoy aquí por ti. Apenas te conozco. Lo último que me pidió mi madre fue que cuidara de mis hermanas y, visto que Lyric está desaparecida en combate, para mí es importante cuidar de su hija.

—Talon no es responsabilidad tuya —argumenté.

—Quizás no —dijo—, pero, te guste o no, forma parte de mi familia, así que no permitas que tu orgullo y rabia contra la persona equivocada te impidan ponerte en contacto conmigo si me necesitas.

—No te voy a necesitar. No necesito a nadie —ladré; me molestaba su personalidad generosa. Era absurdo que diera tanto de sí misma con tanta libertad.

Entrecerró los ojos y ladeó la cabeza; me estudiaba. Detestaba cómo se quedaba mirándome. Aborrecía que, cuando nuestras miradas se cruzaban, me mirara como si viera una parte de mi alma que yo ni siquiera conocía.

—¿Quién te ha hecho daño? —susurró.

—¿Cómo?

Se acercó a mí, me abrió el puño y me puso su número en la mano.

—¿Quién te ha hecho tanto daño y te ha convertido en alguien tan frío?

La seguí con la vista cuando se iba, pero no se volvió ni una vez.

Pasaron tres semanas hasta que los médicos y enfermeros me informaron de que era hora de que Talon y yo nos fuéramos a casa. Me llevó más de dos horas asegurarme de que la sillita del coche estaba bien instalada, así como que cinco enfermeros diferentes comprobaran que estaba abrochada de forma correcta.

Nunca había conducido con tanta lentitud en mi vida y, cada vez que me volvía para ver cómo estaba Talon, dormía.

«La voy a cagar».

Lo sabía. No tenía ni idea de ser padre. No tenía ni idea de cómo cuidar a un bebé. A Jane se le hubiera dado genial. Por supuesto, nunca quiso tener hijos, pero era una perfeccionista. Hubiera aprendido de forma autodidacta cómo ser la mejor madre del mundo. Ella habría sido la mejor opción si uno de los dos tenía que cuidar de Talon.

Que la tuviera yo me parecía un cruel error.

—Chsss. —Intenté calmarla mientras llevaba la sillita del coche a casa. Había empezado a llorar en el momento en el que la saqué del coche y se me encogió el estómago de los nervios.

«¿Tiene hambre? ¿Necesita un cambio de pañal? ¿Tiene demasiado calor? ¿Demasiado frío? ¿Ha dejado en algún instante de respirar? ¿Sus pulmones son lo suficiente resistentes? ¿Sobrevivirá esta noche?».

Cuando Talon ya estaba en la cuna, me senté en el suelo junto a ella. Cada vez que se movía, me levantaba para ver cómo estaba. Cada vez que no se movía, me levantaba para ver cómo estaba.

«La voy a cagar».

Los médicos se habían equivocado. Seguro. No deberían haberla mandado a casa todavía. No estaba preparada. Yo no lo estaba. Era demasiado pequeña y mis manos demasiado grandes. Le haría daño.

Cometería un error que le costaría la vida.

«No puedo hacer esto».

Saqué el móvil y llamé al número al que llevaba semanas llamando.

—Jane, soy yo, Graham. Solo quería que supieras que... Talon está en casa. No se morirá, Jane, y quería que lo supieras. Ya puedes volver a casa. —Sujetaba el teléfono con fuerza y hablaba con un tono severo—. Vuelve a casa. Por favor. No puedo... No puedo hacer esto sin ti. No puedo hacer esto solo.

Era el mismo mensaje que le había dejado multitud de veces desde que los médicos me dijeron que le iban a dar el alta a Talon.

Sin embargo, Jane nunca volvió.

Esa fue la noche más dura de mi vida.

Cada vez que Talon empezaba a chillar, no conseguía que se callara. Cada vez que la cogía en brazos, me aterrorizaba romperla. Cada vez que le daba de comer y no comía, me preocupaba su salud. La presión me podía. ¿Cómo podía depender de mí la vida de alguien tan pequeño?

¿Cómo se suponía que un monstruo iba a criar a una niña?

La pregunta de Lucy de la última vez que la vi sonaba una y otra vez en mi cabeza.

«¿Quién me ha hecho tanto daño y me ha convertido en alguien tan frío?».

La parte del «quién» era sencilla.

La razón era lo confuso.

Capítulo 7

Undécimo cumpleaños

El niño seguía de pie en el pasillo oscuro, sin saber si su padre quería que se le oyera. Había pasado parte de la noche solo y se sentía más seguro cuando no había nadie más. El chico tenía claro que su padre llegaría a casa ebrio, porque era lo que le había enseñado la experiencia. Lo que no sabía era qué versión de su padre borracho cruzaría la puerta principal en ese momento.

A veces estaba juguetón y otras, extremadamente despiadado.

A veces llegaba a casa tan despiadado que el chico a menudo cerraba los ojos por la noche y se autoconvencía de que se había inventado las acciones del borracho. Se decía a sí mismo que su padre nunca podría ser tan frío. Se decía a sí mismo que nadie podía odiar tanto a alguien de su propia sangre, ni siquiera con la ayuda del alcohol.

Sin embargo, la realidad era que, a veces, los monstruos que nos arropan por la noche son las personas a las que más queríamos.

—Ven aquí, hijo —llamó el hombre mayor, lo que hizo que el niño se irguiera. Corrió al salón, donde vio a su padre sentado junto a una mujer. El padre sonrió cuando las manos de la mujer se apoyaron en su regazo—. Ella —dijo con los ojos iluminados, casi brillando— es Rebecca.

La mujer era preciosa. Tenía el cabello de color chocolate, que le caía sobre los hombros, y una nariz fina que encajaba genial entre sus ojos castaños y salvajes. Era de labios gruesos, que llevaba pintados de rojo, y, cuando sonrió, al niño le recordó en cierto modo a su madre.

—Hola —dijo Rebecca con dulzura; su voz rebosaba amabilidad y confianza en quien no debía. Alargó una mano hacia el chico—, es fantástico conocerte por fin.

El niño mantenía la distancia, sin saber qué debía decir o sentir.

—Venga —le riñó su padre—, dale la mano. Dile hola, hijo.

—Hola —dijo el niño con un susurro, como si le preocupara caminar hacia la trampa de su padre.

—Rebecca será mi nueva esposa, tu nueva mamá.

—Ya tengo una madre —rugió el niño con un tono de voz más elevado de lo que quería. Se aclaró la garganta y volvió a los susurros—. Ya tengo una mamá.

—No —corrigió su padre—. Nos abandonó.

—Te abandonó a ti —argumentó el niño—. ¡Porque eres un borracho! —Sabía que no debería haber dicho eso, pero también sabía lo mucho que le dolía el corazón al pensar que su madre lo había abandonado y lo había dejado con el monstruo. Su madre lo quería, eso lo tenía claro. Sin embargo, un día se asustó mucho y ese miedo la había hecho huir.

A menudo se preguntaba si se acordaría de que lo había dejado atrás.

A menudo rezaba para que volviera algún día.

Su padre se tensó y cerró los puños. Cuando estaba a punto de gritarle a su hijo por su tono, Rebecca le colocó una mano sobre el hombro para calmarlo.

—No pasa nada. Esta situación es nueva para todos nosotros —dijo y llevó las manos a la espalda del padre para frotársela—. No estoy aquí para reemplazar a tu madre. Sé que significaba mucho para ti y nunca querría ocupar su sitio. Sin embargo, espero que algún día también encuentres un hueco en tu corazón para mí, porque así es como funcionan los corazones: cuando piensas que están llenos del todo, de alguna manera encuentras espacio para añadir un poquito más de amor.

El niño seguía en silencio, sin saber qué decir. Aún podía ver el enfado en los ojos de su padre, pero había algo en el tacto de Rebecca que lo calmaba. Parecía que era la bella que en cierto modo amansaba a la bestia.

Solo por eso, el niño deseó en secreto que pasara allí la noche y, quizás, también la mañana.

—Ahora toca pasar a las cosas divertidas —dijo Rebecca, que se puso de pie y caminó hacia la mesa del comedor. Volvió con una madalena en la mano y esta llevaba una vela de rayas amarillas y verdes—. Me ha dicho un pajarito que es tu undécimo cumpleaños. ¿Es eso verdad?

El chico asintió con cautela.

¿Cómo lo sabía?

Su propio padre ni siquiera lo había mencionado en todo el día.

—Entonces tendrás que pedir un deseo. —Rebecca sonreía de oreja a oreja, como hacía su madre. Miró dentro del bolso, sacó un mechero y encendió la vela. El niño vio cómo la mecha empezaba a arder y cómo la cera goteaba poco a poco por los lados de la vela y se mezclaba con el glaseado—. Vamos, sopla la vela y pide un deseo.

El niño hizo lo que le pedía y ella sonrió con aún más intensidad.

El chico cometió un error esa noche y ni siquiera se dio cuenta. Pasó muy deprisa, entre el instante en el que abrió la boca para soplar la vela y el instante en el que la llama se apagó.

En ese segundo, en ese pequeño espacio de tiempo, abrió su corazón sin querer y la dejó entrar.

La última mujer en recordar su cumpleaños fue su madre. Y cuánto la quería.

Rebecca le recordaba mucho a su madre, desde la sonrisa amable y la confianza en quien no debía, los labios pintados de rojo y los ojos salvajes hasta su disposición a amar.

Tenía razón sobre los corazones y el amor. Los corazones siempre daban la bienvenida al nuevo amor, pero cuando ese amor se arraigaba, el desamor a veces también empezaba a trepar por las sombras.

En las sombras, el desamor envenenaba al amor, lo convertía en algo oscuro, pesado, feo. El desamor mutilaba el amor, lo humillaba, le dejaba cicatriz. El desamor poco a poco congelaba los latidos que un día dieron la bienvenida al amor.

—Feliz cumpleaños —dijo Rebecca, que pasó el dedo por el glaseado de la magdalena y se lo llevó a la boca—. Espero que todos tus deseos se hagan realidad.

Capítulo 8

Lucy

En mitad de la noche me sonó el móvil. Me di la vuelta en la cama buscando a Richard, pero no estaba. Miré hacia el pasillo; se veía una luz y se escuchaba música de jazz bajita, lo que significaba que estaba despierto, trabajando en sus obras. Mi teléfono no paraba de sonar y me froté los ojos al ir a cogerlo.

—¿Sí? —Bostecé y me esforcé al máximo para mantener los ojos abiertos. Las sombras se dibujaban en la habitación y no asomaba ni un rayo de sol, lo que claramente indicaba que faltaba mucho para que se hiciera de día.

—Lucille, soy Graham. ¿Te he despertado? —preguntó con voz temblorosa.

Oí a la niña llorando al fondo mientras me sentaba en la cama y bostecé otra vez.

—No, siempre estoy despierta a las tres de la mañana. —Me reí entre dientes—. ¿Qué pasa? ¿Cuál es el problema?

—Talon ha llegado hoy a casa.

—Eso es fantástico.

—No —replicó y se le quebró la voz—. No para de llorar. No come. Cuando duerme pienso que está muerta, así que compruebo sus latidos, lo que a su vez la despierta y nos lleva de nuevo a los lloros. Cuando la pongo en la cuna llora aún con más ganas que cuando la tengo en brazos. Necesito…

—¿Cuál es tu dirección?

—No hace falta que…

—Graham, tu dirección, ya.

Obedeció y me dio la dirección de su casa en River Hills, lo que al menos me indicaba algo: llevaba una vida acomodada.

Me vestí rápido, me recogí los rizos despeinados en un moño chapucero y corrí hacia el salón, donde vi a Richard sentado. Miraba con intensidad uno de sus dibujos a carboncillo.

—¿Sigues trabajando? —pregunté.

Me lanzó una mirada y levantó una ceja.

—¿A dónde vas? —Le veía la cara diferente; se había afeitado la barba y se había dejado solo el bigote.

—No tienes barba —comenté—, pero sí bigote.

—Sí, necesitaba inspiración y sabía que si me afeitaba conseguiría cierta expresión. ¿Te gusta?

—Es... —Arrugué la nariz—. ¿Artístico?

—Que es justo por lo que este artista está luchando. Pero, un segundo, ¿a dónde vas?

—Graham me acaba de llamar. Se ha llevado a Talon a casa y tiene muchos problemas con ella.

—Son... —Richard miró su reloj entornando los ojos. Seguro que había perdido las gafas en alguna parte de su desorden creativo— son las tres de la madrugada.

—Lo sé. —Caminé hacia él y lo besé en la frente—. Por eso deberías irte a dormir.

Me dijo adiós con la mano.

—La gente que consigue exposiciones en museos no duerme, Lucy. Crea.

Me reí mientras me dirigía a la puerta de entrada.

—Bueno, pues intenta crear un poco con los ojos cerrados. Volveré pronto.

Cuando aparqué en el camino de acceso a la casa de Graham, me quedé impresionada por el tamaño del edificio. Por descontado, todas las mansiones de River Hills eran impresionantes, pero la suya era imponente y encantadora. La propiedad de Graham se parecía mucho a su personalidad, ya que estaba aislada del resto del mundo. La parte delantera de la casa estaba rodeada de árboles, mientras que la trasera tenía un pequeño terreno. Había senderos de piedrecitas que marcaban las parcelas que se suponía que se convertirían en jardín, pero allí solo crecían malas hierbas. Era perfecto para un bonito jardín. Podía visualizar las clases de flores y vides que podría haber en ese espacio. Detrás del trozo de terreno había más árboles que se perdían en la distancia.

Aún no había salido el sol y la casa se veía oscura, pero era bonita de todas formas. Delante del porche había dos estatuas de leones gigantes y en el tejado había tres gárgolas.

Fui hacia la puerta con dos cafés y, cuando estaba a punto de llamar al timbre, Graham ya estaba allí apurándome para que entrara.

—No deja de llorar —dijo sin saludarme, solo me metía prisa para entrar en la casa junto al bebé que lloraba. El edificio estaba oscuro como la boca de un lobo, excepto por una lámpara que había encima de la mesa del salón. Las cortinas de las ventanas eran de terciopelo de un rojo intenso, lo que hacía que la casa pareciera más oscura. Me llevó hasta la habitación de Talon, donde la niñita estaba tumbada en la cuna, con la cara rojísima y chillando.

—No tiene fiebre y la he puesto de espaldas porque... ya sabes. —Se encogió de hombros—. He leído mucho sobre el síndrome de muerte súbita del lactante y sé que no puede rodar, pero ¿y si lo hace por error? Tampoco come demasiado. No sé qué hacer, así que iba a probar el método canguro.

Casi me reí con sus nervios, pero estaba el asunto de que Talon estaba sufriendo. Eché un vistazo a la habitación y me di cuenta de que era el doble de grande que la mía. Esparcidos por el suelo había docenas de libros sobre cómo ser padre abiertos por páginas concretas y con otras páginas dobladas para poder volver a ellas más adelante.

—¿Qué es el método canguro? —pregunté.

Cuando levanté la vista de los libros, vi a Graham sin camiseta delante de mí. Mi mirada se paseó por su pecho tonificado y piel color caramelo antes de obligarme a dejar de mirarlo boquiabierta. Para ser escritor, estaba de muy buen ver y en forma. Un tatuaje le subía por el brazo izquierdo y acababa en la parte de atrás del omóplato, y los bíceps de los brazos parecía que tuvieran sus propios bíceps y que estos a su vez hubieran dado a luz a sus propios bíceps.

Por un momento, pensé en si era un escritor de verdad y no Dwayne Johnson.

Después de sacarle el bodi a Talon, que se quedó solo con el pañal, se acercó a la cuna, levantó a la niña con sus musculosos brazos y empezó a mecerla. Ella tenía la oreja pegada a su pecho, justo sobre el corazón.

—Es cuando el progenitor y el niño tienen contacto piel con piel para crear un vínculo. Funciona mejor con las madres, creo. En el hospital me dijeron que tenía que probarlo, pero parece inútil —refunfuñó porque los llantos seguían. La sostenía como si fuera una pelota de fútbol y la mecía con frenesí, como si se desmoronara por no poder tranquilizarla.

—Quizás podríamos probar a darle de comer otra vez —ofrecí—. ¿Quieres que le prepare un biberón?

—No. —Sacudió la cabeza—. No sabrías a qué temperatura debería estar.

Sonreí sin molestarme por su falta de fe en mí.

—Vale. Vamos, dámela y así puedes ir a hacerle el biberón. —Frunció el ceño y las dudas le subieron hasta la frente arrugada. Me senté en el sillón reclinable gris que había en una esquina y tendí los brazos—. Te prometo que no la soltaré.

—Tienes que protegerle la cabeza —dijo mientras dejaba a Talon en mis brazos despacio, muy despacio— y no te muevas hasta que vuelva.

Reí.

—Te doy mi palabra, Graham.

Antes de salir de la habitación, se volvió para mirarme, como si esperara que la niña estuviera en el suelo o alguna otra estupidez. De todas formas, no lo podía culpar por sus miedos: parecía que Graham lo pasaba mal a la hora de confiar en alguien, sobre todo después de que mi hermana lo abandonara.

—Hola, preciosa —dije a Talon, y nos reclinamos en el sofá. La mantenía pegada a mí. Era preciosa, casi como una obra de arte.

Hacía unas semanas era un pequeño cacahuete y, desde la última vez que la vi, había ganado unos dos kilos. Era una superviviente, un halo de esperanza. Cuanto más me reclinaba, más parecía que se calmaba. Cuando Graham volvió a la habitación, ella dormía tranquilamente en mis brazos.

Levantó una ceja.

—¿Cómo lo has hecho?

Me encogí de hombros.

—Supongo que le encanta este sillón.

Hizo una mueca y cogió a Talon, se la llevó de mis brazos y la puso en la cuna.

—Vete.

—¿Qué? —pregunté confundida—. Lo siento, ¿he hecho algo malo? Pensaba que querías…

—Ya te puedes ir, Lucille. Ya no se requieren tus servicios.

—¿Mis servicios? —comenté, perpleja por su frialdad—. Solo he venido a ayudarte. Me has llamado.

—Pues ahora retiro la llamada. Adiós.

Me llevó deprisa hasta la puerta de entrada y me escoltó hasta la salida sin decir nada más. Ni siquiera me dijo un «gracias» antes de cerrarme la puerta en las narices.

—¡No te olvides de beberte el café que te he traído y que está en la encimera! —grité mientras aporreaba la puerta—. Es negro, como tu alma.

—¿Te llamó para que fueras a las tres de la madrugada? —preguntó Mari mientras abría la tienda a la mañana siguiente. Los domingos cerrábamos, pero habíamos ido para preparar con antelación lo de la próxima semana—. Te aseguro que me he alegrado cuando esta mañana no has venido a las cinco a despertarme para ir a yoga, pero me preguntaba dónde estabas. ¿Cómo está la niña?

—Bien, le va bien. —Sonreí al pensar en ella—. Es perfecta.

—Y él… ¿Lo lleva todo él solo?

—Lo hace lo mejor que puede —dije y entré—. Creo que le cuesta. Te puedo asegurar que llamarme le costó muchísimo.

—Es tan raro que te llamara… Apenas te conoce.

—No creo que tenga familia. Creo que su padre era toda la familia que tenía. Además, le di mi número por si necesitaba ayuda.

—¿Y después te echó?

—Sí.

Mari puso los ojos en blanco.

—Toda la estabilidad que se necesita para criar a un niño, sin duda. Cuando vino a la tienda ya vi que era un tipo arisco.

—Es un poco bruto, pero creo que de verdad quiere hacer las cosas bien con Talon. Se ha visto forzado a una situación en la que creía que tendría una compañera que lo ayudaría, pero ahora le toca hacerlo todo a él solo.

—Nunca lo hubiera imaginado —dijo mi hermana—. No me creo que Lyric lo dejara. Pensé que sería más considerada después de ver lo que pasó entre Parker y yo.

—Abandonó a su hija recién nacida en el hospital, Mari. Cualquier consideración que pensáramos que Lyric tenía se esfumó por la ventana y no vale nada.

Era increíble cómo podías conocer a una persona de toda la vida y después darte cuenta de que no sabías absolutamente nada de ella.

El tiempo era una maldición por cómo transformaba poco a poco las relaciones y las convertía en algo totalmente ajeno.Mari negó con la cabeza.

—Vaya desastre. Pero, cambiando a algo más positivo, tengo una sorpresa para ti.

—¿Es un zumo verde?

Levantó una ceja.

—He dicho una sorpresa, no una asquerosa planta molida. ¡Ya es oficial que vamos a contratar a otra florista! Voy a entrevistar a algunas personas durante las próximas semanas.

Desde que abrimos la floristería, siempre habíamos hablado de contratar más personal, pero no teníamos suficientes beneficios para hacerlo realidad. Así que era emocionante haber llegado al punto de poder hacerlo. No había nada más estimulante que ver cómo tus sueños crecían.

Cuando iba a contestarle, sonó el timbre de la entrada y las dos levantamos la mirada.

—Lo siento, hoy no abri… —No pude ni acabar la frase cuando vi quién estaba allí de pie con un ramo de rosas.

—Parker —dijo Mari con un suspiro y se le fue toda la fuerza al pronunciar su nombre. La reacción de su cuerpo al verlo fue que se le hundieran los hombros y que las rodillas le cedieran—. ¿Qué…? ¿Qué haces aquí? —Le temblaba la voz y me hubiera encantado que no fuera así. Delataba el efecto que tenía sobre ella, el efecto que por descontado quería tener.

—Yo, pues… —Se rio nervioso y bajó la mirada hacia las flores—. Supongo que es un poco ridículo traer flores a una floristería, ¿no?

—¿Qué haces aquí, Parker? —dije con una voz mucho más severa que la de mi hermana. Me crucé de brazos y no aparté la vista de él ni un segundo.

—Yo también me alegro de verte, Lucy —comentó—. Esperaba poder hablar un minuto a solas con mi mujer.

—Ya no tienes mujer —dije. Con cada paso que daba hacia Mari, yo intervenía—. La perdiste cuando hiciste las maletas y te fuiste hace años.

—Vale, vale, tienes razón. Me lo merezco —replicó. Mari susurró algo y Parker levantó una ceja—. ¿Qué has dicho?

—¡Que no te mereces una mierda! —rugió Mari con la voz aún temblorosa, pero en un tono más alto. Ella no era de las que maldijeran nunca, así que cuando la última palabra le saltó de la lengua, supe que él la había dejado muy afectada.

—Mari —empezó Parker. Ella le dio la espalda, pero él siguió hablando—, hace unas semanas habríamos hecho siete años.

Ella no se volvió para mirarle a la cara, pero vi que su cuerpo sí reaccionaba.

«Sé fuerte, hermana».

—Sé que la cagué. Sé que es una auténtica estupidez aparecer aquí después de tanto tiempo con unas flores asquerosas, pero te echo de menos.

Su cuerpo reaccionó más.

—Te echo de menos. Soy un idiota, ¿vale? He cometido muchos errores de mierda. No te pido que vuelvas conmigo hoy, Mari. No te pido que te enamores de mí. Solo soy un chico, delante de una chica, pidiéndole que se tome un café conmigo.

—Por Dios —gruñí.

—¿Qué? —preguntó Parker, irritado por mi enfado.

—¡Eso lo has sacado de *Notting Hill!*

—No exactamente. Julia Roberts le pide a Hugh Grant que la quiera. Yo solo le he pedido ir a tomar un café —explicó Parker.

No podía poner los ojos en blanco tanto como hubiera querido.

—Lo que sea. Vete.

—No te ofendas, Lucy, pero no he venido por ti. He venido por Mari y ella no me ha dicho que…

—Vete —dijo Mari, cuya voz había recuperado la fuerza, y se volvió para estar cara a cara con él. Se irguió, parecía un roble robusto.

—Mari… —Dio un paso más hacia ella y Mari levantó una mano para que parara.

—He dicho que te vayas, Parker. No tengo nada que decirte y no quiero nada que tenga que ver contigo. Ahora vete.

Dudó unos segundos antes de dejar las flores sobre el mostrador e irse.

Cuando la puerta se cerró, Mari liberó el aire que había retenido y yo fui corriendo a la trastienda.

—¿Qué haces? —preguntó detrás de mí.

—Buscar el manojo de salvia —respondí. Cuando éramos pequeñas, mamá siempre tenía un manojo de salvia en casa que quemaba siempre que había alguna discusión. Siempre decía que las peleas llevaban energía negativa al lugar y que lo mejor era purificarlo de inmediato—. No hay nada positivo en la energía de Parker y me niego a dejar que su negatividad se filtre en nuestras vidas otra vez. Hoy no queremos malas vibraciones. —Encendí la salvia y me paseé por la tienda meneándola.

—Hablando del rey de Roma —dijo Mari al coger mi móvil cuando empezó a sonar.

Estiré el brazo para cogerlo y vi el nombre de Graham en la pantalla.

Contesté con cuidado y le pasé el manojo de salvia a mi hermana.

—¿Hola?

—El sillón no funciona.

—¿Cómo?

—He dicho que el sillón no funciona. Me dijiste que le gustaba el sillón reclinable y que así conseguiste que se durmiera, pero no funciona. Llevo toda la mañana intentándolo y no se duerme. Apenas come y… —Sus palabras se desvanecieron un instante antes de hablar de nuevo en un tono suave—. Vuelve.

—¿Perdona? —Me incliné sobre el mostrador, estupefacta—. Me echaste de tu casa a empujones.

—Lo sé.

—¿Eso es todo lo que vas a decir? ¿Que lo sabes?

—Escúchame, si no quieres venir a ayudarme, vale. No te necesito.

—Sí que me necesitas. Por eso me has llamado. —Me mordí el labio inferior y cerré los ojos—. Llego en veinte minutos.

—Vale.

Otra vez, nada de gracias.

—Lucille.

—Dime.

—Que sean quince.

Capítulo 9

Graham

Lucy se detuvo en mi casa con aquella chatarra de color borgoña que tenía por coche y le abrí la puerta antes de que saliera del vehículo. Sostenía a Talon y la mecía mientras lloraba incómoda.

—Han sido veinticinco minutos —rezongué.

Ella solo sonrió. Siempre estaba sonriendo.

Su sonrisa me recordaba mi pasado; era una bonita sonrisa llena de esperanza.

La esperanza era el remedio del hombre débil para los problemas de la vida.

Y sabía que eso era así por mi pasado.

—Me gusta llamarlo el retraso de rigor.

Cuanto más se acercaba, más tenso me ponía.

—¿Por qué hueles a hierba?

Rio.

—No es hierba, es salvia. He quemado un manojo.

—¿Por qué has quemado salvia?

Le salió una sonrisa pícara y se encogió de hombros.

—Para luchar contra energía negativa como la tuya.

—Ah, claro, *hippie* rarita. Además, seguro que siempre llevas encima cristales y piedras.

Sin ningún esfuerzo, buscó en su bolso y sacó un puñado de cristales.

Porque, por supuesto, los llevaba.

—Ven. —Estiró los brazos, me quitó a Talon de las manos y empezó a mecerla—. Necesitas descansar. Yo la vigilaré. —Me sentía muy culpable porque parecía que Talon se calmaba sin ningún problema cuando estaba en brazos de Lucy.

—No puedo dormir —dije.

—Sí que puedes. Eliges no dormir porque te vuelve paranoico que algo le pueda pasar a tu hija, lo que es una reacción muy razonable por la que seguro que pasan muchos padres primerizos. Sin embargo, no estás solo, Graham. Yo estoy aquí.

Dudé y me dio un leve golpe en el hombro.

—Vete. Yo puedo con esto.

—Dijiste que habías hecho de niñera antes, ¿no?

—Sí, de unos gemelos y su hermano pequeño. Estuve desde la primera semana hasta que empezaron el colegio. Graham, te prometo que Talon está bien.

—De acuerdo. —Me pasé la mano por la barba y me dirigí hacia mi habitación. Darme una ducha sonaba bien. No recordaba la última vez que me había duchado o que había comido.

«¿Cuándo fue la última vez que comí? ¿Tengo al menos comida en la nevera? ¿Aún funciona la nevera?».

Las facturas.

¿Las había pagado? «No me han cortado todavía el teléfono, lo que es una buena señal, porque mañana por la mañana tengo que llamar al pediatra de Talon».

El médico.

Una cita con el médico; tenía que pedir cita con el médico.

¿Niñera? Tenía que entrevistar a niñeras.

—Cállate —ladró Lucy.

—Si no he dicho nada.

—No, pero tu cabeza no para de dar vueltas a todo lo que podrías hacer en vez de dormir. Para poder ser productivo tendrás que descansar y, Graham...

Me volví para ver su tierna mirada clavada en mí.

—¿Sí?

—Lo estás haciendo todo bien. Me refiero a con tu hija.

Me aclaré la garganta y me metí las manos en los bolsillos de los vaqueros.

«La colada. ¿Cuándo fue la última vez que hice la colada?».

—No para de llorar. No está contenta conmigo.

Lucy se rio, con esa risa con la que se echaba el pelo hacia atrás y la sonrisa se le ensanchaba. Reía muy alto y en los momentos menos oportunos.

—Los bebés lloran, Graham. Es normal. Todo esto es nuevo para los dos. Es un mundo sin estrenar y los dos hacéis todo lo que podéis por adaptaros.

—Contigo no llora.

—Hazme caso. —Sonrió y bajó la mirada hacia Talon, que estaba calmada entre sus brazos—. Déjala unos minutos y te estaré suplicando que me cambies el sitio, así que vete. Ve a descansar un poco antes de que te la devuelva.

Asentí y, antes de irme, me aclaré la garganta de nuevo.

—Te pido disculpas.

—¿Por?

—Por la forma en que te he tratado esta madrugada. He sido grosero y lo siento.

Inclinó la cabeza y me miró con ojos curiosos.

—¿Por qué tengo la sensación de que hay un millón de palabras flotando en tu cabeza pero solo dejas escapar unas pocas?

No contesté.

Mientras la miraba meciendo a mi hija, que cada vez estaba más incómoda, Lucy sonrió y me guiñó un ojo.

—¿Ves? Te lo he dicho. Solo se porta como un bebé. Me ocuparé de ella un rato. Vete y ocúpate de ti mismo.

Se lo agradecí mentalmente y sonrió como si me hubiera oído.

Nada más tocar la almohada con la cabeza, me quedé dormido. No sabía que estaba tan cansado hasta que de verdad tuve un momento para descansar. Fue como si mi cuerpo se fundiera con el colchón y el sueño se me tragara. No tuve pesadillas ni sueños y lo agradecí.

No fue hasta que oí a Talon llorando que empecé a dar vueltas en la cama.

—¿Jane, puedes ir tú? —susurré medio dormido. Entonces abrí los ojos y miré hacia el otro lado de la cama, que seguía perfectamente hecho, sin ninguna arruga en las sábanas. Pasé la mano por el sitio vacío que me recordaba que estaba solo.

Salté de la cama y, al avanzar por los pasillos, oí un suave susurro.

—No pasa nada, no pasa nada.

Cuanto más me acercaba a la habitación de la niña, más me calmaba aquella suave voz. Me quedé de pie en la puerta viendo a Lucy sostener y dar de comer a Talon.

En muchos sentidos, ver mi cama vacía era un recordatorio de que Jane se había ido, pero tener a Lucy delante lo era de que no estaba solo.

—¿Está bien? —pregunté, lo que hizo que Lucy se volviera, sorprendida.

—Ah, sí. Solo tiene hambre. Eso es todo. —Me recorrió el cuerpo con la vista—. Veo que ya no hueles a alcantarilla.

Me pasé las manos por el pelo todavía húmedo.

—Sí, me he dado una ducha rápida y una cabezadita.

Asintió y caminó hasta mí.

—¿Quieres darle de comer?

—Yo no. Ella no…

Lucy me señaló con la cabeza el sillón reclinable.

—Siéntate. —Empecé a protestar, pero sacudió la cabeza—. Ya.

Hice lo que decía y, cuando me senté, me puso al bebé en brazos. En el momento del intercambio, Talon se echó a llorar y al instante intenté devolvérsela a Lucy, pero rechazó cogerla.

—No la vas a romper.

—No le gusta cuando la cojo yo. No está a gusto.

—No, el que no está a gusto eres tú, pero puedes hacerlo, Graham. Respira hondo y cálmate.

Hice una mueca.

—Está apareciendo tu lado *hippie* rarito.

—Y a ti te aparece el miedo —contraatacó. Se inclinó, me puso el biberón en la mano y me ayudó a darle de comer. Tras unos segundos, Talon empezó a beber y a tranquilizarse, se le cerraban los ojos del cansancio—. No vas a romperla, Graham.

Odiaba que me leyera la mente sin mi permiso. Me aterrorizaba que cualquier caricia mía pudiera ser la que acabara con Talon. Mi padre me dijo una vez que estropeaba todo lo que tocaba y estaba seguro de que eso era lo que iba a pasar con mi hija.

Apenas conseguía que se tomara el biberón y mucho menos iba a poder criarla.

La mano de Lucy seguía alrededor de la mía mientras me ayudaba a darle de comer a Talon. Su tacto era suave, dulce y sorprendentemente acogedor para mi alma, tan poco acogedora.

—¿Cuál es tu mayor expectativa?

Me confundió su pregunta.

—¿A qué te refieres?

—¿Cuál es tu mayor expectativa en la vida? —preguntó de nuevo—. Mi madre siempre nos lo preguntaba cuando éramos pequeñas.

—Yo no tengo expectativas.

Puso mala cara, pero ignoré su decepción por mi respuesta. Yo no era un hombre que esperara nada; yo era un hombre que simplemente existía.

Cuando Talon se acabó el biberón, se la pasé a Lucy, que la hizo eructar y la devolvió a la cuna. Los dos nos quedamos de pie junto a la cuna, mirando desde arriba a la niña que dormía, pero yo seguía con el nudo en el estómago que tenía desde que nació Talon.

Se movió un poco con cara de pocos amigos antes de relajarse y dormir profundamente. Me preguntaba si soñaba mientras dormía y si algún día tendría una gran expectativa.

—Guau —dijo Lucy con una leve sonrisa en los labios—. Sin duda ha heredado tu forma de fruncir el ceño.

Solté una risita ahogada, lo que hizo que me mirara.

—Perdona, pero acabas de… —Me señaló con el dedo y me pegó en el brazo—. ¿Graham Russell acaba de reír?

—Un error de juicio. No volverá a pasar —dije con frialdad, y me tensé.

—Vaya, me encantaría que se repitiera. —Nuestras miradas se cruzaron, estábamos a pocos centímetros el uno del otro y no dijimos nada más. Llevaba el pelo rubio sin peinar y con unos rizos marcados, lo que parecía su estado natural; incluso en el entierro llevaba la melena despeinada.

Sin embargo, le quedaba bien.

Un rizo le caía sobre el hombro izquierdo y alargué la mano para colocárselo bien cuando vi que tenía algo. Cuanto más se acercaba mi mano a ella, más notaba que se tensaba.

—Graham —susurró—, ¿qué haces?

Le pasé las manos por el pelo y cerró los ojos, se le notaba que estaba nerviosa.

—Date la vuelta —ordené.

—¿Qué? ¿Por qué?

—Hazlo —dije. Levantó una ceja y puse los ojos en blanco antes de soltar—: por favor. —Me hizo caso e hice una mueca—. Lucille —susurré y me acerqué más a ella, tenía la boca a centímetros de su oreja.

—¿Sí, Graham *Cracker*?

—Tienes vómito por toda la espalda.

—¿Qué? —soltó y empezó a dar vueltas intentando mirarse la espalda del vestido veraniego, que estaba cubierta con el vómito de Talon—. ¡Dios mío! —refunfuñó.

—También tienes en el pelo.

—Joder, me cago en todo. —Al darse cuenta de sus palabras, se tapó la boca—. Perdón, quería decir mecachis. No tenía pensado volver al mundo real cubierta de vómito.

Casi me reí de nuevo.

—Puedes ducharte aquí y puedo prestarte ropa mientras meto eso a la lavadora.

Sonrió, algo que hacía a menudo.

—¿Es esa tu astuta forma de pedirme que me quede a ayudarte unas horas más con Talon?

—No —dije con severidad; me había ofendido su comentario—. Qué estupidez.

Se quedó boquiabierta y se echó a reír.

—Era una broma, Graham. No te lo tienes que tomar todo tan en serio. Relájate un poco. Pero sí, si no te importa, me encantaría tomarte la palabra. Este es mi vestido de la suerte.

—No puede darte tanta suerte si está lleno de vómito. Tienes una definición de suerte equivocada.

—Guau —soltó Lucy y sacudió la cabeza—. Tu encanto es casi enfermizo —se mofó.

—No lo decía… —No acabé la frase y, aunque seguía sonriendo, vi que le temblaba el labio inferior. La había ofendido. Claro que la había ofendido, no a propósito, pero, de todas formas, lo había hecho. Caminé un poco por la habitación y me erguí. Debería haber dicho algo más, pero no se me ocurría nada.

—Creo que iré a casa a ducharme —dijo bajando la voz y cogió su bolso.

Asentí comprensivo; yo tampoco querría estar cerca de mí.

Mientras se iba, dije:

—Se me dan mal las palabras.

Se volvió y negó con la cabeza.

—No, he leído tus libros y se te dan genial, casi en exceso. Lo que te faltan son habilidades sociales.

—Vivo mucho dentro de mi cabeza. No suelo interactuar con la gente.

—¿Y con mi hermana?

—No hablábamos demasiado.

Lucy rio.

—Seguro que eso da lugar a una relación difícil.

—Estábamos lo suficientemente unidos como para estar contentos con lo que teníamos.

Meneó la cabeza de un lado a otro y entrecerró los ojos.

—Ningún enamorado debería contentarse nunca con menos.

—¿Quién ha dicho nada de amor? —repliqué. La tristeza que le inundó la mirada me hizo moverme, incómodo.

Al parpadear, le desapareció la tristeza. Agradecía que no se aferrara demasiado a las emociones.

—¿Sabes qué te ayudaría con tus habilidades sociales? —preguntó—. Sonreír.

—Ya sonrío.

—No. —Rio—. Frunces el ceño. Refunfuñas. Haces muecas. Y creo que eso es todo. Nunca te he visto sonreír.

—Cuando tenga una buena razón para hacerlo, te lo haré saber. De todas formas, lo siento por... Ya sabes, por haberte ofendido. Sé que a veces puedo ser un tanto frío.

—Eufemismo del año. —Rio.

—Sé que no hablo mucho y, cuando lo hago, normalmente me equivoco, por eso me disculpo por ofenderte. Has sido generosa con Talon y conmigo y por eso estoy un poco descolocado. No estoy acostumbrado a que la gente dé solo por dar.

—Graham...

—Espera, déjame acabar antes de que diga algo que lo estropee todo. Solo quería darte las gracias por lo de hoy y por las visitas al hospital. Sé que no es fácil tratar conmigo, pero el hecho de que de todas formas me ayudaras significa para mí mucho más de lo que te puedas imaginar.

—De nada. —Se mordió el labio inferior y refunfuñó mientras repetía entre dientes una y otra vez la palabra *maktub* antes de hablar de nuevo—. Oye, seguro que acabo lamentando mucho lo que voy a decir, pero, si quieres, puedo pasarme todas las mañanas temprano, antes de ir a trabajar, y también puedo venir a ayudarte al acabar. Sé que en algún momento tendrás que ponerte a escribir tu próximo superventas y yo puedo ocuparme de ella mientras escribes.

—Puedo pagarte por tus servicios.

—No es ningún servicio, Graham, se llama ayuda y no quiero tu dinero.

—Me sentiría mejor si te pagara.

—Y yo preferiría que no lo hicieras. En serio. No me ofrecería si no quisiera hacerlo.

—Gracias. Y, Lucille…

Levantó una ceja, impaciente por oír mi comentario.

—Llevas un vestido precioso.

Se puso ligeramente de puntillas.

—¿Con el vómito incluido?

—Con el vómito incluido.

Bajó un instante la cabeza y me miró de nuevo.

—Eres frío y cálido a la vez y no puedo comprenderte en absoluto. Soy incapaz de leerte, Graham Russell. Siempre he estado orgullosa de saber leer a la gente, pero tú eres diferente.

—Quizás soy una de esas novelas en las que tienes que ir pasando páginas hasta el final para poder entenderlas.

Se le ensanchó la sonrisa y caminó de espaldas a mí hasta el lavabo para limpiarse el vómito. Me mantenía la mirada.

—Una parte de mí quiere saltar directamente a la última página para ver cómo acaba, pero odio los destripes y me encanta el buen suspense. —Después de limpiarse, se dirigió al recibidor—. Te mandaré un mensaje para ver si me necesitas esta noche, si no, me pasaré mañana por la mañana y, Graham…

—¿Sí?

—No te olvides de sonreír.

Capítulo 10

Lucy

Las semanas siguientes giraron en torno a los arreglos florales y Talon. Si no estaba en los Jardines de Monet, estaba ayudando a Graham. Cuando iba a su casa, apenas hablábamos. Él me pasaba a Talon y se iba a su oficina, donde cerraba la puerta y escribía. Era un hombre de muy pocas palabras y, si había aprendido algo, era que sus palabras eran duras. Así que su silencio no me afectaba. En todo caso, me tranquilizaba.

A veces paseaba cerca de su despacho y escuchaba que le dejaba mensajes de voz a Lyric. Cada mensaje era un informe sobre la vida de la niña, en la que detallaba sus altibajos.

Un sábado por la noche, cuando aparqué en casa de Graham, me sorprendí al ver una furgoneta marrón aparcada en la entrada. Dejé el coche, caminé hasta la puerta principal y llamé al timbre.

Mientras esperaba cambiando el peso de pie, agucé el oído al oír risas provenientes del interior.

¿Risas?

¿De casa de Graham Russell?

—La próxima vez que venga quiero que tengas menos grasa y más músculo —dijo una voz segundos antes de que se abriera la puerta. Al ver al hombre, le dirigí una amplia sonrisa—. Oh, hola, señorita —dijo alegremente.

—Profesor Oliver, ¿verdad?

—Sí, sí, pero por favor, llámame Ollie. Tú debes de ser Lucille. —Me extendió la mano para que se la estrechara y yo extendí la mía.

—Puedes llamarme Lucy —dije—. Graham piensa que Lucy es demasiado informal, pero yo soy una chica muy informal. —Sonreí hacia Graham, que estaba unos pasos detrás sin decir nada.

—Ah, Graham, el caballero formal. Bueno, yo hace años que intento que deje de llamarme profesor Oliver, pero se niega a llamarme Ollie. Piensa que es infantil.

—Es que es infantil —insistió Graham mientras alcanzaba el sombrero de fieltro marrón y se lo daba al profesor sin rodeos—. Gracias por pasarse por aquí, profesor Oliver.

—Claro, claro. Lucy, ha sido un placer conocerte. Graham habla muy bien de ti.

Reí.

—Me cuesta creérmelo.

Ollie arrugó la nariz y soltó una risita.

—Cierto, cierto. No ha dicho mucho. Es reservado el muy capullo, ¿verdad? Sin embargo, si me lo permites, Lucy, me gustaría contarte un secreto.

—Me encantaría escuchar cualquier secreto o consejo que me pueda servir.

—Profesor Oliver —dijo Graham con dureza—, ¿no me ha dicho que tenía otro asunto que atender?

—Vaya, parece que se está enfadando, ¿no? —Ollie rio y siguió hablando—: Allá va la clave para tratar con el señor Russell: no dice muchas cosas con la boca, pero con los ojos te cuenta toda una historia. Si te fijas bien, con los ojos te contará todos sus sentimientos. Es como un libro abierto si sabes descifrar su lenguaje y, cuando le he preguntado por ti, me ha dicho que no estabas mal, pero con los ojos me ha explicado que te estaba muy agradecido. Lucy, la chica de ojos castaños y salvajes, Graham te tiene mucho aprecio, incluso aunque no lo diga.

Levanté la vista hacia Graham, que fruncía los labios, pero en los ojos tenía una pizca de dulzura que me derritió el corazón. Talon tenía la misma belleza en la mirada.

—Ya está bien, viejo, creo que ya nos ha dado bastante la lata. Está claro que ha abusado de mi hospitalidad.

Sonrió con aún más intensidad, no le había afectado para nada la frialdad de Graham.

—Sin embargo, sigues llamándome. Nos vemos la semana que viene, hijo, pero, por favor, menos grasa y más músculo. Deja de venderte barato con textos mediocres porque estás muy por encima de eso. —Ollie se volvió hacia mí y me dirigió una leve reverencia—. Lucy, ha sido un placer.

—El placer ha sido mío.

Al pasar por mi lado, Ollie inclinó el sombrero y se fue silbando y saltando hasta su coche.

Le sonreí a Graham, que no me devolvió la sonrisa. Nos quedamos un rato en el recibidor en silencio, solo mirándonos el uno al otro. Fue raro, sin duda.

—Talon está durmiendo —dijo y apartó la vista.

—Ah, vale.

Sonreí.

Hizo una mueca.

Lo de siempre.

—Bien, ¿te importaría si voy a la galería a hacer un poco de meditación? Me llevaré el monitor de bebés para ir a ver cómo está Talon si se despierta.

Asintió con la cabeza y pasé por su lado. De repente dijo:

—Son las seis de la tarde.

Me volví y levanté una ceja.

—Sí, son las seis.

—A las seis ceno en mi oficina.

—Ya, ya lo sé.

Se aclaró la garganta y movió los pies, incómodo. Clavó la vista en el suelo durante unos segundos antes de levantarla de nuevo hacia mí.

—La mujer del profesor Oliver, Mary, me ha enviado cenas congeladas para dos semanas.

—Oh, vaya, qué tierno por su parte.

Asintió una vez.

—Sí. Tengo en el horno una de las cenas y en cada fuente ha puesto comida suficiente para más de una persona.

—Vaya. —No dejaba de mirarme, pero no dijo nada más—. ¿Graham?

—¿Sí, Lucille?

—¿Me estás invitando a cenar contigo esta noche?

—Si quieres, hay suficiente para los dos.

Dudé un momento si estaba soñando o no, pero sabía que si no contestaba ya la oportunidad desaparecería tan rápido como el rayo.

—Me encantaría.

—¿Tienes alguna alergia alimentaria? ¿Eres vegetariana? ¿Intolerante al gluten? ¿A la lactosa?

Me reí porque todo lo relacionado con Graham era seco y serio. Su mirada cada vez que mencionaba algo era tan severa e intensa que no podía evitar reírme.

—No, no, me gusta todo.

—Es lasaña —dijo elevando el tono por si no me parecía bien.

—Perfecto.

—¿Seguro?

Solté una risita.

—Sí, seguro, Graham *Cracker*.

No mostró ninguna emoción, solo asintió una vez.

—Voy a poner la mesa.

La mesa del comedor era exageradamente grande, cabían hasta doce personas. Colocó los platos y la cubertería de plata en cada punta de la mesa y me hizo señas para que me sentara. Mientras servía la comida, había tanto silencio como en una casa encantada y después se sentó en el otro extremo de la mesa.

No había muchas luces en casa de Graham y a menudo se dibujaban sombras que no dejaban pasar la luz del sol. Los muebles también eran oscuros y escasos. Estaba segura de que yo era el objeto más luminoso de toda la casa, por mi ropa de colores y mi escandaloso pelo rubio despeinado.

—Fuera hace buen tiempo, bueno, para ser un día de primavera en Wisconsin —dije tras unos minutos de silencio incómodo.

Hablar del tiempo era lo más tedioso del mundo, pero fue lo único que se me ocurrió. En el pasado, hablar de trivialidades siempre me había ayudado a aliviar la tensión de cualquier situación.

—¿Sí? —dijo entre dientes sin ningún tipo de interés—. No he salido.

—Ah, pues, hace buen tiempo.

No hizo ningún comentario, simplemente siguió comiendo.

«Vaya».

—¿Te has planteado poner un jardín fuera? —pregunté—. Ahora es la época perfecta para empezar a plantar cosas y detrás tienes un terreno estupendo. Después solo haría falta podarlo un poco, pero mejoraría un montón el sitio.

—No me interesa. Es perder el dinero.

—Ah, bueno, vale.

«Vaya».

—Ollie parece muy dulce —comenté en un último intento—. Es un buen hombre, ¿no?

—Hace bien su trabajo —dijo entre dientes.

Ladeé la cabeza y me fijé en sus ojos intentando poner en práctica el consejo que me había dado Ollie.

—Te importa mucho, ¿verdad?

—Fue profesor mío en la universidad y ahora es mi mentor literario, ni más, ni menos.

—Oí que te reías con él. No te ríes con mucha gente; en cambio, con él sí. No sabía que tuvieras sentido del humor.

—Porque no lo tengo.

—Claro, por supuesto —dije con ironía porque sabía que estaba mintiendo—. Daba la sensación de que sois íntimos amigos.

No contestó y con eso se acabó la conversación. Seguimos cenando en silencio y, cuando el monitor nos alertó de que Talon estaba llorando, los dos nos levantamos de un salto para ir a verla.

—Ya voy yo —dijimos al unísono.

—No, yo… —empezó a decir, pero yo negué con la cabeza.

—Para eso estoy aquí, ¿te acuerdas? Acábate la cena. Y gracias por compartirla conmigo.

Asintió y fui a ver cómo estaba Talon. Tenía los ojos muy abiertos y dejó de llorar, reemplazó las lágrimas por una pequeña sonrisa. Era como me imaginaba que sería la sonrisa de Graham. Le preparé un biberón y, cuando iba a darle de comer, entró Graham y se apoyó en el marco de la puerta.

—¿Está bien? —preguntó.

—Solo tiene hambre.

Asintió y se aclaró la garganta.

—El profesor Oliver tiene una personalidad fuerte. Es echado para adelante, hablador y dice tonterías el noventa y nueve por ciento de las veces. No tengo ni idea de cómo su mujer o su hija aguantan sus estupideces y payasadas desenfrenadas. Para ser un hombre de ochenta actúa como un niño y a menudo parece un payaso bien educado.

—Ah. —Bueno, al menos sabía que le disgustaba todo el mundo tanto como parecía disgustarle yo.

Bajó la cabeza y se quedó mirándose los dedos, que tenía entrelazados.

—Es el mejor hombre y amigo que he conocido.

Se dio media vuelta y se fue sin decir ni una palabra más, y así fue como, durante una fracción de segundo, Graham Russell me dejó echar un vistazo a su corazón.

Sobre las once de la noche acabé de limpiar la habitación de Talon y me dirigí al despacho de Graham, donde estaba escribiendo completamente concentrado en sus palabras.

—Oye, me voy a casa.

Se tomó un instante, acabó la frase que estaba escribiendo y me miró.

—Gracias por tu tiempo, Lucille.

—Claro. Ah, una cosa, el viernes no creo que pueda venir. Mi novio tiene una exposición de arte, así que estaré allí.

—Ah —dijo y, nervioso, contrajo los labios—, vale.

Me puse el asa del bolso en el hombro.

—Bueno, en realidad, si quieres puedes traer a Talon a la exposición. Estaría bien que la sacaras de casa a otros sitios que no sean la consulta del médico.

—No puedo. Tengo que acabar unos cuantos capítulos para el sábado.

—Ah, vale… Bueno, que pases una buena noche.

—¿A qué hora? —dijo cuando llegué al pasillo.

—¿Eh?

—¿A qué hora es la exposición?

Se me formó un nudo de esperanza en el estómago.

—A las ocho en el museo de arte.

Asintió una vez.

—Puede que acabe pronto. ¿Hay que ir elegante?

No podía contener la sonrisa.

—De gala.

—De acuerdo. —Debió de notar mi entusiasmo porque entrecerró los ojos—. No te prometo que vaya. Solo quiero estar informado por si puedo ir.

—No, claro. Te pondré en la lista de invitados por si acaso.

—Buenas noches, Lucille.

—Buenas noches, Graham *Cracker*.

Mientras me iba, no podía pensar en otra cosa que no fuera cómo había progresado la noche. Para una persona media, sus interacciones podrían parecer como mucho normales, pero sabía que para Graham había sido un día extraordinario.

Claro que no me había garantizado que fuera a ir a la exposición, pero había una pequeña posibilidad. Si ese era el hombre en el que se convertía tras una visita del profesor Oliver, en secreto recé para que fuera cada día.

Había pequeños momentos en los que a veces era testigo junto a Graham de cómo cuidaba a su hija. Y a esos momentos me aferraba cuando era más frío que el hielo. A menudo lo sorprendía sin camiseta, sentado en el sofá con Talon entre los brazos. Cada día usaba el método canguro, por miedo a no crear lazos con Talon. Pero estaban más unidos de lo que le parecía. Ella lo adoraba, igual que él a ella. Un día que estaba descansando en el salón, lo escuché por el monitor hablándole a su hija para intentar calmarla.

—Te quiero, Talon. Te prometo que siempre cuidaré de ti. Te prometo ser mejor persona por ti.

Nunca habría mostrado esa parte de su corazón si yo hubiera andado cerca. Nunca habría dejado que lo vieran en un estado mental tan vulnerable. Pero el hecho de que no le diera miedo amar a su hija con tanto esmero en la intimidad de su casa me alegraba por dentro. Resultaba que la bestia no era tan monstruosa después de todo. Solo era un hombre al que habían herido en el pasado y poco a poco se iba abriendo de nuevo por el amor de su hija.

Llegué al museo un poco más tarde de las ocho por un reparto floral de última hora y, cuando entré con mi brillante vestido morado, me sorprendió la de gente que ya había allí. La exposición de Richard era en el ala oeste del museo y las personas que habían asistido iban vestidas como si estuvieran en la gala del MET de Nueva York.

Yo había encontrado mi vestido en las rebajas de unos grandes almacenes.

Repasé la sala con la vista en busca de Richard y, cuando lo localicé, me acerqué deprisa.

—Hola. —Sonreí metiéndome en la conversación que estaba manteniendo con dos mujeres sobre una de sus obras de arte. Ellas estaban despampanantes en sendos vestidos rojo y dorado que caían hasta el suelo. Llevaban el pelo perfectamente recogido con horquillas y su maquillaje era impecable.

Richard me miró y me dirigió una media sonrisa.

—Hola, has podido venir. Stacy, Erin, os presento a Lucy.

Las dos me miraron de arriba abajo mientras me acercaba a Richard y les extendía la mano para estrechársela.

—Su novia.

—No sabía que tenías novia, Richie —dijo Erin mientras me daba la mano con una expresión de repugnancia en los labios.

—Ni yo —replicó Stacy.

—Llevamos cinco años —dije entre dientes y me esforcé al máximo por dirigirles una sonrisa falsa.

—Vaya —contestaron al unísono con incredulidad.

Richard se aclaró la garganta, me puso la mano en la parte baja de la espalda y me empujó hacia un lado.

—Chicas, id a por una bebida. Voy a enseñarle a Lucy esto.

Se fueron y Richard se inclinó un poco hacia mí.

—¿A qué ha venido eso?

—¿De qué hablas? —pregunté intentando asimilar por qué no había actuado de forma normal en aquella interacción.

—De tu actitud de «Este es mi hombre, alejaos de él, zorras».

—Lo siento —musité y me erguí. No era celosa, pero me había sentido muy incómoda con su mirada; era como si les desagradara todo de mí.

—Está bien, no pasa nada —dijo Richard, que se quitó las gafas y se limpió los cristales con un pañuelo—. Llevas un vestido corto —comentó mientras echaba una mirada a la sala.

Di unas vueltas.

—¿Te gusta?

—Es corto, solo eso. Además, llevas unos tacones superaltos y amarillo chillón. Estás más alta que yo.

—¿Eso es un problema?

—Me hace sentir un poco pequeño, solo eso. Cuando te presente a alguien pareceré el chico bajito que está al lado de su novia alta.

—Son solo unos centímetros.

—De todas formas, es denigrante.

No sabía muy bien cómo tomarme sus palabras, pero antes de poder replicar, se puso a hablar de mi pelo.

—Y llevas pétalos de rosa en el pelo.

Sonreí y me toqué la corona de flores que me había hecho en la floristería antes de ir. Estaba formada por rosas, tulipanes y gipsófilas, y la llevaba en lo alto de la cabeza. Tenía el pelo recogido en una trenza francesa que me caía sobre el hombro izquierdo.

—¿Te gusta? —pregunté.

—Se ve un poco infantil —replicó y se volvió a colocar las gafas—. Es que... Pensé que te había comentado lo importante que es este evento para mí, Lucy. Para mi carrera.

Entrecerré los ojos.

—Ya lo sé, Richard, esto es increíble. Lo que has conseguido es increíble.

—Sí, pero es un poco raro que vengas vestida de esta guisa.

Abrí la boca sin saber qué decir, pero antes de que pudiera replicar se excusó diciendo que tenía que saludar a alguien muy importante.

Me aclaré la garganta y me paseé por la sala antes de dirigirme al final hacia la barra, donde me sonrió un amable caballero.

—Hola, ¿qué va a querer?

—Otro vestido. —Bromeé—. Y quizás unos tacones más bajos.

—Está preciosa —puntualizó—. Y esto que quede entre los dos, creo que es la mejor vestida de la sala, pero ¿qué sé yo? Soy un simple camarero, no un artista.

Sonreí.

—Gracias. De momento tomaré un agua con una rodaja de limón.

Levantó una ceja.

—¿Seguro que no quiere vodka? En esta sala parece que hacen falta enormes cantidades de vodka.

Reí y negué con la cabeza.

—Aunque estoy de acuerdo, creo que ya estoy llamando demasiado la atención. No hace falta que deje salir a mi versión borracha.

Le di las gracias por el agua con hielo y cuando me volví observé la espalda de un hombre frente a uno de los cuadros de Richard. A su lado había una sillita para el coche con la niña más guapa del mundo. Una oleada de consuelo me recorrió el cuerpo al verlos delante de mí. Era difícil de explicar cómo ver esas dos caras conocidas había aumentado mi nivel de confianza.

—Al final habéis podido venir —exclamé. Me acerqué a Talon y me agaché para darle un besito en la frente.

Graham se volvió un segundo hacia mí antes de volver a mirar el cuadro.

—Sí. —Llevaba un traje negro con corbata y gemelos de color gris. Le relucían los zapatos, como si se los acabara de lustrar para el acontecimiento. Llevaba el pelo hacia atrás con un poco de gomina y se había arreglado la barba.

—¿Eso quiere decir que ya has acabado los capítulos?

Negó con la cabeza.

—Los acabaré cuando llegue a casa.

Se me encogió el corazón. No había acabado el trabajo, pero de todas formas había sacado tiempo para venir.

—Lucille.

—Dime.

—¿Por qué estoy mirando un cuadro de tres por tres de tu novio desnudo?

Me reí por dentro y bebí un trago de agua.

—Se trata de una colección de autodescubrimiento en la que Richard se sumergió en profundidad para expresar sus pensamientos, miedos y creencias más profundos a través de cómo se ve a sí mismo, usando diferentes técnicas, como la arcilla, el carboncillo o los pasteles.

Graham echó un vistazo por la sala al resto de autorretratos y creaciones de arcilla de Richard.

—¿Esa es una estatua de dos metros de altura de su pene? —preguntó.

Asentí con incomodidad.

—Efectivamente, esa es una estatua de dos metros de altura de su pene.

—Mmm. Está muy seguro de su... —Ladeó un poco la cabeza y se aclaró la garganta—. De su hombría.

—Me gusta pensar que la seguridad es mi nombre de pila —bromeó Richard metiéndose en la conversación—. Lo siento. Creo que no nos conocemos.

—Ay, es verdad, perdón. Richard, este es Graham. Graham, este es Richard.

—El novio de Lucy —dijo Richard con un tono mordaz mientras le estrechaba la mano a Graham—. Así que eres el que le ha estado robando el tiempo a mi novia día y noche, ¿no es así?

—Más Talon que yo —replicó tan seco como siempre.

—Y ¿eres escritor? —preguntó Richard, que sabía muy bien que Graham era en realidad G. M. Russell—. Lo siento, pero creo que nunca he oído hablar de tus novelas. Creo que nunca he leído nada de lo que has publicado. —Estaba siendo agresivo, lo que hacía que la situación fuera desagradable.

—No pasa nada —respondió Graham—. Hay mucha otra gente que sí, así que tu falta de conocimiento no le ocasiona ningún daño a mi éxito.

Richard rio en alto de forma repulsiva y le dio una palmadita en el hombro a Graham.

—Qué gracioso. —Seguía riendo entre dientes con incomodidad y se metió las manos en los bolsillos. Después miró hacia el vaso que sujetaba y levantó una ceja—. ¿Vodka?

Negué con la cabeza.

—Agua.

—Bien, bien. Es mejor que esta noche no bebas, ¿verdad, cariño?

Le dirigí una sonrisa tensa, pero no contesté.

Graham hizo una mueca.

—¿Por qué lo dices? —preguntó.

—Bueno, cuando Lucy bebe se pone un poco… tonta. Habla mucho, no sé si te lo puedes imaginar. Es como si intensificara sus rarezas y a veces cuesta controlarla.

—Parece mayorcita para tomar sus propias decisiones —contraatacó Graham.

—Y ha decidido que esta noche no beberá —replicó Richard con una sonrisa.

—Creo que puede hablar por sí misma —dijo Graham con frialdad—. Al fin y al cabo, tiene sus propias cuerdas vocales.

—Sí, pero simplemente hubiera dicho lo mismo que yo acabo de exponer.

Graham le dirigió una sonrisa forzada, tensa. Era la sonrisa más triste que había presenciado en toda mi vida.

—Disculpadme, pero me tengo que ir a cualquier sitio que no sea este —manifestó con frialdad, levantó la sillita de bebé y se fue.

—Guau —dijo Richard en voz baja—, menudo imbécil.

Le di un golpecito en el hombro.

—¿Qué ha sido eso? Has estado un poco agresivo, ¿no crees?

—Bueno, lo siento. No sé cómo puede sentarme bien que vayas a su casa continuamente.

—Voy para ayudarlo a cuidar de Talon, que es mi sobrina, mi familia. Ya lo sabes.

—Ya, pero creo que te has olvidado de contarme que parece un puñetero dios griego, Lucy. Es decir, por el amor de Dios, ¿qué escritor tiene unos brazos del tamaño del Titanic? —exclamó Richard, lo que evidenciaba con claridad sus celos.

—Entrena cuando se queda en blanco a la hora de escribir.

—Debe quedarse en blanco muy a menudo. Es igual, ven aquí. Quiero que conozcas a alguien. —Me cogió del brazo y tiró de mí. Al volverme para ver dónde estaba Graham, lo vi sentado un banco con Talon en brazos y con la vista fija en mí. Me miraba con intensidad, como si un millón de pensamientos le recorrieran la mente.

Richard me llevaba por la sala y me presentaba un montón de gente que iba vestida mucho más elegante que yo. En cada ocasión comentaba mi modelito, mencionaba lo peculiar que era, como mi corazón. Lo decía con una sonrisa, pero podía notar el ceño fruncido que se escondía debajo.

—¿Me puedo tomar un descanso? —pregunté después de hablar con una señora que me miró como si fuera basura.

—Solo dos personas más. Es muy importante, ellos son la pareja con la que hay que hablar sí o sí esta noche.

Al parecer, mi descanso tendría que esperar.

—Señor y señora Peterson —dijo Richard, que alargó la mano para que se la estrecharan—. Estoy muy feliz de que hayan podido venir.

—Por favor, no seas tan formal, Richard. Nos puedes llamar Warren y Catherine —dijo el caballero. Tanto él como ella nos recibieron con una sonrisa.

—Claro, por descontado. De nuevo, estoy encantado de que hayáis venido.

Catherine llevaba un chal de pieles sobre los hombros e iba engalanada con joyas caras, lo que hacía que su sonrisa brillara aún más. Llevaba los labios pintados de fucsia y se movía como si fuera de la realeza.

—No nos lo hubiéramos perdido por nada del mundo, Richard. Y tú debes de ser Lucy. —Sonrió y me cogió la mano—. He preguntado muchas veces por la mujer que hay detrás de la talentosa vida de este hombre.

—Esa soy yo. —Reí de mala gana mientras tiraba del vestido hacia abajo con la mano libre y rezaba para que Richard no hiciera ningún comentario al respecto—. Disculpad, pero ¿de qué os conocéis?

—El señor Peter… Bueno, Warren es uno de los mejores artistas del mundo y es de Milwaukee, Lucy —explicó Richard—. Te he hablado de él un montón de veces.

—No —dije bajito—, creo que no.

—Sí, seguro que te has olvidado.

Warren soltó una risita ahogada.

—No te preocupes, Lucy. Mi propia esposa se olvida de mí unas cincuenta veces al día, ¿verdad, Catherine?

—Lo siento, pero ¿nos conocemos? —bromeó Catherine y le guiñó un ojo a su marido. Aunque eran muy agradables, notaba que Richard estaba un poco molesto conmigo, pero estaba segura de que nunca había oído hablar de ellos.

—Así que, Richard, ¿cuál es el próximo paso en tu carrera? —preguntó Warren.

—Bueno, un amigo me ha invitado a una exposición en Nueva York —comentó.

—¿Cómo? —pregunté, sorprendida porque era la primera vez que lo oía—. No tenía ni idea.

—En realidad ha sido esta tarde —dijo, se inclinó hacia mí y me dio un beso—. ¿Te acuerdas de Tyler? Va a ese gran festival de arte que hay en la ciudad y me ha dicho que puedo dormir en su piso.

—Ah, ¿el festival Rosa Art Gala? —preguntó Warren asintiendo con la cabeza—. He pasado muchos años en el Rosa. Es una semana mágica. Os aseguro que todo artista debería participar en él al menos una vez. Encontré algunas de mis influencias artísticas más destacables en esas visitas.

—Y también perdiste muchas neuronas —bromeó Catherine—. Por los vapores de la pintura, el alcohol y la marihuana.

—Será increíble, eso seguro —coincidió Richard.

—¿Tú también irás, Lucy? —preguntó Warren.

—Ah, no. Ella ahora mismo está al cargo de una floristería —cortó Richard, sin siquiera darme la oportunidad de contestar. Tampoco me había invitado—, pero ojalá pudiera venir.

—¿Eres florista? —preguntó Warren con entusiasmo—. Deberías plantearte formar pareja con un artista para la exposición floral que acoge el museo. Tú preparas una composición floral y luego el artista pinta un cuadro basado en tu creación. Es divertido.

—Suena genial —coincidí.

—Si necesitas un artista, dímelo y veré qué puedo hacer. Estoy seguro de que podría conseguir que aparecieras en el programa. —Warren sonrió.

—Ahora toca hacer la pregunta más importante de la noche: ¿qué bebes, Lucy? —preguntó Catherine.

—Ah, solo es agua.

Me agarró del brazo y echó a andar.

—Eso no sirve para nada. ¿Eres de ginebra? —preguntó.

Antes de que pudiera contestar, habló Richard:

—Sí, le encanta la ginebra. Estoy seguro de que tomará lo mismo que tú.

Cuando los cuatro nos dirigíamos hacia la barra, Catherine hizo una pausa.

—¡Oh, Dios mío, Warren! ¡Mira! —Señaló en dirección a Graham, que volvía a poner a Talon en la sillita del coche ahora que dormía—. ¿Ese no es G. M. Russell?

Warren se llevó la mano al bolsillo y sacó las gafas.

—Creo que sí.

—¿Conocéis su obra? —preguntó Richard con enfado.

—¿Conocerla? Nos encanta. Es uno de los mejores escritores que existen, aparte de su padre, por supuesto. Que descanse en paz —dijo Warren.

—No, hombre, él es mucho mejor que Kent. El dolor con el que escribe le proporciona una belleza encantadora.

—Sí —asintió Warren—, estoy totalmente de acuerdo. De hecho, mi serie *Sombras* se inspiró en su novela *Gélido*.

—Esa es una de mis favoritas. —Se me iluminó la cara al recordar la novela que tenía un hueco permanente en mi estantería—. Y ese giro final.

—Por Dios, cariño, vaya giro —coincidió Catherine, que se puso roja—. Oh, me encantaría conocerlo.

No sabía si era posible que mi novio soltara más tonterías esa noche, pero sin duda siguió sorprendiéndome con sus mentiras fuera de serie.

—En realidad es íntimo amigo de Lucy —dijo tranquilamente. Graham no era mi amigo ni de lejos, aunque era el único de la sala que me hacía sentir bien esa noche—. Lucy, ¿crees que podrías presentárselo?

—Eh, claro, por supuesto. —Sonreí a la entusiasmada pareja y los dirigí hacia Graham para hablar con él—. Hola, Graham.

Se puso de pie y se alisó el traje, después colocó las manos delante y entrecruzó los dedos.

—Lucille.

—¿Te lo estás pasando bien? —pregunté.

Se quedó en silencio; la situación se puso tensa. Un instante después me aclaré la garganta y señalé al matrimonio.

—Estos son Warren y Catherine. Son…

—Dos de tus mayores fans —exclamó Catherine, que se acercó y le cogió la mano a Graham para estrechársela. Graham le dirigió una amplia sonrisa, falsa y forzada, que supuse que sería su sonrisa de autor.

—Gracias, Catherine. Siempre es un placer conocer a los lectores. Hoy me han informado de que hay gente que no conoce mi obra, pero da gusto que vosotros sí la conozcáis —replicó Graham.

—¿Que no han oído hablar de tu obra? ¡Menuda blasfemia! No puedo imaginarme a nadie que no te conozca —dijo Warren—. En cierto modo eres una leyenda viva.

—Por desgracia, el bueno de Richard parece no estar de acuerdo —bromeó Graham.

—¿En serio, Richard? ¿No conoces los libros de Graham? —dijo Catherine con un matiz de decepción en la voz.

Richard rio nervioso y se rascó la parte posterior del cuello.

—No, no, claro que los conozco. Solo estaba de broma.

—Tienes una definición de broma un tanto imprecisa —replicó Graham con frialdad.

Talon empezó una pataleta y me agaché para cogerla; le sonreía mientras Graham y Richard seguían con su peculiar guerra el uno contra el otro.

Se notaba cómo la tensión iba en aumento y Warren dejó escapar una amplia sonrisa antes de echar un vistazo a la sala.

—Bueno, Richard, tu obra es excepcional.

Richard levantó la barbilla, orgulloso.

—Sí, me gusta verla como un despertar hacia mis sombras más oscuras y profundas. Ha sido todo un proceso para mí excavar tan hondo y durante tanto tiempo, he tenido muchas crisis nerviosas al ser tan vulnerable y abierto conmigo mismo, por no hablar de la idea de abrir mi alma a los demás. Han sido momentos muy duros para mí, sin duda, de muchas lágrimas, pero lo he conseguido.

Graham resopló y Richard le lanzó una mirada severa.

—Perdona, ¿he dicho algo gracioso?

—No, solo todas y cada una de las palabras que acaban de salir de tu boca —replicó Graham.

—Parece que lo sabes todo, ¿no? Pues bien, vamos, dime qué ves a tu alrededor —le instó Richard.

«No lo hagas, Richard. No despiertes a la bestia».

—Créeme, no quieres saber lo que pienso —dijo Graham con la cabeza bien alta.

—No, venga, ilústranos, porque estoy un poco harto de tu actitud —replicó Richard—. Tu tono pretencioso es del todo injustificado y, si te soy sincero, muy grosero.

—¿Grosero? ¿Pretencioso? —preguntó Graham y levantó una ceja.

«Oh, no». Me di cuenta de que a Graham se le marcaba una vena en el cuello y, aunque mantenía el tono de voz tranquilo, su enfado iba en aumento con cada palabra.

—Nos encontramos en una sala llena de cuadros y esculturas de tu pene y, para ser sincero, parece que solo se trata de un hombre pequeño intentando con todas sus fuerzas compensar algo que le falta en la vida. A juzgar por su altura y necesidad de forzar a la gente a ir a una sala para observar sus genitales caricaturizados y sobredimensionados, le faltan bastantes cosas.

Todos nos quedamos boquiabiertos, anonadados por las palabras de Graham. Yo tenía los ojos desorbitados y el corazón encogido cuando le tiré del brazo.

—¿Puedo hablar contigo en la otra sala, por favor? —pregunté, pero era más una exigencia que una petición amable—. ¿A qué ha venido eso? —dije con un grito susurrado mientras me llevaba a Talon hasta la escultura oscura a la que se había dirigido Graham.

—¿A qué te refieres?

—A ti. A toda la escena que acaba de tener lugar.

—No sé de qué hablas —replicó.

—¡Venga, Graham! ¿Por una vez en la vida podrías dejar de ser condescendiente?

—¿Yo? ¿Condescendiente? ¿Estás de broma? Ha hecho retratos de sí mismo desnudo y los considera obras de arte cuando en realidad solo son una especie de porquería hípster que no encaja en este museo.

—Tiene talento.

—Tu detector de talento está roto.

—Ya —repliqué con dureza—, ya lo sé, al fin y al cabo, leo tus libros.

—Oh, muy buena, Lucille. Ya me lo habías dicho —dijo y puso los ojos en blanco—. Pero, a diferencia de tu supuesto novio, soy consciente de los defectos que tengo en cuanto a mi trabajo. Él se cree que es lo mejor de lo mejor.

—¿A qué te refieres? ¿Qué quieres decir con lo de «supuesto» novio?

—No te conoce —dijo con firmeza, lo que me hizo levantar una ceja.

—Llevamos juntos más de cinco años, Graham.

—Y, a pesar de eso, sigue sin tener ni idea de quién eres, lo que no es de extrañar, porque parece que solo se mira su propio ombligo y no tiene tiempo de centrarse en nadie más.

—Vaya —dije totalmente perpleja por sus palabras—. Tú no lo conoces.

—Conozco a los de su clase, la clase de gente que cuando prueba el sabor del éxito se siente como si pudiera tirar por la ventana las cosas y las personas de su pasado. No sé cómo te miraba antes, pero ahora lo hace como si no fueras nada. Como si estuvieras por debajo de él. Le doy a vuestra relación dos semanas. Un mes, como mucho.

—Te comportas como un gilipollas.

—Te digo la verdad. Es un engreído de mierda, un capullo. Mira, lo llamaré así: Capullo. Le va que ni pintado. Vamos, Lucille, tú sí que sabes cómo elegirlos.

Echaba humo, tenía la cara roja como un tomate y no paraba de toquetearse los puños de la americana. Nunca lo había visto tan enfadado, tan alejado de su estado impasible habitual.

—¿Por qué estás tan enfadado? ¿Qué te pasa?

—Déjalo, olvídalo. Dame a Talon.

—No, no puedes hacer eso. No puedes explotar y faltarle el respeto a mi novio y después decirme que lo olvide.

—Sí que puedo y ya lo he hecho.

—No, Graham, para. ¡Por una vez en tu vida, di lo que sientes de verdad!

Abrió la boca, pero no dijo nada.

—¿En serio? ¿Ni una palabra? —pregunté.

—Ni una —replicó en voz baja.

—Entonces creo que tienes razón. Es hora de que te vayas.

—Estoy de acuerdo. —Estaba a escasos centímetros de mí, su aliento caliente se fundía con mi piel. Me latía el corazón con fuerza contra la caja torácica mientras me preguntaba qué hacía y él se tomó unos segundos antes de acercarse más. Se enderezó la corbata, bajó la voz y dijo con severidad—: Solo porque sonrías y actúes con libertad no implica que la jaula no exista. Solo significa que has bajado tus estándares sobre lo lejos que te permites volar.

Las lágrimas se me acumularon en los ojos cuando me cogió a Talon de los brazos y se volvió para irse. Justo antes de salir de la zona oscura, se paró y respiró con profundidad unas cuantas veces. Dio media vuelta, nuestras miradas se cruzaron y abrió la boca ligeramente como si fuera a hablar de nuevo, pero levanté una mano.

—Por favor, vete —susurré con voz temblorosa—. No creo que pueda aguantar nada más esta noche, señor Russell.

Mi frialdad al usar su apellido lo hizo tensarse y, cuando se fue, las lágrimas se me empezaron a caer. Me rodeé el colgante con los dedos y respiré profundamente. «Aire encima de mí, tierra debajo de mí, fuego dentro de mí, agua alrededor de mí...». Repetí esas palabras hasta que mis pulsaciones volvieron a su ritmo normal. Repetí esas palabras hasta que la cabeza dejó de darme vueltas. Repetí esas palabras hasta que borré la conmoción que Graham había provocado en mi alma. Después, volví a la exposición con una sonrisa falsa en los labios y, en mi cabeza, repetí esas palabras un poco más.

Capítulo 11

Lucy

—¿Sigue llamando? —preguntó Richard mientras limpiaba los pinceles en el lavabo. Me apoyé en la pared del pasillo y bajé la cabeza para ver el nombre de Graham en la pantalla iluminada.

—Sí. —No había vuelto a ver a Graham desde que estalló en la exposición de Richard hacía cinco días y no había dejado de llamarme desde entonces.

—¿Y no deja ningún mensaje?

—No.

—Bloquéalo. Cumple con la descripción de un psicópata.

—No puedo. ¿Y si le pasa algo a Talon?

Richard me miró y levantó una ceja.

—Sabes muy bien que ella no está bajo tu responsabilidad, ¿verdad? Además, no es tu hija.

—Ya lo sé, pero... —Me mordí el labio inferior y miré fijamente el móvil—. Es difícil de explicar.

—No, ya lo entiendo, Lulu. Eres una persona que da, pero tienes que vigilar, porque los hombres como él solo arrasan. Te sacará todo lo que pueda y te tratará como una mierda.

Me vino a la memoria la cena que tuve con Graham la semana anterior, la noche en la que me mostró una pequeña parte de él, más tierna, y por la que siempre me había preguntado. La cuestión era que Graham Russell vivía casi por completo en su propia mente. Nunca invitaba a nadie a ver sus pensamientos o sentimientos más profundos. Por eso, cuando explotó en la exposición, mostró solo un uno por ciento de lo que yo había llegado a conocer de él.

En vez de seguir hablando sobre Graham, cambié de tema:

—¿De verdad te tienes que ir toda una semana?

Richard pasó por mi lado en dirección al comedor, donde las maletas lo esperaban abiertas.

—Sí, ojalá no tuviera que ir, pero ahora que he conseguido lo del museo no puedo dejar escapar la oportunidad y si te invitan a una gala en Nueva York, pues vas.

Me acerqué a él por detrás y lo abracé.

—¿Y estás seguro de que las novias no pueden ir pegadas como una lapa? —bromeé.

Se volvió con una sonrisa y me dio un beso en la nariz.

—Ojalá. Te voy a echar de menos.

—Yo también a ti. —Sonreí y lo besé con suavidad—. Y, si quieres, te puedo demostrar exactamente lo mucho que te voy a echar de menos.

Richard hizo una mueca y miró el reloj.

—Aunque eso suena muy tentador, tengo que salir para el aeropuerto en unos veinte minutos y no he acabado de hacer la maleta —dijo mientras se deshacía de mi abrazo y volvía a las maletas para colocar los pinceles.

—Vale. ¿Y seguro que no quieres que te acerque en coche al aeropuerto?

—No, ya está todo controlado, de verdad, cogeré un coche compartido. Hoy tienes que enseñar a la chica nueva en la floristería, ¿no? —Consultó su reloj otra vez antes de dirigirme la mirada—. Me parece que ya llegas tarde.

—Sí, tienes razón. Vale, está bien. Escríbeme antes de despegar y avísame cuando aterrices. —Me incliné hacia él y lo besé.

—Vale, me parece bien. Por cierto, cariño —llamó cuando cogía las llaves para irme.

—¿Sí?

—Bloquea ese número.

—Siento llegar tarde —dije apresurándome a entrar en los Jardines de Monet por la puerta trasera.

Mari revisaba los pedidos de la semana con Chrissy, nuestra nueva florista. Chrissy era una mujer preciosa de setenta años que había tenido su propia floristería. Era fácil enseñarle los pormenores de la tienda, sabía más de flores que Mari y yo juntas. Cuando le dijimos que estaba sobrecualificada para el puesto, ella no estuvo de acuerdo con nosotras, decía que durante muchos años había sido una florista y dueña muy ocupada, pero que ahora no podía seguir al mismo ritmo. Decía que sus amigos querían que se jubilara, pero su corazón sabía que necesitaba estar rodeada de flores una temporada más y que el puesto en nuestra tienda era ideal.

—No te preocupes. —Chrissy sonrió—. Ya he empezado a preparar los encargos de hoy.

—Sí, y también me ha enseñado este nuevo sistema de organización digital. Vamos, creo que hemos contratado a una artista —bromeó Mari—. ¿Ya se ha ido Richard a Nueva York?

—Por desgracia sí, pero volverá pronto.

Mari me miró con los ojos entrecerrados.

—Es la primera vez que pasáis una semana separados, ¿estás segura de que podrás apañártelas?

—Pienso atiborrarme de comida basura: aperitivos de col verde y guacamole.

—Cariño, no te ofendas, pero los aperitivos de col verde no son comida basura —replicó Chrissy.

—¡Eso mismo le llevo diciendo yo desde hace mil años! —exclamó Mari con un suspiro mientras caminaba hacia la puerta delantera para abrir la tienda—. Pero vale. Me voy a llevar a Chrissy para montar una boda en Wauwatosa, ¿necesitas algo de nosotras?

Negué con la cabeza.

—No, ¡divertíos! Aquí seguiré cuando volváis.

Cuando salían por la puerta trasera, se acercó al mostrador un señor mayor con un sombrero de fieltro que se quitó enseguida.

Me tensé al verlo y me dirigió una amplia sonrisa cuando nuestras miradas se encontraron.

—Lucy —dijo amablemente inclinando el sombrero hacia mí.

—Hola, Ollie. ¿Qué haces por aquí?

Se dio un paseo por la tienda examinando las flores.

—Quería comprar unas cuantas rosas para una mujer especial. —Me dirigió de nuevo su encantadora sonrisa y empezó a silbar mientras vagaba por la tienda—. Pero no tengo muy claro cuáles podrían gustarle. ¿Me ayudas?

—Por supuesto. Háblame un poco de ella.

—A ver, es guapa. Tiene unos ojos que te atraen y, cuando te mira, te hace sentir la persona más importante del lugar.

Se me aceleró el corazón al oírlo hablar de una forma tan encantadora sobre la mujer. Mientras seguía hablando, íbamos por la tienda cogiendo una flor por cada faceta de la aparentemente vibrante personalidad de la mujer:

—Es amable y generosa. Su sonrisa ilumina cualquier estancia. También es inteligente, muy inteligente. No le da miedo echar una mano, aunque sea para algo complicado. Y la última palabra con la que la describiría es… —dijo alcanzando y cogiendo una rosa roja— pureza. Es pura, no está corrompida por la crueldad de la sociedad. Su pureza es sencilla, natural y encantadora.

Le cogí la rosa con una sonrisa en los labios.

—Parece una mujer maravillosa.

—Sin duda lo es —asintió.

Fui hacia el mostrador y les corté los tallos a las flores mientras él cogía un jarrón rojo. Las flores formaban un conjunto de colores y estilos diferentes; un ramo imponente. Esa era mi parte favorita de mi trabajo: que la gente viniera a la tienda sin tener ni idea de lo que querían. Las rosas eran hermosas, sí, y los tulipanes también eran bonitos, pero era gratificante, creativamente hablando, tener libertad para crear una pieza que expresara la personalidad artística de la persona que el cliente amaba. Mientras ataba un lazo en el florero, Ollie me miró con los ojos entrecerrados.

—No le coges las llamadas.

Se me escapó una mueca mientras me peleaba con el lazo.

—Es complicado.

—Claro que es complicado —reconoció—, estamos hablando de Graham. —Bajó la voz y se acercó el sombrero al pecho—: Cariño, hiciera lo que hiciera, lo siente.

—Fue cruel —susurré.

La cinta seguía sin quedar bien, así que deshice el lazo para volverlo a hacer.

—Claro que fue cruel —reconoció de nuevo—, estamos hablando de Graham. —Soltó una risita—. Pero insisto, se trata de Graham, lo que significa que no lo hizo a propósito.

No dije nada más sobre el tema.

—Las flores son 44,32 dólares, pero tienes un descuento por ser la primera vez, así que se quedan en 34,32.

—Eres muy amable, Lucy. Gracias. —Sacó la cartera y me dio el dinero. Después, se puso de nuevo el sombrero y se volvió para irse.

—Ollie, que te olvidas las flores —dije.

Volvió junto a mí y negó con la cabeza.

—No, señorita. Un amigo me pidió que me pasara a elegirlas para ti. Le pregunté por alguna característica tuya y este es el resultado.

—¿Graham dijo todo eso sobre mí? —pregunté y sentí una leve opresión en el pecho al mirar el ramo.

—Bueno, me dijo una de las palabras, las otras las he reunido yo basándome en las pocas ocasiones en que hemos coincidido. —Se aclaró la garganta y ladeó la cabeza—. Oye, no digo que vuelvas, pero si lo haces, demostrarás que se equivoca.

—¿Demostrar que se equivoca?

—Graham piensa que todo el mundo lo abandona en la vida. Si el pasado le ha enseñado algo, es eso. Por tanto, una parte de él siente alivio por que te fueras. Después de todo, sabía que con el tiempo desaparecerías. Por eso no me soporta. Pase lo que pase, siempre aparezco y eso lo vuelve loco. Así que, si de alguna forma, manera o modo quieres devolverle el golpe por haberte herido, la mejor revancha es demostrarle que se equivoca, que no todo el mundo sale corriendo. Te aseguro que actuará como si te odiara por eso, pero recuerda: la verdad la lleva en los ojos. Sus ojos te lo agradecerán un millón de veces.

—¿Ollie?

—¿Sí?

—¿Con qué palabra me describió?

—Pura, cariño. —Inclinó el sombrero por última vez y abrió la puerta—. Dijo que eras pura.

❧

Tenía el ceño fruncido y los brazos cruzados cuando me acerqué.

—Has vuelto —puntualizó Graham con un tono de sorpresa al verme en su porche delantero—. Sinceramente, pensé que vendrías hace días.

—¿Y por qué lo pensaste? —pregunté.

—El profesor Oliver me contó que habías recibido las flores.

—Sí.

Levantó una ceja.

—Y de eso ya hace cuatro días.

—Ajá.

—Pues te has tomado bastante tiempo para venir a darme las gracias. —Aunque esas palabras severas y adustas no eran ofensivas, me afectaron.

—¿Por qué debería darte las gracias por las flores? Ni siquiera las elegiste tú.

—¿Y qué importa eso? —preguntó rascándose la parte posterior del cuello—. Las recibiste de todas formas. Eres una desagradecida.

—Tienes razón, Graham. Yo soy la desagradecida. Da igual, solo he venido porque me has dejado un mensaje diciendo que Talon está enferma. —Entré en la casa sin esperar a que me invitara, me quité la chaqueta y la dejé encima del sofá del salón.

—Tiene un poco de fiebre, pero no sabía si... —Hizo una pausa—. ¿Has venido solo porque está mala?

—Claro que he venido por eso. —Resoplé—. No soy un monstruo. Siempre estaré aquí cuando Talon me necesite. Hasta ahora no habías dejado ningún mensaje.

—Ya, claro —afirmó—. Oye...

—No te disculpes, ya no tiene ningún valor.

—No me iba a disculpar. Quería decir que te perdono.

—¿Que me perdonas? ¿Y por qué?

Se movía de aquí para allí; cogió mi chaqueta del sofá y la colgó en el armario.

—Por comportarte como una cría y desaparecer durante días.

—Estás de broma, ¿verdad?

—No soy amigo de las bromas.

—Graham... —empecé a decir, pero cerré los ojos y respiré hondo unas cuantas veces para no decir nada que pudiera lamentar—. ¿Podrías al menos aceptar por un segundo cierta culpa por tu comportamiento en el museo?

—¿Culpa? No me arrepiento de ninguna de las palabras que te dije la otra noche.

—¿De ninguna? —Bufé perpleja—. Así que ¿no te disculpas?

Levantó aún más la cabeza y se metió las manos en los bolsillos de los vaqueros.

—Claro que no. Solo dije la verdad y es una pena que seas tan sentimental como para no aceptarla.

—Tu definición de «verdad» difiere mucho de la mía. Nada de lo que dijiste guarda relación con la verdad. Simplemente manifestaste tu visión sesgada de los hechos y nadie te la pidió.

—Te trataba como...

—Ya basta, Graham. Nadie te preguntó cómo me trataba. Nadie te preguntó qué pensabas. Solo te invité porque pensé que estaría bien sacaros a Talon y a ti de entre estas cuatro paredes. Me equivoqué.

—No te he pedido que me compadezcas.

—Tienes razón, Graham. Qué tonta he sido por echar una mano a alguien, por intentar entablar una relación con el padre de mi sobrina.

—Ya, ese es tu problema. Tu necesidad de encontrar vida en todo y todos es ridícula y muestra tu infantilismo. Dejas que las emociones te dirijan y eso te hace débil.

Abrí la boca sin poder creérmelo y sacudí ligeramente la cabeza.

—Que no sea como tú no quiere decir que sea débil.

—No hagas eso —dijo con suavidad.

—¿El qué?

—Hacer que me arrepienta de mis comentarios.

—Yo no he hecho nada.

—¿Y quién lo ha hecho?

—No sé, ¿quizás tu conciencia?

Sus ojos marrones eran ahora apenas dos rendijas. Talon se echó a llorar y empecé a caminar hacia ella.

—No sigas —dijo Graham—. Te puedes ir, Lucille. Ya no precisamos de tus servicios.

—Estás siendo ridículo —espeté—. Voy a cogerla.

—No, vete. Está claro que quieres irte, así que vete.

Graham era un monstruo nacido de las circunstancias más feas. Desde un punto de vista oscuro y trágico, era extremadamente hermoso. Sus palabras me instaban a irme, pero sus ojos me suplicaban que me quedara.

Pasé por su lado, nuestros hombros se rozaron y yo levanté la cabeza para mirarlo fijamente a los ojos.

—No me voy a ningún sitio, Graham, así que deja de gastar saliva diciéndome que me vaya.

De camino a la habitación de Talon, una parte de mí esperaba que Graham intentara pararme, pero no me siguió.

—Hola, princesa —dije mientras me acercaba a ella y la cogía en brazos. Había pasado solo una semana desde la última vez que la vi, pero juraría que había crecido. Ya se le veían algunos pelos rubios y sus ojos de color chocolate sonreían de manera natural.

Incluso sonreía más, a pesar de la tosecita que la invadía a veces y de tener la frente tibia. La dejé en el suelo para cambiarle el pañal y me puse a tararear bajito mientras ella me dirigía una brillante sonrisa.

Me preguntaba si la sonrisa de su padre se parecería a la suya, eso si sonreía alguna vez. Me preguntaba qué forma tendrían sus labios si algún día se curvaban.

Talon estuvo unos treinta minutos sentada en la mecedora y yo le leía libros de su pequeña biblioteca. Ella sonreía y se reía, e hizo los sonidos más adorables mientras le moqueaba la nariz. Al final, se quedó dormida y no tuve el valor de intentar ponerla de nuevo en la cuna. Parecía muy cómoda mientras la silla se mecía hacia delante y hacia atrás.

—En una hora más o menos tendré que darle la medicina —dijo Graham y desvió mi mirada de la niña que dormía. Miré hacia la puerta, donde estaba con un plato en la mano—. Yo, eh... —Caminaba distraído y evitaba todo contacto visual—. Mary preparó pastel de carne y puré de patata. He pensado que tendrías hambre y que no te apetecería comer conmigo, así que... —Dejó el plato en la cómoda y asintió—. Ahí lo tienes.

Me hirió su forma de tergiversar mis opiniones sobre cómo era él en realidad en comparación con la persona por la que se hacía pasar. Era duro seguir con aquello.

—Gracias.

—De nada. —Seguía evitando el contacto visual y me fijé en que no paraba de tensar y relajar las manos—. Aquella noche me preguntaste qué sentía. ¿Te acuerdas? —preguntó.

—Sí.

—¿Puedo decírtelo ahora?

—Por supuesto.

Cuando levantó la cabeza y nuestros ojos se encontraron, maldije que, de alguna forma, su mirada me estrujara el corazón. Cuando movió los labios, me empapé de todas y cada una de las palabras que vertió su boca.

—Estaba enfadado. Estaba muy enfadado con él. Te miraba como si no merecieras su atención. No paraba de insultar tu ropa cada vez que te presentaba a alguien. Discutía contigo como si no valieras lo suficiente y, por el amor de Dios, miraba embobado a otras mujeres cada vez que le dabas la espalda. Fue un insensible, un grosero y un completo idiota. —Bajó la cabeza un instante antes de volver su mirada hacia mí, que había dejado de ser fría para transmitir ternura, dulzura y comprensión, y siguió diciendo—: Fue un completo idiota al pensar que no eras la mujer más guapa del lugar. Ya, ya lo sé, Lucille, eres una *hippie* rarita y todo en ti es llamativo y estrafalario, pero ¿quién es él para exigirte que cambies? Eres un tesoro de mujer, con pétalos de rosa en el pelo y todo, y él te trató como si no fueras más que una esclava asquerosa.

—Graham —empecé a decir, pero levantó una mano.

—De verdad que lamento haberte hecho daño y haber ofendido a tu novio. Esa noche me recordó algo del pasado y me avergüenzo por dejar que me afectara tanto.

—Acepto y agradezco tus disculpas.

Me dirigió una media sonrisa y se volvió para marcharse, lo que me dejó pensando qué le habría sucedido en el pasado que lo hubiera molestado tanto.

Capítulo 12

Nochevieja

—Ha alcanzado la lista de los más vendidos del *New York Times*, hoy precisamente. ¿Sabes lo que significa, Graham? —preguntó Rebecca, que ponía un mantel limpio en la mesa del comedor.

—Significa que papá tiene un motivo nuevo para emborracharse y presumir de casa con la gente —dijo él entre dientes, con el volumen suficiente para que lo oyera.

Ella soltó una risita y cogió el elegante camino de mesa, le dio una punta a él y ella agarró la otra.

—Este año no será tan malo. Últimamente no bebe tanto.

«Pobre Rebecca, qué adorable e ingenua», pensó Graham. Debía de estar ciega para no ver las botellas de whisky que reposaban en el cajón de la mesita de su padre.

Mientras la ayudaba a poner la mesa para los dieciséis invitados que llegarían en unas dos horas, su mirada recorría la estancia hasta ella. Llevaba dos años viviendo con su padre y con él y Graham nunca habría dicho que pudiera ser tan feliz. Cuando su padre se enfadaba, Graham podía acudir a la sonrisa de Rebecca. Era el destello de luz en las tormentas de oscuridad.

Además, cada año tenía un pastel de cumpleaños.

Estaba preciosa esa noche con su elegante vestido de fin de año. Con cada movimiento, el vestido dorado se desplazaba con ella, porque lo arrastraba un poco por el suelo. Vestía unos zapatos de tacón alto que le estilizaban su corta figura, pero seguía pareciendo bajita.

—Estás muy guapa —dijo Graham, lo que hizo que ella levantara la vista y sonriera.

—Gracias, Graham. Tú también estás muy guapo.

Él le devolvió la sonrisa, porque siempre lo hacía sonreír.

—¿Crees que vendrá algún niño esta noche? —preguntó él. Odiaba que en las fiestas siempre hubiera solo adultos y nunca ningún niño.

—No creo —contestó ella—. Pero quizás mañana te puedo llevar a la YMCA para que te juntes con tus amigos.

Eso hacia feliz a Graham. Su padre siempre estaba demasiado ocupado para llevarlo a sitios, pero Rebecca siempre encontraba un hueco.

Rebecca miró el lujoso reloj que llevaba en la muñeca, que le había regalado el padre de Graham tras una de sus muchas discusiones.

—¿Crees que aún está trabajando? —preguntó ella y levantó una ceja.

Él asintió con la cabeza.

—Ajá.

Rebecca se mordió el labio inferior.

—¿Debería interrumpirlo?

Él negó con la cabeza.

—No.

Rebecca cruzó la sala todavía mirando su reloj.

—Se enfadará si llega tarde. Voy a echar un vistazo.

Caminó hacia su oficina y solo pasaron unos segundos antes de que Graham oyera los gritos.

—¡Estoy trabajando! ¡Este próximo libro no se va a escribir solo, Rebecca! —voceó Kent antes de que apareciera Rebecca corriendo de vuelta al comedor; se la veía alterada y tenía los labios fruncidos.

Sonrió a Graham y se encogió de hombros.

—Ya sabes cómo se pone con las fechas límite —dijo ella a modo de excusa.

Graham asintió. Lo sabía mejor que nadie.

Su padre no era más que un monstruo, sobre todo cuando iba atrasado con el recuento de palabras.

Más tarde aquella noche, justo antes de que los invitados empezaran a llegar, Kent se puso su traje de marca justo a tiempo.

—¿Por qué no me has avisado antes? —gritó a Rebecca mientras ella colocaba los aperitivos en el comedor—. Se me habría hecho tarde si no hubiera mirado la hora porque tenía que ir al lavabo.

Graham le dio la espalda a su padre y puso los ojos en blanco. Siempre se tenía que dar la vuelta para burlarse de él, si no el revés de su padre le devolvería la broma de inmediato.

—Lo siento —replicó Rebecca, sin querer insistir y molestar a Kent. Era Nochevieja, una de sus fiestas favoritas, y se negaba a empezar una discusión.

Kent resoplaba mientras se enderezaba la corbata.

—Deberías cambiarte —dijo a Rebecca—. Tu modelito enseña demasiado y lo último que necesito es que mis amigos piensen que mi mujer es una putilla —espetó con un tono de voz seco y sin ni siquiera mirarla al soltarlo.

«¿Cómo es que no se da cuenta?», pensó Graham. ¿Cómo era posible que su padre no viera lo guapa que estaba Rebecca?

—Yo creo que estás preciosa —expresó Graham.

Kent levantó una ceja y miró a su hijo.

—Nadie te ha preguntado tu opinión.

Esa noche, Rebecca se cambió, pero a Graham le seguía pareciendo que estaba preciosa.

Seguía preciosa, pero sonreía menos y eso le rompió el corazón.

Durante la cena, el papel de Graham era estar sentado y callado. Su padre prefería que se mimetizara, casi como si no estuviera en el salón. Los adultos hablaban sobre lo genial que era Kent y, mentalmente, Graham ponía todo el rato los ojos en blanco.

—Rebecca, qué comida tan deliciosa —comentó un invitado.

Rebecca abrió la boca para contestar, pero Kent lo hizo antes:

—El pollo está un poco seco y a la ensalada le falta una pizca de aliño, pero está comestible —dijo riendo—. Mi mujer no es famosa por sus habilidades culinarias, pero lo intenta.

—Cocina mejor que yo —metió baza una mujer, que le guiñó un ojo a Rebecca para aliviar la herida del comentario pasivo-agresivo de Kent—. Apenas preparo macarrones con queso de esos que ya vienen precocinados.

La cena avanzó con algunos comentarios hirientes más de Kent, pero manifestaba sus quejas contra Rebecca con tanto humor que la gente no se las tomaba en serio.

Graham lo conocía mejor, a pesar de que preferiría que no fuera así.

Cuando ella cogió la botella del vino para echarse más, Kent le puso la mano encima para frenarla.

—Ya sabes cómo te afecta el vino, amor mío.

—Sí, tienes razón —replicó Rebecca, que retiró la mano y se la puso en el regazo. Cuando otra mujer le preguntó, sonrió—. Ah, nada, solo me marea un poco. Es que Kent se preocupa por mí. —Su sonrisa cada vez era más falsa a medida que avanzaba la noche.

Después de la cena, a Graham lo enviaron a su habitación el resto de la noche, donde mató el tiempo jugando a videojuegos y viendo la cuenta atrás para Año Nuevo en el canal ABC. Vio primero cómo la bola caía en la ciudad de Nueva York y después la volvió a ver cuando repitieron el vídeo para celebrar la medianoche en Milwaukee. Oía a los adultos de celebración en la otra habitación y oía el débil ruido de los fuegos artificiales que se lanzaban sobre el lago Michigan.

Si se ponía de puntillas y miraba por la ventana hacia arriba y hacia la izquierda, podía ver algunos de los fuegos artificiales que adornaban el cielo.

Cuando estaba su madre siempre iba a verlos, pero hacía tanto tiempo de eso que a veces se preguntaba si el recuerdo era real o se lo había inventado.

Cuando la gente empezó a abandonar la casa, Graham se metió en la cama y se apretó las orejas con las palmas de las manos. Intentaba ahogar al máximo el ruido que hacía su padre borracho al gritarle a Rebecca por todos los errores que había cometido aquella noche.

Era increíble cómo Kent podía guardar toda su cólera hasta que los invitados se iban.

Entonces, le salía en estampida por todos los poros de la piel.

Era una cantidad de cólera tóxica.

—Lo siento —acababa diciendo siempre Rebecca, aunque nunca tenía nada de lo que disculparse.

¿Cómo era posible que su padre no se diera cuenta de lo afortunado que era por tener a una mujer como ella? Le dolía en el corazón que Rebecca sufriera.

Cuando la puerta de Graham se abrió unos minutos después, hizo ver que estaba dormido, porque no sabía si era su padre o no.

—¿Graham? ¿Estás despierto? —susurró Rebecca de pie en la puerta.

—Sí —musitó él a modo de respuesta.

Rebecca entró y se secó los ojos, con lo que eliminó cualquier prueba de que Kent le había hecho daño. Se acercó a su cama y se apartó el pelo rizado de la cara.

—Solo quería desearte feliz Año Nuevo. Quería haber venido antes, pero tenía que limpiar un poco.

A Graham se le llenaron los ojos de lágrimas al mirarla a ella a los ojos, que reflejaban su agotamiento. Antes sonreía más.

—¿Qué pasa, Graham? ¿Qué problema hay?

—Por favor, no… —susurró él. Intentaba ser un hombre, pero no lo consiguió, porque las lágrimas empezaron a caerle por las mejillas y se puso a temblar. Su corazón seguía siendo el de un chico joven, el de un niño al que le aterrorizaba qué pasaría si su padre no trataba mejor a Rebecca.

—¿Por favor no qué, cariño?

—Por favor, no te vayas —dijo él con la voz tensa por el miedo. Se sentó en la cama y puso las manos sobre las de Rebecca—. Por favor, no te vayas, Rebecca. Sé que es malo y que te hace llorar, pero te juro que tú eres buena. Tú eres buena y él es malo. Él hace que la gente se vaya, lo sé, y noto que te hace estar triste. Sé que te dice que no eres lo suficientemente buena, pero no es verdad. Eres buena de más y eres guapa y el vestido era precioso y la cena era perfecta y, por favor, por favor, no nos abandones. No me abandones, por favor. —Ahora lloraba con más fuerza y temblaba al pensar que a Rebecca solo la separaban dos maletas de irse de su lado para siempre. No podía imaginarse cómo sería su vida si se fuera. Ni siquiera podía hacerse una idea de lo oscura que se volvería su vida si se marchara.

Cuando estaba solo con su padre, se sentía muy, pero que muy solo. Pero cuando estaba Rebecca, se acordaba de lo que era sentirse querido otra vez.

Y no podía perder eso.

No podía perder su luz.

—Graham. —Rebecca, a la que también le caían las lágrimas mientras intentaba secárselas a él, sonrió—. Estate tranquilo, por favor, no pasa nada. Tranquilízate.

—Me vas a abandonar, estoy seguro. —Sollozó y se cubrió la cara con las manos. Eso era lo que hacía la gente, se iba—. Es muy malo contigo. Es demasiado malo contigo y te vas a ir.

—Graham Michael Russell, basta ya, ¿vale? —ordenó ella, que cogió con fuerza las manos del niño, se las puso en las mejillas y asintió una vez—. Estoy aquí, ¿vale? Estoy aquí y no me voy a ningún sitio.

—¿No te vas a ir? —preguntó él e hipó al intentar respirar.

Ella negó con la cabeza.

—No, no me voy. Le das demasiadas vueltas a las cosas. Es tarde y necesitas descansar, ¿vale?

—Vale.

Ella lo tumbó, lo arropó y le dio un beso en la frente. Cuando se levantó para irse, él la llamó una última vez.

—¿Mañana seguirás aquí?

—Claro que sí, cielo.

—¿Lo prometes? —susurró con la voz todavía un poco temblorosa.

—Lo prometo —contestó Rebecca con convicción y seguridad.

Capítulo 13

Graham

Lucy y yo volvimos a nuestra rutina de siempre. Por las mañanas, aparecía con su esterilla de yoga y hacía su meditación matutina en la galería y, cuando no llevaba ningún evento especial, se pasaba por casa por la noche para ayudarme a cuidar de Talon mientras yo trabajaba en mi novela. Casi cada noche cenábamos juntos en la mesa del comedor, pero no teníamos mucho de qué hablar excepto del frío que había penetrado en el cuerpo de Talon y en el mío.

—Bébetelo —dijo Lucy, que me trajo una infusión.

—Yo no bebo infusiones. —Tosí hacia las manos. La mesa estaba llena de pañuelos y botellas de jarabe para la tos.

—Te beberás esto dos veces al día durante tres días y te sentirás cien por cien mejor. No tengo ni idea de cómo puedes tan siquiera funcionar con esa tos tan terrible. Así que bebe —ordenó. Olí la infusión e hice una mueca. Se rio—. Lleva canela, jengibre, limón, guindilla roja, azúcar, pimienta negra y extracto de pipermín, más un ingrediente secreto que no te puedo decir.

—Huele a rayos.

Ella asintió con una sonrisilla.

—La bebida perfecta para el dios del trueno.

Los tres días siguientes, me bebí su infusión. Prácticamente tuvo que obligarme a tomármela, pero al cuarto día la tos desapareció.

Estaba casi seguro de que Lucy era una bruja, pero al menos con su infusión me pude aclarar la cabeza por primera vez en semanas.

El siguiente sábado por la noche, puse la cena sobre la mesa y cuando fui a buscar a Lucy para cenar, vi que estaba en la galería al teléfono.

En vez de interrumpirla, esperé pacientemente hasta que el pollo asado se enfrió.

El tiempo pasó rápido. Llevaba horas en la galería pegada al teléfono. Tenía la vista fija en la lluvia que caía del cielo como una cascada mientras movía los labios, hablando con quien fuera que estuviera al otro lado de la línea.

Yo vagaba por delante de la estancia de vez en cuando y la veía mover las manos para expresarse, veía cómo le caían las lágrimas de los ojos. Caían con fuerza, como la lluvia. Al cabo de un rato, colgó, se agachó, se sentó en el suelo con las piernas cruzadas y se quedó mirando por la ventana.

Cuando estaba en el suelo, entré en la galería para ver qué le pasaba.

—¿Estás bien? —pregunté, preocupado por que alguien tan brillante como Lucy se viera tan apagado aquella noche. Era casi como si su ser se mezclara con las nubes grises.

—¿Cuánto te debo? —preguntó sin volverse hacia mí.

—¿Deberme?

Se dio media vuelta, se sorbió los mocos y dejó que las lágrimas le cayeran por las mejillas.

—Me apostaste que mi relación duraría como mucho un mes y has ganado. Así que, ¿cuánto te debo? Has ganado.

—Lucille… —empecé a decir, pero sacudió la cabeza.

—Él, bueno, me ha dicho que Nueva York es el lugar de los artistas. Dice que es el lugar perfecto para hacer crecer su arte, donde hay oportunidades que no encontraría aquí, en el Medio Oeste. —Se sorbió los mocos un poco más y se limpió la nariz con la manga—. Dice que su amigo le ha ofrecido un sofá en su piso, así que se quedará allí un tiempo. Después me ha dicho que tener una relación a distancia no le interesaba mucho, así que mi estúpido corazón se ha encogido al pensar que me invitaba a ir para estar con él. Ya sé lo que piensas.

—Soltó una risita nerviosa, se encogió de hombros y negó con la cabeza—. La tonta, inmadura y naíf de Lucille, que creía que el amor sería suficiente, que pensaba que era digna de estar con alguien para siempre.

—Eso... no es lo que pienso.

—Así que, ¿cuánto es? —preguntó y se puso en pie—. ¿Cuánto te debo? Tengo algo de dinero en la cartera. Voy a buscarla.

—Lucille, para.

Caminó hacia mí y puso una sonrisa falsa.

—No pasa nada. Una apuesta es una apuesta y has ganado, así que déjame que vaya a por el dinero.

—No me debes nada.

—Se te da bien calar a la gente, ya lo sabes. Seguro que eso es lo que te convierte en un escritor fantástico. Puedes mirar a alguien durante cinco minutos y conocer toda su historia. Eso sí que es un don. Observaste a Richard un rato y supiste que acabaría rompiendo conmigo. Y ¿cuál es mi historia? ¿Eh? Odio los destripes, pero me encantaría conocerla. ¿Qué me pasará? —preguntó. Estaba temblando y las lágrimas le seguían rodando por las mejillas—. ¿Siempre seré la chica que siente demasiado y acaba sola? Porque yo... Yo... —Sus palabras se volvieron un galimatías a medida que los sentimientos la dominaban. Se cubrió la cara con las manos y estalló en llanto en medio de la galería.

No sabía qué hacer.

No estaba preparado para esos momentos.

No sabía dar consuelo.

Eso era cierto, pero cuando las rodillas le empezaron a temblar y parecía que las piernas le iban a fallar, hice lo único que se me ocurrió.

La abracé y le proporcioné algo a lo que agarrarse, le di algo a lo que sujetarse antes de que la gravedad la forzara hacia el suelo duro. Me cogió por la camiseta y se puso a llorar sobre mí, por lo que me empapó el hombro. Mis manos descansaban en su espalda.

No me soltaba, así que supuse que no debía pedirle que se calmara.

Era cierto que ella y yo nos tomábamos las cosas de forma distinta. Ella tenía los sentimientos a flor de piel y yo los mantenía en lo más profundo de mi alma atados con cadenas de acero. Sin pensar, la apreté más contra mí porque no dejaba de temblar. La mujer que lo sentía todo se reclinaba sobre el hombre que no sentía nada en absoluto.

Al final, por una décima de segundo, sentí un poco de su dolor y ella se encontró con mi frialdad, pero a ninguno de los dos pareció importarnos.

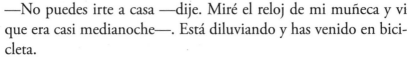

—No puedes irte a casa —dije. Miré el reloj de mi muñeca y vi que era casi medianoche—. Está diluviando y has venido en bicicleta.

—No pasa nada. Estaré bien —contestó mientras intentaba coger su chaqueta del armario de la entrada.

—No es seguro. Mejor te llevo en coche.

—Ni hablar —discutió ella—. Talon está resfriada. No debería salir de casa, sobre todo con la que está cayendo. Además, tú también estás un poco enfermo —dijo.

—Puedo con un resfriado —comenté.

—Sí, pero tu hija no. No me va a pasar nada. Además, en casa tengo whisky —bromeó. Todavía tenía los ojos hinchados por la crisis nerviosa provocada por el Capullo.

Negué con la cabeza en desacuerdo.

—Espera un segundo. —Me apresuré hasta mi despacho, agarré tres de las cinco botellas de whisky de encima de mi escritorio y las llevé al recibidor donde Lucy me esperaba—. Elige la que quieras. Puedes tomarte todo el whisky que quieras y pasar la noche en una de las habitaciones vacías.

Entrecerró los ojos.

—No me vas a dejar volver a casa en bici esta noche, ¿no?

—No, por supuesto que no.

Se mordió el labio inferior y entrecerró los ojos un poco más.

—Vale, pero no me puedes juzgar por el intenso romance que estamos a punto de vivir Johnnie y yo —dijo y me cogió de la mano la botella de Johnnie Walker.

—Trato hecho. Si necesitas algo, me puedes llamar a la puerta del despacho. Estaré despierto y te podré ayudar.

—Gracias, Graham.

—¿Por qué?

—Por no haberme dejado caer.

❧

Toc, toc, toc.

Levanté la vista hacia la puerta cerrada de mi despacho y arqueé una ceja mientras acababa de teclear las últimas frases del capítulo veinte de mi manuscrito. La mesa estaba llena de pañuelos y a mi lado había una botella de jarabe para la tos a medias. Me escocían un poco los ojos por el cansancio, pero necesitaba unas cinco mil palabras más antes de poder dar la noche por finalizada. Además, Talon se despertaría en unas horas para tomar el biberón, así que no tenía ningún sentido ir a dormir.

Toc, toc, toc.

Me levanté y me estiré un poco antes de abrir la puerta. Lucy estaba allí de pie con un vaso de whisky en la mano y una sonrisa muy amplia en los labios.

—Hola, Graham *Cracker* —dijo y dio un pequeño traspiés mientras se tambaleaba de un lado a otro.

—¿Necesitas algo? —pregunté; estaba atento y alerta—. ¿Estás bien?

—¿Eres vidente? —preguntó, se llevó el vaso a los labios y dio un sorbito—. ¿O mago?

Levanté una ceja.

—¿Disculpa?

—Digo que tiene que ser una de las dos —contestó bailando por el pasillo, de aquí para allá; giraba, daba saltitos y canturreaba—. ¿Si no cómo sabías que Richard… eh… el Capullo cortaría conmigo? Le he estado dando muchas vueltas con Johnnie esta noche, y he llegado a la conclusión de que solo podías haberlo sabido si eres vidente. —Se acercó a mí y me tocó la nariz con el dedo índice—. O mago.

—Estás borracha.

—Estoy feliz.

—No, estás borracha. Solo cubres tu tristeza con una cortina de *whisky*.

—Que será, será. —Soltó una risita tonta antes de intentar entrar en mi despacho—. Así que ¿aquí es donde tiene lugar la magia? —Soltó otra risita tonta y se cubrió la boca un segundo para acercarse más a mí y susurrar—. Me refiero a la magia de tus historias, no a tu vida sexual.

—Ya me lo había imaginado, Lucille. —Cerré la puerta del despacho y nos quedamos en el pasillo—. ¿Te apetece un poco de agua?

—Sí, por favor, esa que sabe a vino.

Pasamos el salón y le dije que me esperara en el sofá mientras iba a buscar la bebida.

—Oye, Graham *Cracker* —llamó—. ¿Cuál es tu mayor expectativa?

—Ya te lo he dicho —grité a modo de respuesta—. No tengo expectativas.

Cuando volví, estaba sentada con la espalda recta en el sofá y con una sonrisa en la cara.

—Aquí tienes —dije y le pasé el vaso.

Tomó un sorbito de agua y abrió mucho los ojos, anonadada.

—Dios mío, ahora ya sé quién eres. No eres vidente ni mago, eres Jesús al revés —exclamó con aquellos ojos salvajes desorbitados por el asombro.

—¿Jesús al revés?

Afirmó con rapidez.

—Has transformado el vino en agua. —Ni siquiera yo pude contener la sonrisa con esa ocurrencia y se dio cuenta enseguida—. Lo has hecho, Graham *Cracker*. Has sonreído.

—Un error.

Ladeó la cabeza, me estaba estudiando.

—Mi error favorito hasta el momento. ¿Puedo contarte un secreto?

—Claro.

—Puede que no seas vidente, pero yo a veces pienso que lo soy y tengo la visión de que algún día empezaré a caerte bien.

—Oh, lo dudo. Eres muy pesada. —Bromeé y conseguí que se riera.

—Ya, pero, de todas formas, soy como una uña del pie encarnada. Una vez me dejan entrar, clavo mis garras dentro.

—Sí que te comparas con cosas asquerosas. —Hice una mueca—. Es decir, esa es la peor comparación que he escuchado nunca.

Me dio un golpecito en el pecho.

—Si acabas usándola en una de tus novelas, quiero cobrar derechos.

—Haré que mi abogado hable con el tuyo. —Sonreí con superioridad.

—Vaya, has vuelto a hacerlo —dijo y se inclinó sobre mí, asombrada—. Te queda bien la sonrisa. No tengo ni idea de por qué la evitas.

—Solo piensas que me queda bien porque estás ebria.

—No estoy ebria —insistió; arrastraba un poco las palabras—. Estoy sobria del todo.

—No podrías caminar en línea recta ni aunque tu vida dependiera de ello —dije.

Se lo tomó como un reto y saltó del sofá. Empezó a caminar con los brazos abiertos como si caminara por una cuerda floja invisible.

—Mira —dijo un instante antes de tropezarse, lo que me obligó a abalanzarme sobre ella para cogerla. Se echó a mis brazos, levantó la vista hacia mis ojos y sonrió—. Lo tenía controlado.

—Lo sé —dije.

—Es la segunda vez que me sujetas en un día.

—Dicen que a la tercera va la vencida.

Su mano reposaba en mi mejilla y me miraba fijamente a los ojos, lo que hizo que se me para el corazón unos instantes.

—A veces me das miedo —dijo con calma—, pero la mayor parte del tiempo tus ojos me entristecen.

—Siento cualquier cosa que haya hecho para darte miedo. Es lo último que quiero.

—No pasa nada. Cada vez que te sorprendo jugando al cucú-tras con Talon veo tu aura real.

—¿Mi aura?

Ella asintió una vez.

—Para el resto del mundo, pareces una persona oscura y adusta, pero cuando miras a tu hija, todo cambia. Toda tu energía cambia. Te iluminas.

—Estás borracha —dije.

—¡Puedo caminar en línea recta! —discutió de nuevo e intentó ponerse de pie sin éxito—. Ostras, no puedo, ¿no?

Negué con la cabeza.

—No, no puedes.

Siguió tocándome la cara, me cogía la barba entre los dedos.

—Talon tiene mucha suerte de tenerte como padre. Eres una auténtica mierda como persona, pero un padre genial.

Su voz estaba llena de ternura y confianza en la persona equivocada, lo que hizo que mi corazón latiera de una forma que seguro que me mataría.

—Gracias por esas palabras —dije; aceptaba ambos comentarios por completo.

—De nada. —Soltó una risita tonta y se aclaró la garganta—. ¿Graham *Cracker?*

—¿Sí, Lucille?

—Voy a vomitar.

La cogí en brazos y la llevé deprisa al baño. Cuando la dejé en el suelo, rodeó la taza del váter con las manos y yo le sujeté el pelo con las mías y se lo retiré de la cara mientras parecía que echaba todo lo que se había metido en el estómago.

—¿Mejor? —pregunté cuando acabó.

Se recostó un poco y negó con la cabeza.

—No. Se suponía que Johnnie Walker me haría sentir mejor, pero me ha engañado. Me ha hecho sentir peor. Odio a los hombres que mienten así y rompen corazones.

—Deberías irte a la cama.

Asintió e intentó ponerse de pie, pero casi se cayó.

—Te tengo —dije, y asintió con la cabeza y me dejó que la cogiera en brazos.

—A la tercera va la vencida —susurró. Cerró los ojos y apoyó la cabeza en mi pecho. Mantuvo los ojos cerrados todo el rato mientras apartaba las sábanas, la acostaba en la cama y le tapaba el cuerpecito.

—Gracias —susurró cuando apagué las luces.

Dudaba que recordara alguno de los acontecimientos de aquella noche a la mañana siguiente y quizás fuera lo mejor.

—De nada.

—Siento que mi hermana te dejara —dijo y bostezó con los ojos todavía cerrados—. Porque, a pesar de que eres frío, también eres muy cálido.

—Siento que el Capullo te dejara —repliqué—. Porque incluso cuando estás disgustada, eres muy amable.

—Duele —susurró, rodeó un cojín con las manos y se lo acercó al pecho. Seguía con los ojos cerrados y vi cómo se le escapaban algunas lágrimas—. Que te dejen duele.

Sí.

Dolía.

Me quedé un momento, incapaz de irme de su lado. Como persona a la que ya habían abandonado, no quería que se durmiera sola. Quizás a la mañana siguiente no se acordaría de que estaba allí de pie y quizás ni siquiera le habría importado, pero sabía lo que se sentía al irte a dormir solo. Conocía el escalofrío que la soledad dejaba flotando en una habitación a oscuras y no quería que ella sintiera aquello. Así pues, me quedé. No tardó en quedarse dormida. Su respiración era suave, las lágrimas cesaron y cerré la puerta. Por nada en el mundo podía entender por qué alguien abandonaría a una persona tan buena como ella, ya fuera con o sin su peculiar manejo de salvia y sus cristales.

Capítulo 14

Lucy

«Ay, ay, ay».

Me senté en la cama despacio y rápidamente me di cuenta de que no era la mía. Examiné la habitación con la mirada y me revolví un poco en las sábanas. Me llevé las manos a la frente.

«¡Ay!».

Mi mente iba a mil por hora mientras intentaba recordar qué había pasado la noche anterior, pero todo estaba borroso. Sin embargo, afloró de nuevo la noticia más destacable: Richard había preferido la ciudad de Nueva York antes que a mí.

Me volví hacia la izquierda y me encontré una bandeja sobre la mesita de noche con un vaso de zumo de naranja, dos tostadas, un cuenco con frutas del bosque, un frasco de ibuprofeno y una notita.

Siento haberte engañado anoche.
Soy un estúpido. Aquí te dejo medicamentos y desayuno para compensar que esta mañana te sientas como una mierda.
Johnnie Walker

Sonreí y me comí algunos frutos rojos antes de tragarme el ibuprofeno. Me levanté, fui hasta el lavabo y me lavé la cara. El rímel se había corrido por todos lados y me hacía parecer un mapache. Después, usé la pasta de dientes del armario superior y mi dedo como cepillo para limpiar mi asqueroso aliento de mañana *poswhisky.*

Cuando acabé de lavarme, oí que Talon estaba llorando y me apresuré a ver cómo estaba. Entré en el cuarto de la niña y me paré al ver a una señora mayor de pie junto a ella cambiándole el pañal.

—Hola —dije, confundida.

La mujer se volvió un instante y después reemprendió su tarea.

—Hola, tú debes de ser Lucy —exclamó la señora, que cogió a Talon en brazos y se puso a acunar a la sonriente niña. Se volvió hacia mí con una amplia sonrisa—. Soy Mary, la mujer de Ollie.

—Ah, ¡hola! Es un placer conocerte.

—Lo mismo digo, señorita. He oído hablar mucho de ti a Ollie. No tanto a Graham, pero, bueno, ya lo conoces. —Me guiñó un ojo—. ¿Cómo tienes la cabeza?

—Bueno, parece que sigue ahí —bromeé—. Ayer fue una noche dura.

—Vosotros, los críos, y vuestros mecanismos para enfrentaros a las cosas. Espero que pronto te encuentres mejor.

—Gracias. —Sonreí—. Y ¿dónde está Graham?

—En el patio trasero. Me ha llamado temprano esta mañana para pedirme que viniera a cuidar de Talon mientras él iba a hacer unos recados. Como ya sabes, para Graham es un mundo pedir ayuda a la gente, así que me he dejado caer para cuidarla mientras se iba y tú descansabas.

—¿Me has dejado tú el desayuno? —pregunté—. ¿Con la nota?

Sonrió un poco más, pero negó con la cabeza.

—No, cariño. Ha sido Graham. Lo sé, yo estoy tan sorprendida como tú. Se lo tenía muy guardado.

—¿Qué hace en el patio trasero? —pregunté y caminé hacia allí.

Mary me siguió, acunando a Talon todo el rato. Entramos en la galería y por los ventanales que llegaban al techo vimos a Graham cortando el césped. Apoyadas junto al cobertizo había bolsas con tierra y palas.

—Bueno, parece que está montando un jardín.

Se me encogió el corazón ante la idea y me quedé muda.

Mary asintió una vez.

—Le he dicho que esperara a cortar el césped por cómo llovió anoche, pero estaba ansioso por empezar.

—Es increíble.

Asintió.

—Yo también lo pienso.

—Puedo quedarme yo con Talon si necesitas irte —ofrecí.

—Solo si te sientes en condiciones de hacerlo. Tengo que irme ya si quiero llegar a la misa de la tarde. Toma. —Me pasó a Talon y la besó en la frente—. Es increíble, ¿verdad? —preguntó—. Hace unos meses no sabíamos si lo conseguiría y ahora está más viva que nunca.

—Muy, muy increíble.

Me puso la mano en el antebrazo, era un tacto suave, y me dirigió una cálida sonrisa, como la de su marido.

—Me alegro de que al final hayamos podido conocernos.

—Yo también, Mary. Yo también.

Se marchó unos minutos después. Talon y yo nos quedamos en la galería viendo a Graham trabajar duro fuera y mover la cabeza de vez en cuando para toser. Fuera debía de hacer un frío que pelaba después de la lluvia de la noche anterior y no le hacía ningún bien a su resfriado.

Fui hasta la puerta que daba al patio trasero y al abrirla me golpeó una brisa fría.

—Graham, ¿qué haces?

—Estoy arreglando el patio de atrás.

—Hace mucho frío ahí fuera, estás haciendo que empeore tu resfriado. Ven para dentro.

—Ya casi he acabado, Lucille. Dame unos minutos más.

Levanté una ceja, confundida por su determinación.

—Pero ¿por qué? ¿Qué haces?

—Me pediste que montara un jardín —dijo y se limpió la frente con el dorso de la mano—. Así que te estoy haciendo un jardín.

Mi corazón.

Explotó.

—¿Estás haciendo un jardín? ¿Para mí?

—Tú has hecho mucho por mí —replicó—. Y aún más por Talon. Lo menos que puedo hacer es crearte un jardín para que puedas tener otro espacio en el que meditar. He comprado una tonelada de abono ecológico. Me han dicho que era el mejor y me he imaginado que a una *hippie* rarita como tú le encantaría lo de «ecológico». —Tenía razón—. Ahora, por favor, cierra esa puerta antes de que mi hija se congele.

Hice lo que me pedía, pero no aparté la vista de él ni un segundo. Cuando acabó, estaba lleno de barro y sudor. El césped del patio de atrás estaba cortado a la perfección y lo único que faltaba eran las plantas.

—Me imagino que ahora puedes elegir las flores o las semillas o lo que sea que plantáis los jardineros —dijo mientras se limpiaba la frente—. No tengo ni idea de esas cosas.

—Claro, por supuesto. Guau, esto es... —Sonreí mirando el jardín—. ¡Guau!

—Puedo contratar a alguien para que plante lo que elijas —dijo.

—Oh, no, por favor, déjame a mí. Es lo que más me gusta de la primavera, meter las manos en la tierra y sentir que mi cuerpo conecta de nuevo con el mundo. Me hace sentirme arraigada.

—Y ya vuelve a aparecer tu lado rarito —dijo con un ligero guiño, como si estuviera... ¿coqueteando conmigo?—. Si no te importa, me gustaría ducharme. Después ya me quedo yo con Talon para que puedas empezar tu día.

—Claro, por supuesto. No hay prisa.

—Gracias.

Echó a caminar y lo llamé.

—¿Por qué lo haces? —pregunté—. Me refiero al jardín.

Bajó la cabeza y se encogió de hombros antes de levantar la vista hacia mí.

—Una mujer inteligente me dijo una vez que era una mierda de persona y me estoy esforzando al máximo por serlo un poco menos.

—Oh, no. —Tiré del cuello de la camiseta para taparme la cara y arrugué la nariz—. Dije eso anoche, ¿no?

—Sí, pero no te preocupes. A veces hay que decir la verdad. Fue más llevadero oírlo de alguien tan risueño, borracho y bueno como tú.

—Perdona, ¿puedes repetirlo? —pidió Mari esa tarde cuando íbamos con la bici en la mano hacia el camino de montaña. La primavera siempre era fascinante porque podíamos ir en bici mucho más y explorar la naturaleza. Vale, a mí me gustaba mucho más que a mi hermana, pero en lo más, más, más profundo de su alma estaba segura de que me agradecía que la ayudara a estar sana.

—Ya lo sé —afirmé—. Es raro.

—Es más que raro. No me puedo creer que Richard cortara contigo por teléfono —dijo con la voz entrecortada. Después hizo una mueca—. Bueno, pensándolo mejor, me sorprende que tardarais tanto en cortar.

—¿Qué dices?

—A ver, es solo mi opinión. Al principio erais muy iguales, Lucy. Era un poco insufrible cómo estabais hechos el uno para el otro, pero con el tiempo parecía... que habíais cambiado.

—¿A qué te refieres?

Se encogió de hombros.

—Antes siempre te reías con Richard, pero últimamente... no me acuerdo ni de la última vez que te hizo reír como una tonta. Además, dime la última vez que te preguntó cómo te iba. Cada vez que lo veía, hablaba sobre sí mismo.

Oír a Mari decir esas cosas no me ayudaba a soportar el hecho de que Richard hubiera roto conmigo. Sin embargo, sabía que tenía razón. Lo cierto era que Richard no era el mismo hombre que se enamoró de mí hacía años y yo tampoco era la chica que conoció.

—*Maktub* —susurré y bajé la mirada hacia mi muñeca.

Mari me sonrió y se montó en la bici.

—*Maktub*, sin duda. Te puedes venir a vivir conmigo, así no estarás encerrada en su piso. Será perfecto. Necesitaba más tiempo con mi hermana. Míralo así, al menos ahora no tienes un bigote lamiéndote por ahí debajo.

Reí.

—Hace siglos que Richard no me lame por ahí debajo.

Se quedó boquiabierta sin dar crédito a mis palabras.

—Entonces hace siglos que deberías haber cortado con él, hermana. Un hombre que no te lame por ahí abajo no tiene derecho a tus servicios cuando sube.

Mi hermana tenía un montón de conocimiento irrefutable.

—Tampoco pareces tan triste por ello —mencionó Mari—. Estoy un poco sorprendida.

—Sí, bueno, después de beberme mi peso en whisky anoche y hoy pasarme el resto de la mañana meditando, me siento bien. Además, Graham me ha hecho un jardín esta mañana.

—¿Un jardín? —preguntó sorprendida—. ¿Es esa su forma de disculparse?

—Supongo. Además, ha comprado una tonelada de abono ecológico.

—Bueno, con eso se ha ganado el excelente. Todo el mundo sabe que para conseguir el perdón de Lucy hace falta tierra y abono ecológico.

«Amén, hermana».

—Bueno, ¿sigue en pie lo de ir a visitar el árbol de mamá al norte por Pascua? —pregunté cuando empezamos a pedalear por el sendero. En vacaciones, Mari y yo siempre intentábamos organizar una visita a mamá. Una vieja amiga suya tenía una cabaña en el norte que no usaba a menudo y era allí donde habíamos plantado su árbol hacía años, rodeada de gente de todo el país que formaban su familia.

Si algo había aprendido de todos mis viajes con mamá era que la familia no se cimentaba en la sangre, sino en el amor.

—Bueno, vas a odiarme, pero ese fin de semana voy a visitar a una amiga —dijo Mari.

—Anda, ¿a quién?

—Iba a coger el tren a Chicago para ver a Sarah. Vuelve a los Estados Unidos para visitar a sus padres y pensaba dejarme caer por allí, ya que no la he visto desde que mejoré. Han pasado años. Sarah era una de las mejores amigas de Mari y viajaba por el mundo. Era casi imposible determinar dónde estaría Sarah de un mes para otro, así que entendí perfectamente la elección de Mari.

Solo me molestaba porque, sin Richard, iban a ser las primeras vacaciones que pasaba sola.

Bueno, *maktub*.

Capítulo 15

Graham

El profesor Oliver estaba sentado en la mesa frente a mí y su mirada vagaba por el primer borrador del capítulo diecisiete al veinte de mi novela. Yo esperaba impaciente mientras él pasaba las páginas con calma de una en una, con los ojos entrecerrados e inmerso en sus pensamientos.

De vez en cuando me miraba, soltaba un suave murmullo y regresaba a la lectura. Cuando por fin acabó, puso los papeles de nuevo sobre mi mesa y se quedó en silencio.

Esperé y levanté una ceja, pero seguía sin decir nada.

—¿Y bien? —pregunté.

Se quitó las gafas y se cruzó de piernas. Con un tono de voz muy relajado, dijo por fin:

—Es como si un mono hubiera cogido una gran mierda y hubiera intentado escribir su nombre en ella con la cola. Solo que el mono se llama John y ha escrito María.

—No es tan malo —discutí.

—Vale, no. —Negó con la cabeza—. Es peor.

—¿Qué tiene de malo? —pregunté.

Se encogió de hombros.

—Es hueco. Todo es grasa, no hay chicha.

—Es el primer borrador. Es normal que sea una mierda.

—Sí, pero una mierda humana, no de mono. Graham, eres un superventas del *New York Times*. Eres un superventas del *Wall Street Journal*. Tienes millones de dólares en la cuenta del banco por tu destreza creando historias y hay un gran número de fans en el mundo con tus palabras tatuadas en la piel. Así que es una vergüenza que te hayas atrevido a darme esta auténtica y absoluta porquería. —Se levantó, se alisó el traje de terciopelo y negó con la cabeza—. Talon lo haría mejor.

—Estás de broma. ¿Has leído la parte del león? —pregunté.

Puso los ojos en blanco con fuerza, estaba seguro de que los glóbulos oculares se le perderían en la parte de atrás de la cabeza.

—¿Por qué demonios hay un león suelto en la bahía de Tampa? No. Simplemente, no. Intenta relajarte, ¿vale? Tienes que dejarte llevar, soltarte un poco. Tus palabras suenan como si tuvieras un palo metido en el culo y el palo ni siquiera te excita como toca.

Me aclaré la garganta.

—Eso que has dicho es muy raro.

—Ya, bueno, al menos no escribo mierda de mono.

—No. —Sonreí—. Solo la dices.

—Escúchame bien, ¿vale? Como padrino de Talon, estoy orgulloso de ti, Graham.

—¿Desde cuándo eres su padrino?

—Me he autoproclamado yo y no me quites la ilusión, hijo. Como iba diciendo, estoy orgulloso porque eres un padre maravilloso para tu hija. Cada minuto del día te lo pasas cuidando de ella y eso es increíble, pero, como tu mentor literario, te exijo que te tomes un tiempo para ti mismo. Fuma *crack*, tírate a una desconocida, come setas raras. Simplemente déjate llevar. Te ayudará con tus historias.

—Nunca he tenido que dejarme llevar —dije.

—¿Antes follabas? —contraatacó con una ceja levantada.

«Vale, joder».

—Adiós, Graham, y, por favor, no me llames hasta que estés puesto o haciendo el amor.

—No creo que te llame mientras hago el amor.

—Está bien —dijo. Cogió su sombrero de fieltro de la mesa y se lo puso en la cabeza—. De todas formas, tampoco creo que duraras tanto como para que te diera tiempo de marcar mi número —bromeó.

Dios, cómo lo odiaba.

Lástima que fuera mi mejor amigo.

—Oye, Talon está durmiendo un rato. ¿Quería saber si quieres que pida una pizz... —Las palabras de Lucy se perdieron cuando llegó a mi despacho—. ¿Qué haces? —preguntó con cautela.

Dejé el móvil sobre la mesa y me aclaré la garganta.

—Nada.

Sonrió burlona y negó con la cabeza.

—Te estabas haciendo un selfi.

—Para nada —discutí—. Una pizza está bien. Mi mitad solo de queso.

—No, no, no, no puedes cambiar de tema. ¿Por qué te haces selfis vestido con traje y corbata?

Me enderecé la corbata y volví a la mesa.

—Bueno, si quieres saberlo, necesito una foto de mí mismo para subirla a este sitio.

—¿A qué sitio? ¿Vas a hacerte Facebook?

—No.

—¿Pues qué sitio? —Se rio para sí misma—. Cualquier cosa menos Tinder te irá bien.

Apreté la mandíbula y dejó de reír.

—Dios mío, ¿vas a hacerte Tinder? —chilló.

—Dilo un poco más alto, Lucille. Creo que los vecinos no te han oído.

—Lo siento, es que... —Entró en mi despacho y se sentó encima del borde de la mesa—. G. M. Russell va a formar parte del mundo de Tinder... Ya notaba yo la casa un poco fría.

—¿Cómo?

—Es decir, cuando te conocí, pensé que eras el demonio, lo que significaba que tu casa sería el infierno, lo que significa que ahora que está fría...

—El infierno por fin se ha congelado. Muy graciosa, Lucille.

Cogió mi teléfono e intentó desbloquearlo.

—¿Puedo ver las fotos?

—¿Qué? No.

—¿Por qué no? Ya sabes que Tinder es como… una página de citas, ¿no?

—Estoy muy al tanto de lo que es Tinder.

Se puso colorada y se mordió el labio inferior.

—Estás intentando echar un polvo, ¿eh?

—El profesor Oliver está convencido de que mi forma de escribir se resiente por el hecho de que hace tiempo que no hago el amor para soltarme. Piensa que estoy tenso.

—¿Qué? —dijo con voz entrecortada—. ¿Tú? ¿Tenso? ¡Sí, hombre!

—De todas formas, está cien por cien equivocado sobre el manuscrito. Está bien.

Se frotó las manos, ilusionada.

—¿Sí? ¿Puedo leerlo?

Vacilé y puse los ojos en blanco.

—Soy tu mayor fan, ¿te acuerdas? Si a mí no me encanta, sabrás que Ollie tenía razón. Si me encanta, sabrás que tú tienes razón.

Bueno, sin duda me encantaba tener razón.

Le pasé los capítulos y se sentó a leerlos, sus ojos iban de izquierda a derecha por las páginas. De vez en cuando me miraba con cara de preocupación. Por fin, acabó y se aclaró la garganta.

—¿Un león?

«Mierda».

—Necesito un polvo. —Puse los ojos en blanco.

—Quítate la corbata, Graham.

—¿Perdona?

—Quiero que desbloquees tu teléfono y que te quites la corbata y la americana. Ninguna chica que busca sexo quiere a un hombre con una puñetera corbata y una americana. Además, te has abrochado hasta el último botón de la camisa.

—Es elegante.

—Parece que tienes papada.

—Estás siendo absurda. Este traje está hecho a medida por un diseñador.

—Vosotros los ricos y vuestras marcas. Solo digo que no es un pene y, por lo tanto, elimina tus oportunidades de echar un polvo. Anda, desbloquea tu móvil y quítate la corbata.

Molesto, seguí sus órdenes.

—¿Mejor? —pregunté y me crucé de brazos.

Hizo una mueca.

—Un poco. Ahora desabróchate los tres botones de arriba de la camisa.

Hice lo que me dijo y ella asentía mientras me hacía fotografías.

—¡Sí! Pelo en el pecho, a las mujeres les encanta. Es como en *Ricitos de oro:* tiene que haber la cantidad correcta. Ni mucho ni poco, y tu vello es perfecto. —Sonrió.

—¿Has estado bebiendo otra vez? —pregunté.

Rio.

—No, es que soy así.

—Eso es lo que me temía.

Tras unos cuantos disparos, estudió las fotos con el cejo más fruncido que había visto nunca.

—Ya, no. Te tienes que quitar la camisa del todo.

—¿Qué? No digas tonterías. No me voy a quitar la camisa delante de ti.

—Graham —se quejó Lucy y puso los ojos en blanco—, te quitas la camisa cada dos por tres cuando haces lo del canguro con Talon. Así que cállate y quítatela.

Tras discutir un poco, al final cedí. Hasta me hizo cambiarme y ponerme unos vaqueros negros, para «parecer más varonil». Empezó a tomar fotografías y me decía que me volviera hacia la derecha y hacia la izquierda, que sonriera con la mirada (fuera lo que fuera que significara eso) y que me pusiera triste pero *sexy.*

—Vale, una más. Ponte de lado, baja un poco la cabeza y métete las manos en los bolsillos de atrás. Pon la mirada como si odiaras por completo que te estoy haciendo fotos.

«Fácil».

—Así —dijo y esbozó una sonrisa de oreja a oreja—. Ya he subido las fotos. Ahora solo queda perfeccionar tu biografía.

—No hace falta —dije y le pedí el móvil—. Ya lo he hecho.

Levantó una ceja, sin fiarse, y se puso a leerla.

—«Autor más vendido del *New York Times* y con una hija de seis meses. Casado, pero la mujer se fue de casa. Busco un polvo. Además, mido metro ochenta».

—Parece que todo el mundo pone su altura; debe de ser algo de Tinder.

—Es horrible. Deja que lo arregle.

Corrí hacia ella y me quedé detrás para ver qué escribía.

«Busco sexo. Soy un gran paquete».

—Creo que querías decir que tengo un gran paquete —remarqué.

—No, quiero decir lo que he escrito —dijo con malicia.

Gruñí y fui a cogerle el teléfono.

—¡Vale, vale, lo intento otra vez!

«Busco sexo casual, nada de ataduras.

Abstente si estás ocupada.

Te busco a ti, Anastasia».

—¿Quién es Anastasia? —pregunté.

Lucy me lanzó mi móvil y se rio para sí misma.

—Lo que importa es que las mujeres lo entenderán. Ahora lo que tienes que hacer es pasar los perfiles hacia la derecha si las encuentras atractivas y hacia la izquierda si no. Después, espera a que aparezca la magia.

—Gracias por tu ayuda.

—Bueno, me has dado un jardín, así que lo menos que puedo hacer es conseguirte un polvo. Voy a pedir pizza. Estoy cansada después de todo esto.

—¡Mi mitad la quiero solo con queso! Ostras, Lucille.

—¿Sí?

—¿Qué es Snapchat?

Entrecerró los ojos y negó con la cabeza dos veces.

—No, eso ni siquiera olerlo. Solo nos aventuraremos en una red social por noche. Dejaremos Snapchat para otro día.

Capítulo 16

Lucy

La primera cita de Tinder de Graham fue el sábado y, antes de irse, lo obligué a cambiarse el traje y la corbata por una camiseta de manga corta blanca y unos vaqueros oscuros.

—Me veo muy informal —replicó.

—Bueno, tampoco es que vayas a quedarte con la ropa puesta. Vete ya. Vete y abre algunas piernas, haz algunos movimientos de pelvis y vuelve a casa para escribir historias de terror y monstruos.

Se fue a las ocho y media de la noche.

A las nueve ya estaba de vuelta.

Levanté una ceja.

—A ver, no quiero sonar maleducada y poner en duda tu hombría, pero… es legítimo decir que ese ha sido el polvo más rápido de la historia del sexo.

—No me he acostado con ella —replicó Graham, que dejó caer las llaves sobre la mesa del recibidor.

—¿Qué? ¿Por qué?

—Resultó que era una mentirosa.

—¡Oh, no! —Fruncí el ceño y noté que algo me oprimía el pecho—. ¿Casada? ¿Con hijos? ¿Con unos cien kilos más que en la foto? ¿Tenía pene? ¿Se llamaba George?

—No —dijo con dureza y se tiró en el sofá del salón.

—¿Pues qué ha sido?

—Su pelo.

—¿Cómo?

—Su pelo. En la aplicación era morena, pero cuando he llegado allí era rubia.

Parpadeé varias veces, con la mirada totalmente en blanco.

—¿Puedes repetirlo?

—Solo digo que es obvio que, si ha mentido en algo de ese estilo, también lo hará con la gonorrea o la clamidia. —La seriedad con la que lo decía me hizo explotar a carcajada limpia.

—Sí, Graham, así es exactamente cómo funciona. —Me reía con tanta fuerza que me dolía el estómago.

—No es divertido, Lucille. Resulta que soy una persona incapaz de acostarse con una desconocida. Tengo una fecha de entrega y no tengo ni la menor idea de cómo me voy a dejar llevar para enviarle a tiempo el libro a mi editor. Se supone que tendría que estar acabado cuando nació Talon. Y de eso hace seis meses.

Le dirigí una amplia sonrisa y me mordí el labio inferior.

—¿Sabes qué? Creo que tengo una idea y estoy un ciento diez por ciento segura de que la vas a odiar.

—¿Qué es? —preguntó.

—¿Has oído hablar del yoga a alta temperatura?

—Soy el único hombre —susurró Graham al entrar en la clase de yoga conmigo el domingo por la mañana. Vestía una camiseta de tirantes blanca y un pantalón de chándal gris y parecía aterrorizado.

—No digas tonterías, Graham *Cracker*. El instructor es un chico. Toby. Ya verás como eres uno más.

Mentí.

No era uno más, pero al menos ver a un hombre adulto con músculos muy trabajados intentar hacer el saludo al sol era lo mejor que había visto en la vida y lo mejor que habían visto todas las mujeres que había en clase esa mañana.

—Ahora pasad de la cobra al perro hacia abajo y a la paloma controlando el movimiento —indicó Toby.

Graham gruñó; hacía los movimientos, pero se quejaba todo el rato.

—Cobra, paloma, camello, ¿por qué todos los movimientos tienen nombre de posturas sexuales? —preguntó.

Me dio la risa tonta.

—Bueno, la mayoría de la gente diría que tienen nombre de animales, Graham *Cracker*, no de posiciones sexuales.

Se volvió hacia mí y, tras un segundo, se dio cuenta. Sonrió ligeramente.

—*Touché*.

—Estás superrígido —observó el instructor en Graham mientras caminaba hacia él para ayudarlo.

—Ah, no, no hace falta que... —empezó Graham, pero era demasiado tarde. Toby le ayudaba a ajustar las caderas.

—Relájate —dijo Toby con su tono tranquilizador—. Relájate.

—Me resulta difícil relajarme cuando un desconocido me toca... —Graham abrió mucho los ojos—. Sí, eso es mi pene. En efecto, me estás tocando el pene —dijo entre dientes Graham mientras el profesor lo ayudaba con una de las posiciones.

Yo no podía parar de reír por lo ridículo e incómodo que veía a Graham. Tenía la cara muy seria y, cuando Toby le hizo sacar el culo hacia fuera, las lágrimas me caían por las mejillas de la risa.

—Muy bien, clase, una última respiración. Inspiramos las buenas energías y espiramos las malas. *Namasté*. —Toby se inclinó hacia todos nosotros y Graham se quedó allí, tendido en el suelo sobre un charco de sudor, lágrimas y su hombría.

Seguí riendo por dentro.

—Vamos, levántate. —Estiré los brazos hacia él y me tomó las manos mientras tiraba de él. Cuando se puso en pie, se sacudió el pelo asqueroso y lleno de sudor encima de mí—. ¡Puaj! Qué asco.

—Has hecho que me toquen en público, así que ahora te toca disfrutar del sudor —dijo con una sonrisa pícara.

—Créeme, tienes suerte de que haya sido Toby el que te ha tocado y no las mujeres que ahora mismo te miran embobadas desde la esquina.

Se volvió para ver a las que lo miraban fijamente y lo saludaron con la mano.

—Las mujeres y vuestras mentes sucias —bromeó.

—Dice el hombre que hace la posición sexual del camello. ¿En qué consiste exactamente? ¿Te sientas sobre las rodillas y...

—Moví las caderas—... haces esto todo el rato? —Seguí haciendo el movimiento de mete-saca, lo que provocó que se pusiera más rojo que en clase.

—Lucille.

—¿Sí?

—Deja de follarte el aire.

—Lo haría, pero tu bochorno es demasiado gratificante en estos momentos. —Reí. Era tan fácil humillarlo... Y sabía que estar conmigo en público lo horrorizaba. Iba a aprovechar todas las oportunidades que tuviera para hacer el tonto—. Vale, no hace falta decir que el yoga a alta temperatura no es lo tuyo.

—Para nada. En todo caso, me siento más estresado y una pizca mancillado —bromeó.

—Bueno, déjame intentar unas cuantas cosas más a ver si te ayudan.

Levantó una ceja como si me leyera la mente.

—Vas a llenarme la casa de salvia, ¿verdad? O a poner cristales en la repisa de las ventanas, ¿no?

—Claro —afirmé—. Voy a sacarte la mierda de casa al estilo *hippie* rarito y después me ayudarás en el jardín.

Me pasé las semanas siguientes en el jardín trasero enseñándole a Graham todos los entresijos de la jardinería. Plantamos fruta, verdura y flores preciosas. Hice hileras de girasoles que quedarían preciosos cuando crecieran con el tiempo. En una esquina del jardín había un banco de piedra, que sería perfecto para las meditaciones de energía matutinas y fantástico como rincón de lectura para la tarde. Lo rodeé de flores bonitas que iluminarían la zona:

lirios peruanos, *Nepeta faassenii*, coreopsis, nomeolvides y *Rudbeckia hirta*. La mezcla de colores quedaría preciosa. Los rosas, azules, amarillos y violetas añadirían una explosión de color a la vida de Graham, sin duda.

Cuando sonó el monitor de bebés, Graham se levantó del suelo.

—Voy a verla.

Pasaron solo unos minutos hasta que oí que me llamaba a gritos:

—Lucille.

Me tensé en el suelo, alarmada por la urgencia del grito de Graham.

—¡Lucille, date prisa!

Me levanté disparada, el corazón me latía con fuerza en el pecho, tenía la cara llena de suciedad y entré en la casa corriendo.

—¿Qué pasa? —grité de vuelta.

—En el salón. ¡Corre! —gritó una vez más.

Corrí, horrorizada por lo que me encontraría y, cuando llegué, se me salió el corazón por la boca y me la tapé con las manos.

—Dios mío —dije y se me saltaron las lágrimas al ver a Talon.

—Lo sé —contesté Graham, que le sonreía a su hija. Durante mucho tiempo, se había esforzado al máximo por contener sus sonrisas, pero últimamente no lo conseguía. Cuanto más se reía y sonreía Talon, más se abría su corazón.

Sujetaba a Talon entre los brazos y le daba de comer.

Bueno, no le daba de comer, ella comía sola, sujetaba el biberón con las manos por primera vez.

Mi corazón explotó de emoción.

—Le estaba dando de comer y ha envuelto el biberón con las manos y lo ha sujetado ella sola —dijo con los ojos muy abiertos por el orgullo.

Cuando la vitoreamos, se echó a reír y le escupió leche a Graham en la cara, lo que nos hizo reír a los dos. Cogí un trapo y le limpié la leche de la mejilla.

—Cada día me sorprende —dijo sin apartar la vista de su hija—. Es una pena que Jane… —Hizo una pausa—. Que Lyric se lo pierda. No tiene ni idea de lo que ha dejado atrás.

Asentí; estaba de acuerdo con él.

—Se lo está perdiendo todo. Es una pena.

—¿Cómo fue crecer con ella? —preguntó.

Me sorprendió un poco; llevábamos meses juntos y no me había hecho ni una sola pregunta sobre mi hermana.

Me senté en el sofá a su lado y me encogí de hombros.

—Nos desplazábamos mucho. Nuestra madre tenía trabajos temporales aquí y allí y, cuando mi padre no pudo aguantarlo más, nos dejó. Lyric era mayor y se daba cuenta de muchas más cosas que Mari y yo. Cada día con mi madre era una aventura nueva. La falta de un hogar real nunca me preocupó porque nos teníamos las unas a las otras y, cuando necesitábamos algo, siempre llegaba algún milagro.

»Pero Lyric no lo veía así. Se parecía mucho a nuestro padre, con los pies en la tierra. Detestaba no saber de dónde sacaríamos el pan. Detestaba que a veces mamá usara el poco dinero que teníamos para ayudar a una amiga en apuros. No le gustaba nada la inestabilidad de nuestras vidas, así que cuando se cansó, cuando no pudo aguantar más la forma de ser de mamá, hizo lo mismo que nuestro padre: se fue.

—Siempre ha sido una huidiza —manifestó él.

—Sí, y una parte de mí quiere odiarla por lo distante y fría que se volvió, pero la otra parte la entiende. Tuvo que crecer deprisa y, en cierto modo, no estaba equivocada. Mi madre era un poco infantil, lo que significa que no tuvimos una figura materna sólida en la infancia. Lyric pensaba que tenía que llevar a cabo ese papel y hacer de madre de su madre.

—Probablemente por eso nunca quiso tener hijos —dijo—. Ya había hecho el papel de madre.

—Sí, a ver, eso no la exime de sus actos para nada, pero ayuda a comprenderlos.

—Creo que me di cuenta cuando la conocí de que era huidiza. De la misma manera, estoy seguro de que sabía que yo era frío, que nunca le pediría que se quedara.

—¿La echas de menos? —pregunté en voz baja.

—No —contestó con rapidez, sin ningún tipo de duda—. Nunca estuvimos enamorados. Teníamos un acuerdo implícito: si alguna vez uno quería marcharse, era libre de hacerlo. El acuerdo matrimonial fue solo algo que pensó que la ayudaría a avanzar en su carrera.

»Solo éramos compañeros de habitación que lo hacían de vez en cuando. Antes de que naciera Talon, no hubiera pasado nada si se hubiera ido. Hubiera sido del todo aceptable. Joder, en cierto modo me sorprendía que se hubiera quedado conmigo tanto tiempo. No me hubiera importado, pero ahora... —Le dirigió una sonrisa a Talon, que eructó, y la tumbó sobre una manta en el suelo—. Ahora la llamo cada noche y le pido que vuelva, no por mí, sino por nuestra hija. Sé lo que es crecer sin madre y nunca querría eso para Talon.

—Lo siento mucho.

Se encogió de hombros.

—No es culpa tuya. Bueno, ¿cómo va el jardín?

—Perfectamente. Es perfecto. Gracias otra vez por el regalo. Para mí significa mucho más de lo que te imaginas.

Asintió.

—De nada. Supongo que este fin de semana estarás fuera por las vacaciones, ¿no? —Se arrastró del sofá al suelo y se puso a jugar al cucú-tras con Talon, lo que hizo que mi corazón hiciera piruetas.

—Se suponía que sí, pero al final me pasaré el fin de semana sola.

—¿Cómo? ¿Por qué?

Le expliqué que Mari estaría fuera y que normalmente me iba al norte, pero que no quería hacer el viaje en coche sola.

—Deberías venir a casa del profesor Oliver con Talon y conmigo —ofreció Graham.

—¿Qué? No. No pasa nada.

Cogió su móvil y marcó un número.

—Hola, profesor Oliver, ¿cómo está?

—¡Graham, no! —grité susurrando y alargué el brazo para pararlo, pero se puso de pie y no me dejaba coger el teléfono.

—Bien, estoy bien. —Pausa—. No, no intento echarme atrás. Llamaba para ver si podría añadir una silla más a la mesa. Resulta que Lucille iba a sentarse en su piso por Pascua y llorar junto a una tarrina de Ben & Jerry's y, aunque pienso que es algo muy normal, quería saber si podría acogerla en su casa.

Otra pausa larga.

Graham sonrió.

—Muy bien. Gracias, profesor Oliver. Nos vemos el fin de semana. —Colgó y se volvió hacia mí—. El almuerzo será a la una. Estaremos nosotros, el profesor Oliver y Mary, su hija, Karla, y su prometida, Susie. Trae algo de comer.

—¡No me puedo creer lo que acabas de hacer! —grité y le lancé un cojín del sofá. Su sonrisa se ensanchó.

Dios, qué sonrisa.

Si antes hubiera sonreído más a menudo, estaba segura de que Lyric nunca se habría ido de su lado.

Recogió el cojín y me lo devolvió con fuerza, lo que me hizo caer hacia atrás sobre el sofá.

—Podemos ir juntos. Puedo pasar a recogerte a casa.

—Perfecto. —Cogí el cojín y se lo volví a lanzar—. ¿Hay que vestirse de alguna forma en concreto?

Me lanzó el cojín por última vez y se mordió el labio inferior, lo que hizo que apareciera el leve hoyuelo de su mejilla derecha.

—Cualquier cosa que te pongas me parecerá bien.

Capítulo 17

Graham

Llegué a casa de Lucy para llevarla al almuerzo de Pascua y, cuando bajó por las escaleras, yo estaba en el asiento del conductor. Talon balbuceó y yo asentí una vez.

—Exacto.

Lucy estaba preciosa. Llevaba un vestido amarillo con tul debajo de la falda, lo que hacía que brillara. Su maquillaje era sobrio excepto por el pintalabios rojo manzana que le combinaba con los altos tacones. El pelo lo llevaba recogido en una trenza con margaritas ensartadas por toda ella, como una corona.

Salí del coche y me apresuré a abrirle la puerta del copiloto. Me sonrió, llevaba un ramo de flores en una mano y algo para picar en la otra.

—Qué elegante. —Sonrió con suficiencia.

—Solo voy de traje y corbata —dije y le cogí el plato. Rodeé el coche, abrí la puerta y dejé el plato sobre el asiento de atrás.

Cuando me senté de nuevo en el asiento del conductor, cerré la puerta y le eché una mirada a Lucy.

—Estás preciosa.

Se rio y se acarició el pelo antes de alisarse el vestido.

—No se equivoca, caballero.

Fuimos a casa del profesor Oliver y, cuando llegamos, le presenté a Lucy a la hija de Ollie, Karla, y a su prometida, Susie.

—Es un placer conocerte, Lucy —dijo Karla cuando entramos en la casa—. Me gustaría decir que he oído hablar mucho de ti, pero ya sabes cómo es Graham, no habla —bromeó.

—¿En serio? —dijo Lucy con sarcasmo—. No consigo que se calle nunca.

Karla rio, me quitó a Talon de los brazos y la besó en la frente.

—Sí, es un auténtico bocazas.

Karla era lo más parecido a una hermana que tenía y también discutíamos como tal. De niña, estuvo entrando y saliendo de casas de acogida y luego se metió en muchos problemas con las drogas y el alcohol. Sin embargo, en aquella época no la conocía. Cuando me tropecé con ella ya había medio enderezado su vida. Era una mujer afroamericana preciosa que se había convertido en una firme activista por los derechos de los niños sin hogar.

El profesor Oliver y Mary pusieron su fe en ella cuando era adolescente y Karla siempre decía que, gracias a eso, algo cambió en su actitud. No muchos niños eran adoptados con diecisiete años, pero Oliver y Mary no iban a dejarla escapar.

Esa habilidad los definía: veían las cicatrices de la gente y decían que eran preciosas.

—Dame, ya llevo yo ese plato —ofreció Susie, que le quitó la bandeja a Lucy. Susie también era una persona increíble. Era una mujer asiática preciosa que luchaba duro por los derechos de las mujeres. Si había una pareja destinada a una historia de amor verdadero, esa era la de Karla y Susie.

No me gustaba la gente, pero ellas eran buenas.

Igual que Lucy.

Gente buena de todo corazón que no pedía nada que no fuera amor.

Cuando entramos en la cocina, nos encontramos a Mary cocinando. Ella se acercó corriendo a nosotros, me dio un beso en la mejilla e hizo lo mismo con Talon y Lucy.

—Ollie ha pedido que vayas a verle a su despacho, Graham. Se supone que ibas a traerle nuevos capítulos de tu libro para leer y te está esperando —dijo Mary. Se rio cuando miré a Lucy—. No te preocupes por ella, se sentirá como en casa. La vamos a cuidar muy bien.

Lucy sonrió y mi corazón se ensanchó, luego fui hacia el despacho del profesor Oliver.

Se sentó en su mesa a leer los nuevos capítulos que le presenté y esperé con impaciencia mientras sus ojos iban de izquierda a derecha.

—He quitado lo del león —comenté.

—¡Chsss! —ordenó y volvió a la lectura. De vez en cuando ponía caras al pasar las páginas, pero la mayor parte del tiempo, nada—. Bien —dijo al acabar y puso las hojas boca abajo—, ¿no has hecho el amor?

—No.

—¿Ni has tomado cocaína?

—No.

—Pues… —Se recostó en la silla, incrédulo—. Esto es sorprendente. Sea lo que sea que te haya ayudado a mejorar tus habilidades, es fascinante. Esto… —Sacudió la cabeza con estupefacción—. Esta es la mejor obra que has escrito en tu vida.

—¿Me estás vacilando? —pregunté con un nudo en el estómago.

—No te estoy vacilando. Es lo mejor que he leído en años. ¿Qué ha cambiado?

Me encogí de hombros y me levanté de la silla.

—He empezado a hacer jardinería.

—Ah. —Sonrió con complicidad—. Ha sido cosa de Lucy Palmer.

—Bueno, Karla, te debo cincuenta dólares —manifestó Oliver, que vino hasta la mesa del comedor para el almuerzo cuando acabamos de hablar de negocios en su despacho. Se enderezó la corbata y se sentó en la cabecera de la mesa—. Tenías razón sobre

Graham, todavía sabe escribir. Resulta que no es un escritor de solo veintisiete éxitos.

Lucy soltó una risita ahogada que sonó hermosa.

—¿Apostaste en contra de las palabras de Graham?

El profesor levantó una ceja.

—¿Leíste su último borrador?

Ella hizo una mueca.

—¿Qué hacía el león ese ahí?

—¡Es verdad! —gritó él y asintió para darle la razón—. ¡El puñetero león!

—Vale, vale, ya hemos entendido que soy malísimo. ¿Podemos cambiar de tema? —pregunté.

Lucy me dio un codazo en el brazo.

—Pero es que lo del león…

—Era espantoso —dijo el profesor Oliver.

—Bastante mal escrito.

—Raro.

—Extraño.

—Una auténtica basura —dijeron al unísono.

Puse los ojos en blanco.

—Por favor, Lucy, pareces la versión femenina de Oliver, mi peor pesadilla.

—O tu mejor sueño hecho realidad —bromeó el profesor Oliver y contoneó las cejas en señal de complicidad. Ojalá supiera qué pensaba. Se estiró sobre la mesa para alcanzar el beicon, pero Karla le pegó en la mano.

—Papá, no.

Gruñó y yo agradecí el cambio de tema.

—Unos trozos de beicon no me matarán, cariño. Además, estamos de fiesta.

—Ya, pero a tu corazón le da igual que estemos de fiesta, así que cíñete al beicon de pavo que te ha preparado mamá.

Hizo una mueca.

—Eso no es beicon. —Le sonrió a Lucy y se encogió de hombros—. Tienes un leve ataque al corazón y tres operaciones de corazón menores y la gente se lo toma tan en serio que te lo recuerda el resto de tu vida —bromeó.

Mary le sonrió a su marido y le dio una palmadita en la mano.

—Llámanos sobreprotectoras, pero te queremos por aquí para siempre. Si eso implica que nos odies por obligarte a comer beicon de pavo, que así sea. —Le puso tres lonchas en el plato.

—*Touché, touché* —asintió el profesor Oliver y le pegó un mordisco al beicon que no era beicon—. No os puedo echar todas las culpas. A mí también me gustaría tenerme cerca siempre.

Nos pasamos el resto del almuerzo riendo, intercambiando historias vergonzosas y compartiendo recuerdos. Lucy escuchaba las palabras de todos con mucha elegancia, hacía preguntas, siempre quería saber más detalles y participaba de lleno en las conversaciones. Me encantaba eso de ella, que fuera una persona sociable. Hacía que cualquier estancia se llenara de luz cuando entraba.

—Lucy, nos ha alegrado muchísimo que nos hayas acompañado hoy. Tu sonrisa es contagiosa —dijo Mary al acabar la tarde.

Estábamos sentados en la mesa del comedor, llenos y disfrutando de la buena compañía.

Lucy le dirigió una amplia sonrisa y se alisó el vestido.

—Ha sido genial. Y, si no, hubiera estado sola en casa. —Rio.

—Pero no sueles pasar las fiestas sola, ¿no? —preguntó Karla con el ceño fruncido.

—No, no. Estoy siempre con mi hermana, pero este año una antigua amiga suya ha vuelto a los Estados Unidos y se quedará poco tiempo, así que ha ido a visitarla. Normalmente en vacaciones Mari y yo subimos a la cabaña de una amiga a visitar el árbol de mi madre.

—¿Su árbol? —preguntó Susie.

—Sí. Cuando mi madre murió hace años, plantamos un árbol para honrar su memoria; cogemos una vida y la hacemos crecer, incluso después de la muerte. Así que siempre vamos en vacaciones, comemos regaliz, que era el dulce preferido de mamá, y nos sentamos alrededor del árbol, escuchamos música y respiramos aire puro.

—Eso es precioso —susurró Karla. Se volvió hacia Susie y le dio una palmada en la mano—. Cuando me muera, ¿plantarás un árbol en mi memoria?

—Plantaré una cerveza, me parece más adecuado —replicó Susie.

A Karla se le ensancharon los ojos y se inclinó para besarla.

—Dentro de tres meses me voy a casar contigo con muchas ganas.

Lucy abrió mucho los ojos, encantada.

—¿Cuándo os casáis?

—El 4 de julio, el día que nos conocimos —dijo Karla, embelesada—. Íbamos a esperar al año que viene, pero no puedo más. —Se volvió al profesor Oliver con una amplia sonrisa—. Necesito que mi padre me lleve hasta el altar y me entregue al amor de mi vida.

—Será el mejor día de todos —replicó Oliver, que cogió la mano de su hija y se la besó—. Solo eclipsado por el día en que te convertiste en mi hija.

Mi corazón se ensanchó todavía más.

—Bueno, si necesitáis una florista, será mi regalo —dijo Lucy.

A Susie se le desorbitaron los ojos.

—¿En serio? Eso sería fantástico. Bueno, más que fantástico.

Si no fuera por lo enamorados que veía al profesor Oliver y a Mary, y a Karla y a Susie, aseguraría que eso del amor era una leyenda urbana, algo inventado solo para los cuentos de hadas.

Sin embargo, la forma en que se miraban, la forma en que se querían con tanta libertad e intensidad…

El amor sincero y romántico era real.

Incluso aunque nunca lo hubiera sentido por mí mismo.

—Bueno, Graham necesita una acompañante para la ceremonia. Guiño, guiño —dijo Susie con una amplia sonrisa.

Puse los ojos en blanco y se me formó un nudo en el estómago. Necesitaba cambiar de tema rápido.

—Susie y Karla cantan fenomenal —expliqué a Lucy, me incliné y le di un golpecito en el costado—. Así es cómo se conocieron, en un festival de música el Cuatro de Julio. Deberías pedirles que canten algo.

—Graham solo dice tonterías —replicó Karla y me lanzó un trozo de pan.

—No, para nada. —Mary sonrió—. Puede que no sea imparcial, pero son increíbles. Vamos, chicas, cantad algo. —En ese momento sonó el monitor de bebés de Talon, lo que nos indicaba que se había despertado de la siesta—. Ya voy yo, vosotras elegid una canción —ordenó Mary.

—Mamá, por favor, sin presión, ¿vale? —Karla puso los ojos en blanco, pero le brillaban un poco, lo que revelaba que le encantaba actuar—. Vale. ¿Qué opinas, Susie? ¿Andra Day?

—Perfecto —aceptó ella y se levantó—. Pero yo no canto en la mesa. Esta superestrella necesita un escenario.

Nos dirigimos todos al salón y yo me senté en el sofá al lado de Lucy. Mary entró con mi hija en brazos y por un momento me vino a la cabeza que así debería ser una abuela. Feliz. Sana. Entera. Llena de amor.

Talon no sabía la suerte que tenía de contar con Mary.

Yo tampoco sabía la suerte que tenía de contar con Mary.

Karla se sentó en el piano de la esquina, estiró los dedos y empezó a tocar *Rise Up* de Andra Day. La música que salía del piano era espectacular ya por sí sola, pero cuando Susie empezó a cantar, diría que toda la estancia sentía los escalofríos. Lucy no quitaba ojo de la actuación y yo no le quitaba ojo a ella. Empezó a temblar y sus rodillas no paraban de moverse al ver a las chicas actuar. Era como si las palabras la invadieran y las lágrimas le empezaron a correr por las mejillas.

Las lágrimas le caían cada vez más deprisa a medida que la letra de la canción llegaba a su corazón y plantaba sus semillas. Se puso colorada por los nervios e intentó enjugarse las lágrimas, pero cuando se limpiaba unas, aparecían otras.

Cuando iba a secárselas de nuevo, le cogí la mano para que parara. Se volvió confundida hacia mí y le apreté ligeramente la mano.

—No pasa nada —susurré.

Abrió la boca como si fuera a decir algo, pero entonces asintió una vez antes de volverse de nuevo hacia las chicas y cerrar los ojos.

Las lágrimas seguían cayéndole mientras escuchaba aquellas voces preciosas y su cuerpo se movía ligeramente mientras le sujetaba la mano.

Por primera vez, empecé a entenderla por completo.

La chica preciosa que lo sentía todo.

Sus sentimientos no la debilitaban.

Eran su fortaleza.

Cuando acabaron la actuación, Lucy se puso a aplaudir; las lágrimas todavía le caían.

—Ha sido increíble.

—¿Seguro que no lloras por lo mal que lo hemos hecho? —dijo Karla.

—No, ha sido increíble. A mi madre... —Hizo una pausa de un segundo e inspiró profundamente—... le hubiera encantado.

Bajé la mirada hacia nuestras manos, que seguían unidas, y deshice el apretón junto con la sensación de tirantez que tenía en el pecho.

Al llegar la noche, recogimos las cosas y les dimos las gracias por invitarnos.

—Ha sido fantástico —dijo Lucy a Mary y Ollie mientras los abrazaba con fuerza—. Gracias por no dejar que pasara la noche sentada en el sofá comiendo Ben & Jerry's.

—Siempre eres bienvenida aquí, Lucy —dijo Mary y la besó en la mejilla.

—Voy a poner a Talon en la sillita del coche —dijo Lucy y me cogió a la niña de los brazos antes de dar las gracias de nuevo a todo el mundo.

Mary me dirigió una sonrisa intensa y me abrazó.

—Me gusta —susurró mientras me daba palmaditas en la espalda—. Tiene buen corazón.

No se equivocaba.

Cuando se metió en casa, el profesor Oliver se quedó en el porche delantero con una amplia sonrisa.

—¿Qué? —pregunté con el ceño fruncido.

—Bueno, señor Russell —cantó, se metió las manos en los bolsillos y se balanceó de un lado para otro.

—¿Qué?

Se puso a silbar bajito y a sacudir la cabeza.

—Es gracioso que precisamente te pase a ti y parece que lo ignores al cien por cien.

—¿A qué te refieres?

—Supongo que es más complicado ver la línea argumental cuando eres tú el que vive la historia.

—¿Puede ser que alguien se haya olvidado de tomarse las pastillas para la demencia? —pregunté.

—En toda historia hay un momento en el que los personajes pasan del primer acto, el mundo antiguo, al segundo acto, el nuevo mundo. Eso lo sabes.

—Sí, pero ¿qué tiene eso que ver conmigo?

El profesor Oliver señaló con la cabeza a Lucy.

—Tiene que ver con todo.

Caí en la cuenta, me aclaré la garganta y me enderecé.

—No, eso es ridículo. Solo me ayuda con Talon.

—Ajá —dijo con tono burlón.

—No, hablo en serio y, si dejamos de lado tus jueguecitos de chiflado, es la hermana de Jane.

—Ajá —replicó, lo que me molestó mucho—. La cuestión es que el corazón nunca escucha la lógica del cerebro, señor Russell.

—Me dio un golpecito en el costado y dijo con cierto deje omnisciente en la voz—: El corazón solo siente.

—Me estás cabreando de verdad.

Rio y asintió.

—Es divertido, ¿no? El hecho de que los personajes principales no saben qué aventuras les esperan.

Lo que más me molestaba de sus palabras era la verdad que contenían. Sabía que mis sentimientos hacia Lucy iban en aumento y sabía lo peligroso que era permitir que surgiera cualquier tipo de emoción hacia ella.

Era incapaz de recordar la última vez que sentí lo que había sentido al cogerla de la mano o al observarla cuidar de Talon o, simplemente, al verla existir.

—¿Qué piensas de ella, Graham? —preguntó el profesor Oliver.

—¿Que qué pienso de Lucille?

—Sí. Si no puedes estar con ella, quizás haya espacio para una amistad.

—Es todo lo contrario a mí —dije—. Lucille es una persona extravagante, de naturaleza rarita. Es patosa y siempre habla cuando no toca. Siempre lleva el pelo despeinado y su risa a veces es molesta y muy estridente. Toda ella es un desastre. Solo es caos.

—Ya. Aun así… —insistió él.

Y, aun así, quería ser como ella. Quería ser una persona extravagante, de naturaleza rarita. Quería tropezarme y reír con fuerza. Quería encontrarme con su maravilloso caos y mezclarlo con el mío. Quería la libertad en la que flotaba y su valentía de vivir el momento.

Quería saber lo que significaba formar parte de su mundo.

Ser un hombre que lo sentía todo.

Quería abrazarla, pero, a la vez, dejar que se moviera con libertad entre mis brazos. Quería probar sus labios e inspirar parte de su alma mientras yo le daba una pizca de la mía.

No quería ser su amigo, para nada.

Quería ser mucho más.

Sin embargo, sabía que eso era imposible. Era la única cosa prohibida y la única cosa que había deseado en toda mi vida. No era justo cómo se estaba desarrollando mi historia, pero tampoco era sorprendente en absoluto. Nunca escribí finales felices en los que se comían perdices y Lucy nunca aparecería en mi capítulo final.

—Ahora mismo le estás dando demasiadas vueltas a algo, Graham, y te ruego que creas en lo contrario —dijo—. Ya hace casi un año que Jane se fue y, admitámoslo, nunca la miraste como miras a Lucy. Nunca te habían brillado los ojos como lo hacen ahora cada vez que entra en un sitio. Te has pasado la mayor parte de tu vida luchando para evitar abrazar la felicidad, hijo mío. ¿Cuándo demonios te permitirás liberarte de las cadenas que tú mismo te has impuesto? La vida es corta y nunca sabes cuántos capítulos te quedan en la novela, Graham. Vive cada día como si fuera la última página. Inhala cada momento como si fuera la última palabra. Sé valiente, hijo mío. Sé valiente.

Puse los ojos en blanco y bajé las escaleras.

—Profesor Oliver…

—Dime.

—Cállese.

Capítulo 18

Lucy

—Tengo que parar a comprar pañales. Espero que no te importe —dijo Graham cuando aparcó el coche en una tienda veinticuatro horas.

—Sin problemas.

Entró corriendo y, cuando salió, tiró unas cuantas bolsas en el maletero y se metió de un salto en el coche.

—Vale —dijo y puso el coche en marcha—. ¿Qué dirección tomamos para ir a la cabaña?

—¿Qué?

—Digo que qué dirección tomamos. Para visitar el árbol de tu madre.

Se me encogió el corazón y sacudí la cabeza. Sus palabras resonaban en mi mente mientras lo miraba perpleja.

—¿Qué? Ni hablar, Graham. Ya vas retrasado con el libro y no me puedo ni imaginar que tengas que conducir hasta tan lejos para...

—Lucille Hope Palmer.

—¿Sí, Graham Michael Russell?

—No ha habido ningunas vacaciones en las que no hayas visitado a tu madre, ¿verdad?

Me mordí el labio inferior y asentí.

—Verdad.

—Pues muy bien. ¿Qué dirección tomamos?

Cerré los ojos y el corazón cada vez me iba más deprisa al darme cuenta de que Graham no iba a dejarlo correr. No había ni siquiera mencionado lo que me dolía el corazón por no ir a ver a mamá ese día. Ni siquiera había mencionado lo duro que era ver a Susie y a Karla querer a su madre esa noche. Se me escapó una lágrima por la mejilla y una sonrisa se abrió paso entre mis labios.

—Puedes coger la interestatal 43 dirección norte, son dos horas.

—Perfecto —dijo y salió del aparcamiento. Cuando abrí los ojos, miré hacia atrás, vi que Talon dormía y me llevé las manos al colgante con forma de corazón.

Cuando llegamos, estaba oscuro como boca de lobo, hasta que conecté el alargador al enchufe que había fuera de la cabaña. El lugar se iluminó con las luces blancas que habíamos colgado Mari y yo en diciembre durante nuestra visita navideña. El árbol de mamá brillaba, me acerqué hasta él y me quedé de pie viendo cómo las luces centelleaban. Me senté en el suelo y cerré las manos con la mirada hacia arriba, hacia el árbol. Era una sensación agridulce mirar las preciosas ramas. Cada día que crecía era un día más que pasaba desde que mamá se había ido, pero la primavera era mi época favorita para visitarla, porque era cuando empezaban a brotar las hojas.

—Es preciosa —dijo Graham, que caminó hasta junto de mí con Talon envuelta entre los brazos.

—¿Verdad que sí?

Asintió.

—Se parece a su hija.

Sonreí.

—Y a su nieta.

Se metió la mano en el bolsillo del abrigo y sacó un paquete de regaliz, lo que me paralizó el corazón un segundo.

—¿Lo has comprado en la tienda? —pregunté.

—Solo quería que hoy tuvieras un buen día.

—Lo has conseguido —repliqué, abrumada por su amabilidad—. Es un día muy bueno.

Mientras estábamos allí observando, respirando, existiendo, Graham sacó su móvil y puso *Rise Up* de Andra Day.

—Dijiste que le gustaría —dijo.

Una vez más, me eché a llorar.

Fue precioso.

—Lucille, ¿somos amigos? —preguntó Graham.

Me volví hacia él y sentí el corazón pesado en el pecho.

—Sí.

—Entonces, ¿te puedo contar un secreto?

—Sí, claro. Lo que sea.

—Después de decírtelo quiero que hagas como que nunca he hablado sobre ello, ¿vale? Si no lo digo ahora, temo que el sentimiento se haga más grande y me enrede más la cabeza de lo que ya lo está. Así que, después de esto, necesito que hagas como si nunca lo hubiera dicho. Después de esto necesito que vuelvas a ser mi amiga, porque ser tu amigo me hace ser mejor persona. Me haces mejor ser humano.

—Graham…

Se volvió y puso a Talon, que seguía durmiendo, en la sillita del coche.

—Espera, primero dime… si sientes algo. ¿Sientes algo más que amistad cuando hacemos esto? —Estiró el brazo y me cogió la mano.

Nervios.

Se acercó más a mí, nuestros cuerpos estaban más cerca que nunca.

—¿Sientes algo cuando hago esto? —susurró y me rozó la mejilla con el dorso de la mano. Cerré los ojos.

Escalofríos.

Se acercó todavía más, sus pequeñas exhalaciones a pocos centímetros de mis labios, sus exhalaciones se convertían en mis inspiraciones. No podía abrir los ojos porque entonces le vería los labios. No podía abrir los ojos porque entonces querría estar más cerca. No podía abrir los ojos porque apenas podía respirar.

—¿Sientes algo cuando estamos tan cerca? —preguntó con dulzura.

Agitación.

Abrí los ojos y parpadeé una vez.

—Sí.

Una oleada de alivio le recorrió el cuerpo y se llevó la mano al bolsillo de atrás, del que sacó dos papeles.

—Ayer hice dos listas —explicó—. Estuve todo el día en la mesa anotando todas las razones por las que no debería sentir lo que siento por ti y esa lista es larga. Está detallada con guiones en los que se explica cada una de las razones por las que esto, lo que sea que hay entre nosotros, es una mala idea.

—Lo entiendo, Graham. No tienes que darme explicaciones. Sé que no…

—No, espera. La otra lista, en cambio, es más corta, mucho más corta, pero en esa lista intenté no ser tan lógico. Intenté ser más como tú.

—¿Como yo? ¿A qué te refieres?

—Intenté sentir. Me imaginé cómo sería ser feliz y creo que la definición de felicidad eres tú. —Sus ojos oscuros se encontraron con los míos y se aclaró la garganta dos veces—. Intenté anotar las cosas que me resultan agradables, aparte de Talon, claro. La lista es corta de verdad, de momento solo tiene dos cosas y lo raro es que empieza y termina contigo.

El corazón me golpeaba con fuerza el pecho y mi mente corría cada vez más deprisa con cada segundo que pasaba.

—¿Yo y yo? —pregunté; notaba el calor de su cuerpo. Notaba cómo sus palabras entraban rozando mi piel y se filtraban muy dentro de mi alma.

Me recorrió el cuello con los dedos lentamente.

—Tú y tú.

—Pero… —«Lyric»—. No podemos.

Asintió.

—Lo sé. Por eso necesito que, después de decirte una última cosa, hagas ver que somos solo amigos. Necesito que te olvides de todo lo que te he dicho esta noche, pero antes tengo que decírtelo.

—¿Qué es, Graham?

Se apartó poco a poco y miró hacia las luces titilantes del árbol.

Yo le miraba los labios, que dijeron despacio:

—Estar a tu lado me provoca algo extraño, algo que hace mucho que no me pasa.

—¿El qué?

Me cogió la mano y se la llevó al pecho. Sus siguientes palabras salieron en un susurro:

—Mi corazón empieza a latir de nuevo.

Capítulo 19

Lucy

—¿Va todo bien entre nosotros? —preguntó Graham unos pocos días después de Pascua cuando lo llevé al aeropuerto para que tomara un vuelo. El editor quería que volara a Nueva York para hacer entrevistas y unas pocas firmas de libros por la ciudad. Había aplazado lo de hacer viajes desde que nació Talon, pero se veía obligado a ir a aquellos encuentros. Era la primera vez que estaría lejos de Talon durante un fin de semana y lo notaba muy nervioso por la separación—. Me refiero a después de nuestra charla de la otra noche.

Le dirigí una sonrisa y asentí.

—Sí, de verdad.

Era mentira.

Desde que mencionó que en su pecho guardaba sentimientos hacia mí, no había podido dejar de pensar en ello. Sin embargo, desde que él había sido lo suficientemente valiente para ser más como yo y sentirlo todo aquella noche, yo me forzaba a ser más como él e intentar sentir un poco menos.

Me preguntaba si toda su vida había sido así, es decir, si lo había sentido todo en las sombras.

—Vale.

Cuando aparcamos en el aeropuerto, salí del coche para ayudarle con las maletas. Cogí a Talon del asiento trasero y Graham la abrazó con todas sus fuerzas contra su pecho. Se le empañaron los ojos mientras miraba a su hija.

—Solo serán tres días.

Asintió una vez.

—Sí, lo sé, pero es que… —Dejó la frase a medias y le dio un beso en la frente a Talon—. Ella es mi vida.

«Jolín, Graham *Cracker*».

Me lo ponía muy difícil para no enamorarme de él.

—Si necesitas cualquier cosa, ya sea de día o de noche, llámame. A ver, yo llamaré en todos los descansos que tenga. —Hizo una pausa y se mordió el labio inferior—. ¿Crees que debería cancelarlo y quedarme en casa? Esta mañana tenía un poco de fiebre.

Reí.

—Graham, no puedes cancelarlo. Ve a trabajar y después vuelve con nosotras. —Hice una pausa por las palabras que había elegido y le dirigí una sonrisa tensa—. Con tu hija.

Asintió y la besó en la frente una vez más.

—Gracias, Lucille, por todo. No confío en mucha gente, pero confío en ti con toda mi alma. —Me tocó el brazo con suavidad antes de pasarme a Talon y marcharse.

Cuando puse a Talon en la sillita del coche, empezó a chillar e hice todo lo que pude para calmarla.

—Lo sé, pequeña. —Le ajusté el cinturón de seguridad y le di un beso en la frente—. Yo también lo echaré de menos.

⚜

Al día siguiente Mari me pidió que fuera a dar una vuelta en bici con ella, pero como tenía a Talon, se convirtió en una caminata con el cochecito.

—Es preciosa —dijo Mari, que sonreía a Talon—. Tiene los ojos de mamá, como Lyric, ¿verdad?

—Pues sí, y también tiene el descaro de mamá. —Reí cuando empezamos a caminar hacia el inicio del sendero—. Me alegra que al final pasemos tiempo juntas, Mari. Me da la sensación de que, aunque vivimos en el mismo piso, apenas te veo. Ni siquiera te he podido preguntar qué tal te fue con Sarah.

—No fui a verla —soltó, y paré en seco.

—¿Qué?

—Ni siquiera ha vuelto —confesó, y su mirada corrió nerviosa de aquí para allí.

—¿Qué quieres decir, Mari? Estuviste fuera todo el fin de semana. ¿Dónde estuviste?

—Con Parker —dijo Mari con aire despreocupado, como si sus palabras no estuvieran llenas de toxicidad.

Entrecerré los ojos.

—Perdona, ¿puedes repetirlo?

—Hace un tiempo volvió a pasarse por Monet cuando tú no estabas y acepté quedar con él. Llevamos unos meses hablando.

«¿Meses?».

—Te has enfadado —dijo con una mueca.

—Me has engañado. ¿Desde cuándo nos engañamos?

—Sabía que no aprobarías que quedara con él, pero quería hablar conmigo sobre cosas.

—¿Hablar sobre cosas? —repetí enfadada—. ¿De qué puñetas querría hablar? —Bajó la cabeza y se puso a dibujar líneas en el suelo con el zapato—. No me fastidies, quería hablar sobre volver a estar juntos, ¿no?

—Es complicado —dijo.

—¿Por qué? Te abandonó durante el peor momento de tu vida y ahora quiere volver en tu mejor momento.

—Es mi marido.

—Exmarido.

Agachó la cabeza.

—Nunca firmé los papeles.

Se me hizo añicos el corazón.

—Me dijiste que...

—¡Ya lo sé! —gritó; se pasaba las manos por el pelo y caminaba de aquí para allí—. Sé que te dije que se había acabado y se acabó. Mentalmente, mi matrimonio se había acabado para mí, pero físicamente... Nunca firmé los papeles.

—Me tienes que estar vacilando, Mari. Te abandonó cuando tenías cáncer.

—Ya, pero...

—No. Nada de peros. ¡Él no tiene perdón y tú me has engañado sobre tu divorcio! ¡A mí! Se supone que eres mi alma gemela, guisantito. Se supone que podemos contárnoslo todo y has estado viviendo una mentira conmigo. ¿Sabes lo que siempre decía mamá sobre las mentiras? Si tienes que mentir sobre ello, probablemente no deberías hacerlo.

—Por favor, Lucy, no me cites a mamá ahora mismo.

—Tienes que dejarlo, Mari. Física, emocional y mentalmente. Es tóxico para ti. No te va a traer nada bueno.

—¡No tienes ni idea de lo que es estar casada! —alzó la voz y Mari nunca levantaba la voz.

—¡Pero sí tengo idea de lo que es que te respeten! Por Dios, no me puedo creer que me hayas mentido todo este tiempo.

—Siento haberte mentido, pero si somos sinceras, tú tampoco has sido la persona más sincera estos días.

—¿Qué?

—Esto —dijo señalando a Talon—. Todo el tema de Graham es raro. ¿Por qué cuidas de su hija? Ya es mayorcito para cuidarse solo o, maldita sea, puede contratar a una niñera. Dime la verdad, ¿por qué sigues yendo?

Se me encogió el estómago.

—Mari, no es lo mismo…

—¡Es exactamente lo mismo! Dices que estoy en un matrimonio sin amor porque soy débil y te cabrea que te haya engañado, pero tú me has estado engañando a mí y a ti misma. Estás con él porque te estás enamorando de él.

—Para.

—Te estás enamorando.

Me quedé boquiabierta.

—Mari… Esto, ahora mismo, no tiene que ver conmigo, ni con Graham, sino solo contigo. Estás cometiendo un grave error al hablar con él. No es sano y…

—Me vuelvo a mi casa.

—¡Qué dices! —exclamé y la conmoción me recorrió el cuerpo. Me enderecé—. Esa no es tu casa. Yo soy tu casa. Nosotras somos la casa la una de la otra.

—Parker piensa que lo mejor para nosotros es trabajar en nuestro matrimonio.

«Pero ¿qué matrimonio?».

—Mari, te ha buscado cuando ya llevas dos años recuperada. Ha esperado para ver si el cáncer volvía. Es una serpiente.

—¡Basta! —gritó y agitó las manos de un lado a otro, enfadada—. ¡Basta ya! Es mi marido, Lucy, y me voy a casa con él. —Bajó la cabeza y se le resquebrajó la voz—. No quiero acabar como ella.

—¿Como quién?

—Mamá. Murió sola porque nunca dejó que ningún hombre se le acercara lo suficiente para quererla. No quiero morir sin que me quieran.

—Él no te quiere, guisantito…

—Pero puede quererme. Creo que, si cambio solo un poco, si me convierto en una esposa mejor…

—Ya eras la mejor esposa, Mari. Lo eras todo para él.

Las lágrimas le caían de los ojos.

—¿Entonces por qué no fui suficiente para él? Me está dando otra oportunidad y esta vez lo haré mejor.

Era una locura lo rápido que sucedió, lo rápido que mi enfado se transformó en auténtica tristeza por mi hermana.

—Mari —dije con ternura.

—*Maktub* —contestó ella y se miró el tatuaje de la muñeca.

—No hagas eso. —Sacudí la cabeza, me había herido más de lo que se imaginaba—. No cojas nuestra palabra y ensucies su significado.

—Significa que todo está escrito, Lucy. Significa que todo lo que sucede es porque tenía que suceder, no solo lo que tú crees que es tu destino. En la vida no puedes aceptar solo lo positivo. Tienes que aceptarlo todo.

—No. Eso no es verdad. Si se te acerca una bala y tienes tiempo suficiente para moverte, no te quedas sin hacer nada y esperas a que te dé. Te apartas, Mari. Esquivas la bala.

—Mi matrimonio no es una bala. No es mi muerte. Es mi vida.

—Estás cometiendo un grave error —susurré; las lágrimas me caían por las mejillas.

Ella asintió.

—Quizás, pero ese error lo tengo que cometer yo, igual que tú el de Graham. —Se cruzó de brazos y tembló como si tuviera un escalofrío—. Escucha, no quería decírtelo así, pero... Tengo ganas de que lo sepas. Pronto se me acaba el alquiler, así que tendrás que buscarte un sitio. Mira... podemos seguir haciendo excursionismo si quieres, para despejarnos la cabeza.

—¿Sabes qué, Mari? —Hice una mueca y negué con la cabeza—. Preferiría que no.

Lo más difícil de la vida era ver a un ser querido caminar directo hacia el fuego y no poder hacer más que quedarte sentado para ver cómo se quemaba.

❧

—Te quedarás con nosotros —dijo Graham por FaceTime desde su habitación de hotel en Nueva York.

—No, no digas tonterías. Ya encontraré algo. Empezaré a buscar en cuanto vuelvas dentro de dos días.

—Pero hasta ese momento te quedarás con nosotros y nada de peros. No pasa nada. Mi casa es muy grande. De todas formas, siento lo de Mari.

Temblé al pensar en todo ello, al pensar que regresaba con Parker.

—Es que no lo entiendo. ¿Cómo puede perdonarlo sin más?

—La soledad es una mentirosa —dijo Graham, que se sentó en el borde de la cama mientras hablaba—. En general es tóxica y mortífera. Fuerza a las personas a creer que están mejor con el propio demonio que solas, porque, en cierto modo, estar solo significa que has fracasado. En cierto modo, estar solo significa que no eres lo bastante bueno. Así que, muy a menudo, el veneno de la soledad se filtra y hace que las personas crean que cualquier tipo de atención debe significar amor. Un amor falso construido sobre una cama de soledad fracasará. Que me lo pregunten a mí. He estado solo toda mi vida.

—No me gusta nada lo que acabas de hacer —suspiré—. Has cogido mi enfado con mi hermana y lo hayas convertido en ganas de abrazarla.

Se rio entre dientes.

—Lo siento. Podría insultarla si... —Entornó los ojos mientras miraba el móvil. Pude ver el pánico en su mirada de inmediato—. Lucille, después te llamo.

—¿Pasa algo?

Colgó antes de darme una respuesta.

Capítulo 20

Graham

Era un maestro de las historias.

Sabía cómo se hacía una gran novela.

Una gran novela no implicaba juntar palabras que no conectaban. En una gran novela, cada frase importaba, cada palabra tenía un significado en la trama global. Siempre había avisos previos a los giros argumentales y también a los diferentes caminos que recorrería la novela. Si el lector se fijaba con detenimiento, siempre presenciaría las señales de alerta. Podía saborear el corazón de cada palabra que exudaba de la página y, al final, su paladar quedaría satisfecho.

Una gran historia siempre tenía una estructura.

Sin embargo, la vida no era una gran historia.

La vida real era un caos de palabras que a veces funcionaba y otras, no. La vida real era un surtido de emociones que apenas tenía sentido. La vida real era el primer borrador de una novela, con garabatos y frases tachadas, y todo escrito con ceras de colores.

No era bonita. Venía sin avisos. Venía sin facilidades.

Y cuando la novela de la vida real quería joderte, se aseguraba de sacarte todo el aire de los pulmones y de darle tu corazón herido a los lobos.

El mensaje era de Karla.

Había intentado llamarme, pero dejé que le saliera el buzón de voz.

Estaba mirando a Talon.

Me dejó un mensaje de voz, pero lo ignoré.

Estaba mirando a Lucille a los ojos.

Entonces me envió un mensaje de texto que mató una parte de mí.

Papá está en el hospital.

Ha tenido otro ataque al corazón.

Por favor, vuelve.

❧

Tomé el siguiente vuelo a casa, tenía las manos apretadas todo el rato y estaba demasiado nervioso para respirar con normalidad. Cuando aterricé, me subí al primer taxi que encontré y fui pitando hacia el hospital. Al correr por dentro del recinto, notaba que el pecho me ardía. La sensación de quemazón me sacudió mientras intentaba alejar con cada parpadeo las emociones que me recorrían las venas.

«Seguro que está bien.

Tiene que estar bien…».

Si el profesor Oliver no salía de esa, no sabía si podría sobrevivir. No sabía si sobreviviría si él no iba a estar ahí siempre conmigo. Cuando llegué a la sala de espera, a las primeras que vi fue a Mary y a Karla. Después me fijé en que también estaba Lucy sentada con Talon durmiendo en el regazo. ¿Cuánto tiempo llevaría allí? ¿Cómo se había enterado? Yo no le había dicho que volvía. Cada vez que intentaba escribirlo, lo borraba de inmediato. Si enviaba el mensaje de que el profesor Oliver había tenido un ataque al corazón, se volvería real. Si hubiera pensado que era real, me hubiera muerto en el vuelo de regreso a casa, sin duda.

No podía ser verdad.

No podía morirse.

Talon ni siquiera se acordaría de él.

Tenía que acordarse del mejor hombre del mundo.

Tenía que conocer a mi padre.

—¿Cómo te has enterado? —pregunté a Lucy cuando me acerqué a ellas y le di un suave beso en la frente a Talon.

Lucy señaló a Karla.

—Me ha llamado y he venido directa.

—¿Estás bien? —pregunté.

—Sí, estoy bien. —Lucy hizo una mueca, me cogió la mano y me la apretó un poco—. ¿Y tú?

Entrecerré los ojos y tragué con dificultad. Hablé tan bajito que no estaba seguro de si la palabra salió en realidad de mi boca:

—No.

Miré a Mary y le dije a Lucy que volvería. Me dijo que me tomara todo el tiempo que necesitara. Le agradecía que cuidara de Talon y que estuviera allí a mi lado por mi hija y por mí mientras yo tenía que estar al lado de otros.

—Mary —llamé. Levantó la vista y se me partió el corazón al ver el dolor de su mirada. La mirada rota de Karla me partió el corazón de nuevo.

—Graham —gritó Mary y se abalanzó sobre mí.

La envolví con los brazos y la abracé con fuerza. Abrió la boca para decir algo más, pero no le salió ninguna palabra. Se echó a llorar sin control, igual que su hija, a quien añadí al fuerte abrazo. Las sujetaba a las dos con fuerza, intentaba convencer a sus cuerpos temblorosos de que todo saldría bien.

Permanecí firme como un árbol, sin temblar, porque necesitaban que fuera sus cimientos. Necesitaban fuerza y yo hacía ese papel.

Porque eso era lo que él querría que fuera.

Valiente.

—¿Qué ha pasado? —pregunté a Mary cuando se calmó. La llevé hacia las sillas de la sala de espera, donde nos sentamos.

Estaba encorvada y con los dedos cruzados, su alma seguía temblando ligeramente.

—Estaba en su despacho leyendo y cuando fui a verlo... —Le empezó a temblar el labio inferior—. No tengo ni idea del tiempo que llevaba en el suelo. Si hubiera llegado antes... Si...

—Nada de «si», lo importante es el ahora —dije—. Has hecho todo lo que podías. No es culpa tuya, Mary.

Asintió.

—Ya, ya lo sé. Nos hemos estado preparando para este día, pero no me esperaba que llegara tan pronto. Pensé que tendríamos más tiempo.

—¿Prepararos? —pregunté, confuso.

Hizo una mueca e intentó enjugarse las lágrimas, pero le seguían cayendo.

—No quería que te lo dijera…

—¿Decirme el qué?

—Hace tiempo que estaba malo, Graham. Hace unos meses le dijeron que, si no se operaba, solo le quedarían unos pocos meses hasta que su corazón dijera basta. La operación también era muy arriesgada y él no quería hacérsela. No después de todas las operaciones por las que había pasado ya. Luché con todas mis fuerzas para que se operara, pero le daba demasiado miedo que llegara el día y no pudiera volver a casa, en vez de pasar todos y cada uno de los días que le quedaban rodeado de amor.

¿Él lo sabía?

—¿Por qué no me lo contó? —pregunté; el enfado me subía por el pecho.

Me cogió las manos y bajó la voz.

—No quería que te alejaras de él. Pensó que, si sabías de su enfermedad, te volverías frío para protegerte de sentir demasiado. Sabía que te meterías en lo más profundo de tu mente y eso le rompía el corazón, Graham. Le aterrorizaba perderte, porque eras su hijo. Eres nuestro hijo y, si te ibas en sus últimos días… habría abandonado este mundo con el corazón roto.

Se me encogió el corazón y me costó la vida no llorar. Agaché la cabeza un poco y la sacudí.

—Es mi mejor amigo —dije.

—Y tú el suyo —replicó ella.

Esperamos y esperamos a que los médicos nos dijeran qué pasaba. Al final vino uno y se aclaró la garganta.

—¿Señora Evans? —preguntó. Todos nos levantamos de un salto de las sillas con los nervios a flor de piel.

—Sí, estoy aquí —replicó Mary mientras yo le sujetaba la mano temblorosa.

«Sé valiente».

—Su marido ha sufrido una insuficiencia cardíaca. Está en la UCI con respiradores y la verdad es que, si se desconectan, las probabilidades de que no sobreviva son muy altas. Lo lamento mucho. Sé que es duro de asimilar. Puedo concertarle una cita con un especialista para que la ayude a decidir cuál sería la mejor opción para proceder.

—¿Se refiere a que tenemos que decidir si le desconectamos las máquinas o lo dejamos en el estado actual? —preguntó Mary.

—Sí, pero entienda que su estado de salud no es bueno. No podemos hacer mucho más por él excepto que se sienta cómodo. Lo siento mucho.

—Dios mío —gritó Karla y se dejó caer en los brazos de Susie.

—¿Podemos verlo? —preguntó Mary con voz temblorosa.

—Sí, pero solo la familia —dijo el médico—. Y quizás mejor de uno en uno.

—Ve tú primero —dijo Mary y se volvió hacia mí, como si fuera una tontería que yo no formara parte de la familia.

Negué con la cabeza.

—No. Deberías ir tú, en serio. No pasa nada.

—No puedo —gimió—. No puedo ser la primera en verlo. Por favor, Graham. Por favor, ve primero y así me dices cómo está. Por favor.

—Vale —dije, todavía un poco preocupado por dejarla sola, sin apoyo. Antes de que pudiera decir nada más, Lucy ya estaba de pie al otro lado de Mary, le sujetaba la mano con firmeza y me prometía con aquellos ojos dulces que no la soltaría.

—Le acompaño a la habitación —dijo el médico.

Cuando íbamos por el pasillo, intenté con todas mis fuerzas no venirme abajo. Intenté con todas mis fuerzas no mostrar cuánto me dolía el corazón, pero cuando me dejaron a solas con el profesor Oliver en aquella habitación, no pude más.

Se le veía tan mal…

Había un montón de máquinas haciendo ruiditos, un montón de tubos y vías.

Respiré hondo, acerqué una silla a la cama y me aclaré la garganta.

—Es un puñetero egoísta —manifesté serio, enfadado—. Es un puñetero egoísta por hacerle esto a Mary. Es un puñetero egoísta por hacerle esto a Karla semanas antes de su boda. Es un puñetero egoísta por hacerme esto a mí. Le odio por pensar que, si lo hubiera sabido, habría huido. También le odio por tener razón, pero, por favor, profesor Oliver… —Se me desgarró la voz y me eché a llorar. Me escocían los ojos y el corazón me ardía por el dolor—. No se vaya. Joder, no se puede ir, puñetero egoísta ¿Entendido? No puede dejar a Mary, no puede dejar a Karla y lo que es seguro al cien por cien es que no me puede dejar a mí.

Me derrumbé, le cogí la mano y recé a un dios en el que no creía mientras mi corazón de hielo, el mismo que hacía poco que se había derretido, se hacía añicos.

—Por favor, Ollie. Por favor, no te vayas. Por favor, haré lo que sea… Pero… Pero…

«Pero no te vayas».

Capítulo 21

Navidad

No le había gustado su regalo, así que se permitió una copa. Sin embargo, Kent nunca tomaba solo una copa. La primera llevaba a la segunda, la segunda a la tercera y la tercera llevaba a un número que hacía aparecer sus sombras. Cuando Kent se hundía entre las sombras, no había nada que lo hiciera volver.

A pesar de que Rebecca fuera preciosa.

A pesar de que Rebecca fuera amable.

A pesar de que Rebecca se empeñara cada día en ser suficiente.

Ella era más que suficiente, pensaba Graham.

Le había visto soplar las velas los últimos cinco cumpleaños.

Era su mejor amiga, la prueba de que el bien existía, pero eso no duraría, porque Kent se había tomado una copa... o diez.

—¡Eres una mierda! —gritó él y estampó el vaso de whisky contra la pared, donde se rompió en un millón de trocitos. Él era más que un monstruo, era oscuridad, el peor hombre que existía. Kent ni siquiera sabía por qué estaba tan enfadado, pero lo pagó todo con ella.

—Por favor —susurró Rebecca, que estaba sentada en el sofá y temblaba—. Descansa, Kent. No te has tomado ni un descanso desde que empezaste a escribir.

—No me digas lo que tengo que hacer. Me has fastidiado la Navidad —dijo arrastrando las palabras y tambaleándose hasta ella—. Lo has estropeado todo, porque eres una mierda. —Levantó la mano para pagar su enfado con ella, pero le dio un bofetón a Graham en la frente al meterse él en medio para proteger a Rebecca—. Aparta —ordenó Kent, que lo cogió y lo empujó hacia un lado.

A Graham se le empañaron los ojos de lágrimas al ver cómo su padre pegaba a Rebecca.

¿Cómo?

¿Cómo podía pegar a alguien tan bueno?

—¡Para! —gritó Graham, que se abalanzó sobre él y empezó a pegarle. Kent lo apartaba todo el rato, pero él no paraba. Se levantaba del suelo una y otra vez y volvía a por más, sin miedo al daño que le pudiera hacer su padre. Lo único que le importaba era que le estaba haciendo daño a Rebecca y que la tenía que proteger. Lo que duró unos minutos pareció durar horas. La escena giraba entre los golpes a Graham y las heridas a Rebecca y así siguió hasta que los dos se quedaron tumbados, sin ofrecer resistencia. Recibieron los golpes y puñetazos y se quedaron quietos hasta que Kent se cansó de todo. Se perdió en su despacho, cerró de un portazo y probablemente encontró más whisky.

Rebecca envolvió a Graham con sus brazos en el instante en el que Kent se fue y dejó que se derrumbara en ellos.

—No pasa nada —dijo ella.

Él había aprendido a no creérselo.

Más tarde esa noche, Rebecca pasó por la habitación de Graham. Él seguía despierto, estaba sentado en la oscuridad del cuarto y miraba al techo.

Cuando se volvió hacia ella, la vio con el abrigo de invierno y con las botas.

Detrás llevaba una maleta.

—No —dijo él y se incorporó. Sacudió la cabeza—. No.

A ella le caían las lágrimas por las mejillas, que estaban amoratadas por las manos de la oscuridad.

—Lo siento muchísimo, Graham.

—Por favor —gritó él, corrió hacia ella y la abrazó por la cintura—. Por favor, no te vayas.

—Aquí no puedo quedarme —dijo ella con la voz temblorosa—. Mi hermana me espera fuera y solo quería decírtelo a la cara.

—¡Llévame contigo! —suplicó él; las lágrimas le caían cada vez más deprisa a medida que se apoderaba de él el pánico por que ella lo dejara solo con la oscuridad—. Seré bueno, lo juro. Seré lo suficientemente bueno para ti.

—Graham. —Respiró hondo—. No puedo llevarte conmigo... No eres mío.

Esas palabras.

Esas palabras, escasas e hirientes, le partieron el corazón en dos.

—Por favor, Rebecca, por favor... —sollozaba contra su camisa.

Ella lo apartó unos centímetros y se agachó para estar a su altura.

—Me ha dicho que, si te llevo conmigo, me enviará a sus abogados. Me ha dicho que lucharía. No tengo nada, Graham. Me hizo renunciar a mi trabajo hace años. Firmé un acuerdo prematrimonial. No tengo nada.

—Me tienes a mí —dijo él.

La forma en que parpadeó y el hecho de que se pusiera de pie le dio a entender que él no era suficiente.

En ese momento, el corazón del chico empezó a helarse.

Ella se fue esa noche sin mirar atrás. Esa noche Graham se sentó junto a la ventana, miró el sitio en el que había estado el coche al que Rebecca se había subido y le dolía el estómago al intentar entenderlo. ¿Cómo alguien podía haber estado allí tanto tiempo y después marcharse sin más?

Miraba la carretera cubierta de nieve. Las huellas de los neumáticos seguían en el suelo y Graham no apartó ni un segundo la vista de ellas.

En su cabeza no paraba de repetir las mismas palabras.

«Por favor, no te vayas».

Capítulo 22

Lucy

Graham volvió a la sala de espera con los ojos hinchados. Karla y Susie se fueron a por un café y él le dirigió una sonrisa falsa a Mary y le dio un rápido abrazo antes de que entrara a ver a Ollie.

—Hola. —Me levanté y me acerqué a él—. ¿Estás bien?

Hizo una mueca; tenía el semblante sereno, pero los ojos desconsolados.

—Si le pasara cualquier cosa... —Tragó con dificultad y bajó la cabeza—. Si lo pierdo...

No le di la oportunidad de decir nada más. Lo envolví con los brazos cuando empezó a temblar. Por primera vez, se permitió sentir, se permitió sufrir, y yo estaba allí para abrazarlo.

—¿Qué puedo hacer? —pregunté y lo abracé con más fuerza—. Dime qué puedo hacer yo.

Apoyó su frente en la mía y cerró los ojos.

—No me sueltes. Si me sueltas, saldré corriendo. Dejaré que me supere. Por favor, Lucille, no me sueltes.

Lo abracé unos minutos, pero parecieron horas.

—Aire encima de mí, tierra debajo de mí, fuego dentro de mí, agua alrededor de mí, el espíritu se convierte en mí... —le dije una y otra vez bajito en la oreja y noté que las emociones se apoderaban de él. Cada vez que notaba que se derrumbaba, se abrazaba a mí con más fuerza y yo me negué a dejarlo ir.

Talon no tardó en despertarse en la sillita del coche y empezó a protestar. Graham me soltó despacio y se acercó a su hija. Cuando la mirada de la niña se cruzó con la de él, dejó de protestar y se le iluminó la cara como si acabara de conocer al mejor hombre del mundo. Sus ojos desprendían amor absoluto y lo vi, vi el instante de alivio que le entregó a su padre. Él la cogió en brazos y la abrazó. Ella le puso las manitas en las mejillas y se puso a balbucear. Hacía ruiditos con esa sonrisa preciosa a juego con la de su padre. Por un momento, por un segundo, Graham dejó de sentir dolor. Talon le llenaba el corazón de amor, el mismo amor que una vez creyó que ni siquiera existía.

Por un momento, pareció estar bien.

꙳

Mary decidió esperar a ver si las cosas cambiaban. Vivió esas semanas con un nudo en el estómago y Graham estuvo a su lado durante todo el tiempo. Aparecía en su casa con comida y la obligaba a comer y a dormir cuando lo único que ella quería era estar en la sala de espera del hospital.

Esperaba un cambio.

Esperaba un milagro.

Esperaba que su marido volviera con ella.

Karla me llamó cuando llegó la hora de tomar la decisión más difícil de la vida de su familia. Cuando llegamos al hospital, la luz del pasillo no dejaba de parpadear, como si se fuera a fundir en cualquier momento.

El capellán entró en la habitación y nos pusimos alrededor de Ollie cogidos de la mano mientras nos preparábamos para decirle el último adiós. No sabía cómo alguien podría recuperarse de una pérdida como aquella. Hacía muy poco que conocía a Ollie, pero sabía que ya había cambiado mi vida para mejor.

Su corazón siempre estaba lleno de amor y siempre se le echaría de menos.

Tras la oración, el capellán preguntó si alguien quería decir unas últimas palabras. Mary no podía hablar porque las lágrimas le inundaban el rostro. Karla tenía la cara metida en el hombro de Susie y mis labios no se querían mover.

Graham nos sujetó a todas. Se convirtió en nuestra fortaleza. A medida que las palabras le fluían del alma, noté que el corazón se me encogía.

—Aire encima de mí, tierra debajo de mí, fuego dentro de mí, agua alrededor de mí, el espíritu se convierte en mí.

En ese momento, nos derrumbamos sobre el reino de la nada.

En ese momento, una parte de cada uno de nosotros se fue con el alma de Ollie.

Capítulo 23

Graham

Todo el mundo se había ido. Mary, Karla y Susie se fueron para hacerse cargo de los pasos siguientes y sabía que tendría que haber ido con ellas, pero era incapaz de moverme. Me quedé plantado en el pasillo del hospital con la luz parpadeante. Ya habían vaciado su habitación y no se podía hacer nada más. Se había ido. Mi profesor. Mi héroe. Mi mejor amigo. Mi padre.

Se había ido.

No había llorado. Todavía no lo había procesado.

¿Cómo era posible que ese fuera el resultado? ¿Cómo pudo consumirse tan deprisa? ¿Cómo era posible que se hubiera ido?

Se me acercaron unos pasos, los enfermeros pasaron a atender a sus siguientes pacientes y los médicos echaban un vistazo a los que todavía tenían pulso, como si el mundo no acabara de pararse.

—Graham.

Su voz era profunda, llena de dolor y tristeza. No levanté la mirada hacia ella; mi cabeza no quería moverse de la habitación donde acababa de dar mi último adiós.

—Tenía razón —susurré con voz temblorosa—. Pensaba que, si me hubiera contado lo de su corazón, si hubiera sabido que podía morirse en cualquier momento, habría huido. Habría sido egoísta y lo habría abandonado, porque me habría encerrado en mí mismo. Mi mente habría sido incapaz de aceptar la idea de su muerte, habría sido un cobarde.

—Has estado aquí —dijo ella—. Has estado aquí siempre. No tienes nada de cobarde, Graham.

—Podría haberlo convencido de la operación —argumenté—. Podía haberlo convencido de que luchara.

Dejé de hablar. Por un instante, parecía que estaba flotando, como si estuviera en el mundo, pero sin formar parte de él, como si flotara en incredulidad, negación y culpa.

Lucy abrió la boca como si fuera a ofrecer algún tipo de consuelo, pero no le salió ninguna palabra. Estaba seguro de que no había palabra capaz de mejorar la situación.

Nos quedamos allí mirando la habitación mientras el mundo seguía su curso a nuestro alrededor.

Mi cuerpo empezó a tiritar. Las manos me temblaban sin control y el corazón se me hundía en el pecho.

«Se ha ido. Se ha ido de verdad».

—Si crees que vas a caer, cae en mis brazos —dijo Lucy con un susurro.

En unos segundos, me encontró la gravedad. Había desaparecido la sensación de estar flotando, ya no me sentía con fuerzas. Empecé a caer, cada vez más deprisa, me vine abajo y esperé a que llegara el impacto, pero ella estaba allí.

Estaba justo a mi lado.

Me sujetó antes de chocar con el suelo.

Se convirtió en mi fortaleza cuando yo ya no podía seguir siendo valiente.

⁂

—Al final se ha dormido, aunque ha dado bastante guerra. —A Lucy le pesaban los ojos, como si estuviera agotada, pero los forzara para permanecer abiertos—. ¿Cómo te encuentras? —preguntó y se apoyó contra el marco de la puerta de mi despacho.

Llevaba una hora sentado en mi escritorio mirando el cursor parpadeante. Quería escribir, evadirme, pero, por primera vez en mi vida, era incapaz de encontrar ninguna palabra. Se acercó a mí y me puso las manos en los hombros. Empezó a masajearme las escápulas, que estaban tensas, y agradecí el contacto.

—Ha sido un día largo —susurré.

—Ha sido un día muy largo.

Miré hacia las ventanas y vi que fuera llovía. Un manta de agua golpeaba el exterior de mi casa. El profesor Oliver habría puesto los ojos en blanco por la coincidencia de que lloviera el día de su muerte. Menudo cliché.

Apagué el ordenador.

Esa noche no me iban a salir las palabras.

—Necesitas dormir —dijo Lucy. Ni siquiera la contradije. Me cogió las manos y no opuse resistencia. Me ayudó a levantarme y me llevó hasta mi habitación para que pudiera intentar cerrar los ojos y descansar.

—¿Quieres agua? ¿Comida? ¿Algo? —preguntó con una mirada de preocupación.

—Solo una cosa.

—¿Sí? ¿Qué puedo hacer por ti? —preguntó.

—Quédate conmigo. Esta noche, yo... —Se me quebró la voz y me mordí la mejilla por dentro para no exteriorizar las emociones—. No creo que pueda estar solo esta noche. Sé que es una petición extraña y eres libre de irte, por supuesto, pero es que... —Respiré con profundidad y metí las manos en los bolsillos del pantalón de vestir—. No creo que pueda estar solo esta noche.

Ella no dijo nada más. Simplemente se acercó a la cama, apartó la sábana y se acostó. Dio unas palmaditas en el hueco que había a su lado y fui hasta allí y me tumbé a su lado. Todo empezó poco a poco, nuestros dedos se acercaban cada vez más. Cerré los ojos y me empezaron a caer las lágrimas por las mejillas. Entonces, nuestros dedos se juntaron y la calidez de Lucy llenó poco a poco mi corazón frío. Después se acercó a mí cada vez más. Yo conseguí rodearla con los brazos y, allí tumbado, abrazado a ella, permití que el sueño me venciera.

Por Dios, cuánto necesitaba estar con alguien esa noche.

Estaba muy agradecido de que fuera con ella.

Capítulo 24

Lucy

El día del funeral de Ollie, no había ni por asomo tanta gente como en el último funeral al que asistí; no se parecía en nada al oficio de Kent. Estábamos en campo abierto, rodeados de naturaleza, en el lugar en el que se había prometido con Mary hacía mucho tiempo. Ella decía que ese día empezó su vida, así que lo más correcto parecía volver allí para absorber el mismo amor que había sentido hacía años.

Y hubo amor. Hubo mucho, pero que mucho amor para Ollie. Vinieron exalumnos, compañeros de trabajo y amigos. Aunque el lugar no estaba abarrotado de periodistas, fans ni cámaras, estaba lleno de lo único importante en el mundo: amor.

Todo el mundo se aseguraba de reconfortar a Karla y a Mary al máximo y no estuvieron ni un instante solas. A medida que avanzaba el oficio, hubo lágrimas, risas e historias llenas de luz y amor.

Era el tributo perfecto para el hombre perfecto.

Cuando el pastor preguntó si alguien quería compartir unas palabras, Graham solo tardó un segundo en levantarse de la silla. Nuestras miradas se cruzaron mientras me pasaba a Talon.

—¿Un panegírico? —susurré y se me aceleró el corazón. Sabía lo duro que era aquello para Graham.

—Sí —asintió—. Estará fatal.

Negué con la cabeza lentamente, le cogí la mano y se la apreté un poco.

—Estará perfecto.

Cada paso que daba hacia el podio era lento, controlado. Todo lo que tenía que ver con Graham siempre estaba controlado. Casi siempre estaba recto, nunca se inclinaba hacia delante ni hacia atrás. No aparté la vista de él ni un segundo y se me encogió el estómago cuando vi que daba un pequeño traspiés. Se agarró al podio y reajustó su postura.

El lugar se quedó en silencio, con todos los ojos clavados en él. Podía oler las lilas y los jazmines que nos envolvían cuando soplaba el viento. El suelo seguía húmedo por toda la lluvia recibida en los últimos días y, cuando pasaba el viento, casi podía saborear la humedad. No le quitaba ojo a Graham. Estudiaba al hombre que había aprendido a amar en secreto mientras se preparaba para decirle adiós al primer hombre que me enseñó cómo debía ser el amor.

Graham se aclaró la garganta y se aflojó la delgada corbata negra. Abrió la boca y bajó la mirada hacia los papeles que llevaba, llenos de palabras por delante y por detrás. Se aclaró la garganta una vez más. Después de eso, intentó hablar.

—El profesor Oliver era… —Se le quebró la voz y bajó la cabeza—. El profesor Oliver… —Cerró los puños sobre el podio—. Esto no está bien. A ver, he escrito un largo discurso sobre Oliver. Me he pasado horas y horas confeccionándolo, pero, siendo sincero, si se lo diera a él me diría que es una auténtica porquería. —La estancia se llenó de carcajadas—. Estoy seguro de que muchos de vosotros habéis sido alumnos suyos y, si hay algo que sabemos todos, es que el profesor Oliver era duro a la hora de puntuar. Mi primer suspenso en un trabajo me lo puso él y, cuando fui a reclamárselo a su despacho, me miró, bajó la voz y dijo: «Corazón». No tenía ni idea de lo que me estaba hablando, pero me dirigió una leve sonrisa y repitió: «Corazón». Más tarde comprendí que eso era lo que le faltaba a mi trabajo.

»Antes de asistir a sus clases no tenía ni idea de cómo poner el corazón en una historia, pero se tomó el tiempo necesario para enseñarme qué eran el corazón, la pasión y el amor. Era el mejor profesor de esas tres asignaturas. —Graham cogió sus papeles y los rompió por la mitad—. Y, si tuviera que puntuarme este discurso, me suspendería. En él hablo de sus logros profesionales. Era un académico increíble y recibió numerosos premios en reconocimiento a sus talentos, pero eso es solo paja. —Graham soltó una risita ahogada, como otros alumnos que habían tenido a Ollie de profesor—. Todos sabemos lo que Oliver odiaba que la gente añadiera un extra de paja a los trabajos para llegar a la cantidad de palabras exigida. «Alumnos, tenéis que añadir músculo, no grasa». Así que voy a añadir el músculo más fuerte, el corazón. Os voy a contar la esencia de quién era el profesor Oliver.

»Oliver era un hombre que amaba sin remordimientos. Amaba a su mujer y a su hija. Amaba su trabajo y a sus alumnos y sus mentes. Amaba el mundo. Amaba los defectos, los errores y las cicatrices de este. Creía en la belleza del dolor y en la gloria de un mañana mejor. Él era la definición de amor y se pasó toda la vida intentado propagar ese amor a tanta gente como pudo. Me acuerdo de que, cuando estaba en segundo, le tenía mucha ojeriza. Me dio mi segundo suspenso y me enfadé mucho. Fui directo a su despacho, entré sin ser invitado y, cuando estaba a punto de gritarle por su indignante actuación, me paré. Estaba allí sentado, detrás de su mesa, llorando con la cara tapada con las manos.

Se me encogió el estómago al oír la historia de Graham. Dejó caer los hombros y se esforzó al máximo por no derrumbarse antes de seguir hablando:

—Soy lo peor en ese tipo de situaciones. No sé cómo reconfortar a la gente. No sé decir lo correcto en esos momentos, él solía encargarse de ello. Así que, simplemente, me senté. Me senté frente a él mientras sollozaba sin poder controlarse. Me senté y dejé que sintiera el mundo derrumbarse hasta que pudiera decir en voz alta lo que le estaba causando un dolor tan profundo. Ese día, uno de sus exalumnos se había suicidado. Hacía años que no lo veía, pero se acordaba de él, de su sonrisa, de su tristeza, de su fortaleza; y, cuando supo que había muerto, a Ollie se le rompió el corazón. Me miró y me dijo: «Hoy el mundo es un poco más gris,

Graham». Luego se secó las lágrimas y añadió: «De todas formas, sé que mañana saldrá el sol».

Graham tenía los ojos inundados de lágrimas y se tomó un segundo para recuperar el aliento y seguir hablando. Esta vez se dirigió directamente a la familia de Ollie.

—Mary, Karla, Susie, yo me gano la vida contando historias, pero no se me dan muy bien las palabras —dijo con dulzura—. No sé qué decir para darle algún sentido a esto. No sé cuál es el sentido de la vida ni por qué la muerte la interrumpe. No sé por qué se lo han llevado ni sé cómo engañaros y deciros que todo sucede por algún motivo. Lo que sí sé de verdad es que lo amabais y que él os amaba con todo su corazón.

»Quizás eso en algún momento sea suficiente para ayudaros en el día a día. Quizás eso algún día os aporte tranquilidad, pero no pasa nada si no es hoy, porque para mí tampoco ha llegado ese día. Yo no me siento tranquilo. Me siento engañado, triste, dolido y solo. En toda mi vida no he tenido a ningún hombre al que respetar. No sabía lo que significaba ser un hombre de verdad hasta que conocí al profesor Oliver. Era el mejor hombre que conocí, el mejor amigo que tuve y hoy el mundo es mucho más gris porque se ha ido. Ollie era mi padre —dijo Graham; las lágrimas le caían por las mejillas y respiró hondo una última vez—. Y yo siempre seré su hijo.

≈

Había compartido cama con Graham las noches anteriores. Parecía mucho más tranquilo cuando no estaba solo y yo solo quería que encontrara algo de paz. Los chubascos de mayo caían con fuerza y eran nuestra música de fondo mientras nos dormíamos.

Un domingo, me desperté en mitad de la noche por un trueno y, al darme la vuelta en la cama, vi que Graham no estaba. Salí de la cama y fui a ver si estaba con Talon, pero cuando llegué a su habitación, la niña dormía tranquilamente.

Lo busqué por toda la casa y no fue hasta que llegué a la galería cuando vi una sombra en el jardín. Me puse las botas de agua con rapidez, cogí un paraguas y fui junto a él. Estaba empapado de pies a cabeza y llevaba una pala en la mano.

—Graham —llamé. Me preguntaba qué estaría haciendo hasta que miré hacia la caseta y vi un gran árbol apoyado que esperaba que lo plantaran.

El árbol de Ollie.

No se volvió para mirarme. Ni siquiera estaba segura de que me hubiera oído. Siguió cavando un hoyo para el árbol. Era desgarrador verlo empapado cavar más y más hondo. Me acerqué a él con el paraguas y le di unas palmaditas en el hombro.

Se volvió hacia mí sorprendido y fue entonces cuando pude verle los ojos.

«La verdad la lleva en los ojos», me había dicho Ollie.

Esa noche lo vi, vi que Graham se rompía. Su corazón se rompía minuto a minuto, segundo a segundo, así que hice lo único que se me ocurrió.

Dejé el paraguas en el suelo, cogí otra pala y empecé a cavar a su lado.

No intercambiamos ninguna palabra, ni falta que hacía. Cada vez que apartábamos la tierra, respirábamos en honor a Ollie. Cuando el hoyo ya era lo suficientemente grande, le ayudé a mover el árbol. Lo metimos dentro y cubrimos la base con barro.

Graham se agachó y se sentó en aquel revoltijo de tierra mientras la lluvia seguía golpeándonos. Me senté a su lado. Dobló las rodillas y descansó las manos sobre ellas, con los dedos entrelazados. Yo me senté con las piernas cruzadas y las manos en el regazo.

—Lucille —susurró.

—¿Sí?

—Gracias.

—De nada.

Capítulo 25

Graham

—Lucille —llamé desde mi despacho una tarde. En las últimas semanas me había obligado a sentarme en mi mesa y escribir. Sabía que eso era lo que hubiera querido que hiciera el profesor Oliver. Hubiera querido que no me rindiera.

—¿Sí? —preguntó y entró en la habitación.

Mi corazón dio un respingo. Se la veía cansada: sin maquillaje, con el pelo revuelto. Era todo lo que siempre había querido.

—Yo, bueno, tengo que enviarle unos capítulos a mi editor y normalmente los leía primero el profesor Oliver, pero... —Hice una mueca—. ¿Me podrías hacer el favor de leerlos?

Se le agrandaron los ojos y se le ensanchó la sonrisa.

—¿Estás de broma? Claro que sí. Déjame ver.

Le di los papeles y se sentó frente a mí. Cruzó las piernas y se puso a leer, absorbiendo todas mis palabras. Mientras ella tenía la vista fija en la hoja, mi mirada estaba clavada en ella. Algunas noches me preguntaba qué habría sido de mí sin ella. Me preguntaba cómo habría sobrevivido sin esa *hippie* rarita en mi vida.

Me preguntaba cómo había llegado tan lejos sin decirle que era una de mis personas favoritas en todo lo ancho del planeta.

Lucy Palmer me había salvado de la oscuridad y nunca sería capaz de agradecérselo lo suficiente.

Al cabo de un rato, se echó a llorar y se mordió el labio inferior.

—¡Vaya! —susurró para sí misma mientras seguía pasando las hojas. Estaba muy concentrada leyendo y se tomaba su tiempo—. ¡Vaya! —repitió entre dientes. Cuando acabó, se puso todas las páginas sobre el regazo y sacudió la cabeza un poco antes de mirarme. Entonces dijo—: ¡Vaya!

—¿Tan mal está? —pregunté y me crucé de brazos.

—Es perfecto. Es absolutamente perfecto.

—¿Cambiarías algo?

—Ni una sola palabra. Ollie estaría orgulloso.

Se me escapó un ligero suspiro.

—Vale, gracias. —Se puso en pie y se dirigió hacia la puerta, pero la llamé—. ¿Te gustaría ser mi acompañante en la boda de Karla y Susie?

Una dulce sonrisa se le posó en los labios y levantó el hombro izquierdo.

—Estaba esperando que me lo preguntaras.

—No sabía si querrías venir. Es decir, es raro llevar a una amiga a una boda.

Sus ojos color chocolate mostraron una pizca de tristeza al mirarme.

—Oh, Graham *Cracker* —susurró. Su voz era casi imperceptible y, por un momento, me pregunté si me había imaginado sus palabras—. Lo que daría por ser algo más que tu amiga.

El día de la boda, esperaba en el salón a que Lucy acabara de arreglarse en su habitación. Tenía el corazón encogido por verla y, cuando apareció, fue mejor de lo que me imaginaba. Salió como una chispa de perfección. Lucía un vestido azul celeste largo hasta el suelo y llevaba gipsófilas entrelazadas en el pelo.

Llevaba los labios pintados de rosa y su belleza era mayor que nunca.

Cada segundo que la miraba, me atraía un poquito más.

Además, llevaba a Talon en brazos y la forma en que mi hija, mi amor, se acurrucaba contra ella me hacía querer sentirla más cerca.

Se suponía que no podíamos sentirnos así.

Se suponía que no podíamos enamorarnos el uno del otro, ella y yo.

Sin embargo, parecía que la gravedad nos empujaba cada vez más cerca.

—Estás preciosa —dije, me levanté del sofá y me alisé el traje.

—Tú tampoco estás nada mal. —Sonrió y se acercó a mí.

—Papa —dijo Talon; balbuceaba y estiraba los brazos hacia mí. Cada vez que hablaba, se me ensanchaba el corazón—. Papapapa.

Nunca pensé que el amor podía ser tan real.

Cogí a la niña entre mis brazos y le besé la frente; ella me devolvió el beso. Lucy se acercó y me enderezó la pajarita, que había elegido ella. Había elegido todo el traje. Estaba convencida de que mi armario tenía demasiado negro, así que me obligó a salir de mi zona de confort con un traje gris claro y una pajarita de lunares azul celeste.

Fuimos a casa de la empleada de Lucy, Chrissy, antes de dirigirnos a la ceremonia. Chrissy se haría cargo de Talon esa noche y yo estaba algo preocupado. Talon nunca había pasado tiempo con nadie que no fuera Lucy o yo, pero Lucy me dijo que confiaba en Chrissy y, a su vez, yo confiaba en ella.

—Si necesita cualquier cosa, tienes nuestros números —dije a Chrissy cuando le pasé a Talon, que al principio parecía tímida.

—Ah, no te preocupes, vamos a pasárnoslo genial. De lo único que tenéis que preocuparos vosotros dos es de disfrutar esta noche. Aprovechad cada momento.

Le dirigí una sonrisa tensa y me incliné para besar la frente de Talon una última vez.

—Y, Graham, lamento lo de tu padre. El profesor Oliver parecía un gran hombre —dijo Chrissy.

Le di las gracias mientras Lucy me cogía la mano y me la apretaba un poco.

Cuando nos dirigíamos al coche, me volví hacia ella.

—¿Le has dicho que era mi padre? —pregunté.

—Claro. Era tu padre y tú eras su hijo.

Tragué con dificultad y le abrí la puerta del coche para ayudarla a entrar. Cuando estuvo dentro, esperé un segundo antes de cerrarla.

—Lucille.

—Dime.

—Haces que el mundo sea mucho menos gris.

❧

Llegamos a la ceremonia diez minutos antes de que empezara y nos sentamos en una fila del medio, junto al pasillo. El lugar estaba rodeado de flores preciosas que había elegido la propia Lucy y que había colocado por la mañana temprano. Era la mejor en hacer que cada momento fuera precioso.

Cuando llegó la hora, todos los presentes nos pusimos de pie mientras Susie caminaba hacia el altar agarrada al brazo de su padre. Lucía una amplia sonrisa y estaba impresionante en su vestido blanco. Cuando llegó delante, su padre le besó la mejilla y se fue a su asiento. Entonces, la música cambió y le tocó el turno a Karla. Parecía un ángel y sujetaba un precioso ramo de rosas blancas y rosas. El vestido le caía con gracia, pero parecía que le costaba caminar. Con cada paso que daba, notaba qué era lo que le pesaba en el corazón: le faltaba su padre, el hombre que se suponía que iba a llevarla al altar el día más feliz de su vida.

A mitad del pasillo, se paró, se cubrió la boca con la mano y empezó a sollozar; se la tragó el dolor aplastante de la situación.

En apenas unos segundos, yo estaba allí. La cogí del brazo, me incliné hacia ella y le susurré:

—Ya te tengo, Karla. No estás sola.

Se volvió hacia mí, con los ojos llenos de trocitos de su alma rota, y me abrazó. Se derrumbó durante unos segundos y yo la abracé en cada uno de ellos. Cuando tuvo la fuerza suficiente, no la solté del brazo y la acompañé hasta el altar.

El oficiante sonrió de oreja a oreja cuando llegamos hasta él. Susie cruzó su mirada con la mía y me dio las gracias en silencio. Asentí una vez.

—¿Quién trae al altar a esta preciosa novia? —preguntó el oficiante.

Me enderecé sin apartar la vista de Karla.

—Yo. —Le sequé unas cuantas lágrimas y sonreí—. Yo, con todo mi ser.

Karla se volvió y me dio un fuerte abrazo y yo la apreté contra mí mientras me decía en voz baja:

—Gracias, hermano.

—De nada, hermana.

Volví a mi sitio y me senté junto a Lucy, a la que le caían las lágrimas por las mejillas. Me miró y me dirigió la mayor sonrisa que jamás había visto. Abrió la boca y susurró:

—Estoy enamorada de ti. —Se volvió de nuevo de cara a la ceremonia.

En apenas unos segundos, se me llenó el corazón con más amor del que creía posible.

Porque así era como funcionaban los corazones: cuando pensabas que estaban llenos del todo, de alguna manera, encontrabas espacio para añadir un poquito más de amor.

Querer a Lucy Hope Palmer no era una elección; era mi destino.

⸎

La ceremonia terminó sin contratiempos. La noche estuvo llena de amor, risas y luz. Y baile, mucho baile.

Cuando llegó una canción lenta, Mary se acercó a mí y me tendió la mano para bailar. Me levanté y la llevé a la pista de baile. Cuando me colocó la mano en el hombro, empezamos a balancearnos.

—Lo que has hecho por Karla… Nunca te lo podré agradecer lo suficiente —dijo Mary, con una lágrima cayéndole por la mejilla.

Me incliné y le besé la lágrima antes de que cayera al suelo.

—Estoy aquí para cualquier cosa que necesitéis, chicas. Siempre, Mary. Siempre.

Sonrió y asintió.

—Siempre quise tener un hijo.

—Y yo siempre quise tener una madre.

Bailamos y apoyó la cabeza en mi hombro, me dejaba guiar nuestros movimientos.

—La forma en que la miras... —dijo; se refería a Lucy—. La forma en que te mira...

—Lo sé.

—Déjala entrar en tu corazón, cariño. Hace que te sientas como Ollie hacía que me sintiera yo, entera, y un amor así no es algo que se tenga que dejar escapar. Habrá un millón de razones por las que pienses que no podría funcionar, pero solo necesitas una por la que sí. Y esa razón es el amor.

Sabía que tenía razón sobre Lucy y el amor.

Si el amor fuera una persona, sería ella.

Cuando acabamos de bailar, Mary me besó en la mejilla y me dijo:

—Díselo. Dile todo lo que te aterroriza, todo lo que te entusiasma, todo lo que te emociona. Dile todo eso y déjala entrar. Te prometo que cada momento valdrá la pena.

Le di las gracias y respiré al volverme para ver a Lucy acabando de bailar con uno de los señores más mayores, de unos setenta años. Oía al profesor Oliver en mi cabeza y lo sentía en mi corazón con cada latido.

«Sé valiente, Graham».

La esperé en la mesa. Cuando se sentó, brillaba de felicidad. Era como si ese fuera el único estado que conocía.

—Gracias por traerme, Graham. Esto ha sido...

La interrumpí. No podía esperar ni un minuto más. No podía perder un segundo más sin que mis labios se posaran en los suyos. Mi boca se estrelló contra la suya y mi mente estalló al notar sus labios. Noté que todo su ser me envolvía el alma, que me absorbía, que me convertía en un hombre mejor de lo que nunca me había imaginado que podría ser. Había muerto un millón de veces antes de darle una oportunidad a la vida y mi primera inhalación de vida la hice de sus labios.

La aparté un poco y dejé las manos alrededor de su cuello, que masajeé con suavidad.

—Eres tú —susurré; nuestros labios todavía se tocaban un poco—. Mi mayor expectativa eres y siempre serás tú.

Entonces, me devolvió el beso.

Capítulo 26

Lucy

No sabíamos cómo tratarnos después de nuestro primer beso. Nuestra situación se salía de la norma a la hora de construir una relación. Lo hicimos todo al revés. Me enamoré de un chico antes de nuestro primer beso y él se enamoró de una chica que no podía tener. Nuestra conexión y nuestros latidos encajaban en un mundo de cuento de hadas, pero en la vida real, la sociedad nos consideraba un terrible accidente.

Quizás éramos un accidente, un error.

Quizás se suponía que nunca deberían haberse cruzado nuestros caminos.

Quizás él solo debía ser una lección en mi vida y no una marca permanente.

De todas formas, la forma en que me besó...

Nuestro beso fue como si colisionaran el cielo y el infierno y cualquiera de las opciones fuera, al mismo tiempo, la correcta y la errónea. Nos besamos como si nos estuviéramos equivocando y, a la vez, tomáramos la mejor decisión. Sus labios me hicieron volar alto, pero también descender. Su respiración hizo que mi corazón latiera más deprisa y se parara del todo a la vez.

Nuestro amor era todo lo bueno y lo malo envuelto en un beso.

En parte, sabía que tendría que arrepentirme, pero la manera en que sus labios calentaron las sombras frías de mi alma... la manera en que dejó su marca en mí...

Nunca me arrepentiría de haberlo encontrado, de haberlo abrazado, aunque solamente tuviéramos esos pocos segundos para ser uno solo.

Siempre valdrían la pena esos pocos segundos que compartimos.

Siempre valdría la pena esa sensación de que nuestras almas se habían conectado cuando se tocaron nuestros labios.

Siempre me pasaría las noches soñando con estar cerca de él.

Él siempre valdría la pena.

A veces, cuando tu corazón pide una novela, el mundo solo te da un relato corto y, a veces, cuando quieres que algo sea para siempre, solo tienes los pocos segundos del ahora.

Y lo único que yo podía hacer, lo único que cualquiera puede hacer en estos casos, era intentar que cada momento contara.

Cuando llegamos a casa esa noche, no hablamos de ello para nada. Ni la semana siguiente. Me centré en Talon. Graham trabajó en su novela. Los dos estábamos esperando a que llegara el momento perfecto para sacar el tema, pero eso es lo complicado del tiempo, que el momento perfecto nunca llega.

A veces tenías que saltar y esperar no caerte al suelo.

Por suerte, una calurosa tarde de sábado, Graham saltó.

—Estuvo bien, ¿no? —preguntó, y me sorprendió cambiándole el pañal a Talon en su cuarto.

Me volví un poco para mirarle; me observaba desde la puerta.

—¿Qué es lo que estuvo bien? —pregunté mientras acababa de atar el pañal.

—El beso. ¿Tú también piensas que estuvo bien?

Se me encogió el corazón al coger a Talon en brazos. Me aclaré la garganta.

—Sí, estuvo bien. Fue increíble.

Asintió y se acercó. Cada paso que daba hacía que me doliera el corazón, expectante.

—¿Qué más? ¿Qué más opinas?

—¿La verdad? —susurré.

—La verdad.

—Pensaba que ya había estado enamorada antes. Pensaba que ya sabía lo que era el amor. Pensaba que conocía sus curvas, sus esquinas y su forma, pero entonces te besé a ti.

—¿Y?

Tragué con dificultad.

—Y me di cuenta de que eres la primera y única cosa que hizo que mis latidos cobraran vida.

Me estudió, inseguro.

—¿Pero? —preguntó y se acercó más. Se metió las manos en los bolsillos y se mordió el labio inferior antes de volver a hablar—: Sé que hay un pero. Te lo veo en los ojos.

—Pero… se trata de mi hermana.

Hizo una mueca, comprensivo.

—Jane.

Asentí.

—Lyric.

—¿Y crees que nunca podrá ser? ¿Lo nuestro? —El dolor de sus ojos por la pregunta me rompió el corazón.

—Creo que la sociedad tendría muchas cosas que decir al respecto. Eso es lo que más me preocupa.

Lo tenía aún más cerca, lo suficiente como para besarme de nuevo.

—¿Y desde cuando nos importa lo que piense la sociedad, mi *hippie* rarita?

Me sonrojé y me puse el pelo detrás de la oreja.

—No será fácil. Puede ser muy complicado y raro y puede que se salga de la norma, pero te prometo que, si me das una oportunidad, si dejas que estemos juntos aunque sea un instante, haré que todo tu tiempo valga la pena. ¿Quieres?

Viví el momento y abrí la boca para decir:

—Sí.

—Quiero que tengamos una cita. Mañana. Quiero que te pongas tu ropa preferida y que me dejes invitarte a salir.

Reí.

—¿Estás seguro? Mi ropa preferida incluye rayas, lunares y un millón de colores.

—No esperaba nada menos. —Sonrió.

«Por Dios, qué sonrisa».

Esa sonrisa me hacía sentir cosas. Dejé a Talon en el suelo para que pudiera gatear.

—Y, Lucille... —siguió Graham.

—Dime.

—Tienes caca en la mejilla.

Del horror se me desorbitaron los ojos. Fui hasta un espejo y cogí una toallita de bebé para limpiarme la cara. Miré a Graham, que se reía con disimulo, y se me pusieron las mejillas rojas como tomates. Me crucé de brazos y entrecerré los ojos.

—¿Me acabas de pedir una cita aunque tenía caca en la mejilla?

Asintió sin dudarlo.

—Claro. Solo tenías un poco. Eso no cambia el hecho de que esté enamorado de ti y quiera una cita contigo.

—¿Qué? Espera un segundo. ¿Que qué? Repite eso... —Se me aceleró el corazón y me estalló la cabeza.

—¿Que quiero una cita contigo?

—No, lo de antes.

—¿Que era solo un poco de caca?

Sacudí las manos.

—No, no. Justo después de eso. La parte de...

—¿De que te quiero?

De nuevo, mi corazón se aceleró y mi cabeza estalló.

—¿Estás enamorado de mí?

—Con toda mi alma.

Sin que me diera tiempo a replicar, antes de que ninguna palabra saliera de mi boca, pasó por mi lado una niña caminando. Se me agrandaron los ojos al mismo tiempo que se agrandaron los Graham, que miraba a su hija.

—¿Acaba de...? —preguntó.

—Creo que... —repliqué.

Graham agarró a Talon entre sus brazos y podría jurar que su entusiasmo iluminó toda la casa.

—¡Acaba de dar sus primeros pasos! —exclamó haciendo girar a Talon, que se reía con los besos que le daba en las mejillas—. ¡Acabas de dar tus primeros pasos!

Los dos nos pusimos a dar saltos y a animar a la niña, que siguió riendo y dando palmadas. Nos pasamos la noche en el suelo para intentar que Talon diera algún paso más. Cada vez que lo hacía, la vitoreábamos como si fuera una medallista olímpica de oro. Para nosotros lo era.

Fue la mejor noche de mi vida: veía al hombre que me amaba amar con total libertad a su niñita. Cuando Talon se quedó dormida, Graham y yo nos dirigimos a su habitación y nos abrazamos hasta que nos venció el sueño.

—Lucille —susurró a la altura de mi cuello cuando me acurrucaba contra él para sentir su calor.

—¿Sí?

—No quiero que suceda, pero te quiero preparar. Llegará un momento en el que te decepcione. No quiero, pero cuando dos personas se aman, a veces se decepcionan.

—Ya —asentí, comprensiva—, pero soy lo bastante fuerte como para volverme a levantar. Llegará un día en el que yo también te decepcione.

—Sí. —Bostezó y me acercó más a él—. Pero estoy seguro de que, de algún modo, esos días te querré más.

A la mañana siguiente, todavía me duraba el subidón de Graham y Talon. Eso fue hasta que llegué a trabajar. Mari estaba sentada en la oficina de los Jardines de Monet con los dedos cruzados mientras revisaba las carpetas de la contabilidad. Normalmente ella se encargaba del papeleo y yo de atender a los clientes. Se le daba bien, pero cuando entré en el despacho esa tarde, casi pude ver el nubarrón que se cernía sobre ella.

Sabía con exactitud lo que habría dicho mamá si viera a su niñita en ese momento.

«¿Otra vez pensando demasiado, Mari Joy?».

—¿Qué pasa? —pregunté y me apoyé en el marco de la puerta.

Levantó la vista hacia mí, frunció el ceño y se reclinó en la silla.

—Ese debe de ser el mayor número de palabras que me has dicho desde que...

—¿Volviste a vivir con tu ex?

—Mi marido —corrigió.

En realidad, no habíamos hablado desde que explotó el tema de Parker y volvió con él. Evitaba toda conversación sobre eso, porque sabía que ya había tomado una decisión. Esa era una característica de Mari, pensar todo demasiado, pero cuando por fin tomaba una decisión, se mantenía firme hasta el final. No podía decir nada para conseguir que dejara al monstruo con el que compartía cama en ese momento.

Lo único que podía hacer era esperar pacientemente para recomponerle el corazón cuando se lo destrozara, otra vez.

—¿Qué pasa? —pregunté y señalé los papeles.

Negó con la cabeza.

—Nada, solo intento entender los números.

—Algo pasa —disentí, me acerqué a la mesa y me senté frente a ella—. Tienes esa típica mirada tuya.

—¿Qué mirada? —preguntó.

—Ya sabes, tu mirada de preocupación.

—¿Qué dices? Yo no tengo ninguna mirada de preocupación.

Le dirigí una mirada de «¿Realmente quieres convencerme de que no tienes una mirada de preocupación?».

Suspiró.

—Creo que no podemos mantener a Chrissy como empleada.

—¿Cómo? Si es genial. En realidad, es demasiado buena, mejor que tú y yo. La necesitamos. De hecho, iba a decirte que deberíamos darle un aumento.

—Ahí está la cuestión, Lucy, que no tenemos dinero para darle un aumento. Apenas nos llega para tenerla empleada. Creo que lo mejor es echarla.

Entrecerré los ojos, confundida por sus palabras y segura de que estaban corrompidas.

—¿Quién lo dice? ¿Tú o Parker?

—Yo hablo por mí misma, Lucy, y tengo una carrera universitaria. Lo digo yo.

—Le encanta su trabajo —dije.

Se encogió un poco de hombros.

—A mí ella también me gusta, pero es una cuestión laboral, no personal.

—Ahora hablas como Lyric. —Bufé—. Todo trabajo, nada de corazón.

—Ella tiene corazón, Lucy. Lo que pasa es que vosotras dos nunca congeniasteis bien.

Levanté una ceja, atónita por que Mari apoyara a Lyric.

—Abandonó a su hija, Mari.

—Todos cometemos errores.

—Sí. —Asentí con lentitud, todavía confundida—. Un error es derramar leche, quemar la pizza u olvidarse de un aniversario. ¿Abandonar a tu hija recién nacida que lleva semanas en la UCI de neonatos? ¿Seguir desaparecida cuando la niña ya está del todo bien? Eso no es un error, es una decisión.

Hizo una mueca.

—Solo pienso que es raro lo involucrada que estás en todo el tema. Es decir, ni siquiera conocías a Graham y está claro que Lyric y tú tenéis vuestros rifirrafes. ¿Por qué empeorar las cosas? No tiene ningún sentido. No es normal.

—Tú también podrías conocerla mejor, eh. Es tu sobrina, nuestra sobrina. La semana que viene organizaremos su primera fiesta de cumpleaños… Quizás si vinieras lo entenderías.

—¿Que le organizaréis una fiesta de cumpleaños? ¿Los dos? ¿No ves nada raro en eso? Lucy, no es tu hija.

—Eso ya lo sé. Solo ayudo a Graham.

—Vives con él.

—¡Porque me echaste de una patada!

Negó con la cabeza.

—No te eché de una patada para nada y, sin duda, no te empujé a irte a su casa. Eso lo hizo tu corazón.

—Basta —dije con un tono de voz descendente porque se me formó un nudo en el estómago.

Mary me lanzó su mirada astuta.

—Lucy, sé que te estás enamorando de él.

Parpadeé para alejar las lágrimas que se me querían escapar.

—No sabes lo que dices. No tienes ni idea de lo que dices.

—Te estás equivocando. Estuvo con Lyric y ella es tu hermana —exclamó Mari—. Sé que lo que te mueve en la vida son los sentimientos, pero este no es bueno.

Me mordí el labio inferior y noté que mi enfado iba en aumento.

—Ya, claro, porque tú eres la más experta en el mundo en cómo debería ser una relación.

—¿Una relación? —Bufó—. Lucy, no tienes una relación con Graham Russell. Sé que te va a doler oír esto, pero entiendo a Lyric cuando se trata de ti. Te pareces mucho a mamá. Eres demasiado libre y la libertad puede ser asfixiante. Si sientas la cabeza, que no sea con él. Su amor no es para ti.

No sabía qué hacer. El pecho me quemaba y me dolía. Abrí la boca para decir algo, pero no me salió nada. No podía pensar en las palabras que tenía que decir, así que me di media vuelta y me fui.

No me costó encontrarme a mí misma en la naturaleza. Me dirigí hacia mi camino preferido para correr, inspiré profundamente y exhalé el aire con fuerza antes de empezar la carrera. Corrí entre los árboles y dejé que el aire me golpeara la piel a medida que aceleraba el ritmo. Intentaba deshacerme del dolor y la confusión.

Una parte de mí odiaba a Mari por sus palabras, pero la otra se preguntaba hasta qué punto tenía razón.

En mi cabeza representaba el cuento de hadas entre Graham y yo. De forma egoísta pensé en cómo podría ser nuestro amor si algún día era para siempre. De forma egoísta me permití sentir por completo.

Era una soñadora, como mi madre, y aunque siempre me encantó ese hecho, empezaba poco a poco a ver sus defectos. Ella flotaba más de lo que caminaba, saltaba más de lo que se estaba quieta y, pasara lo que pasara, nunca afrontaba la realidad.

Así que, cuando la realidad la golpeaba, siempre estaba sola.

Lo de estar sola me aterrorizaba.

Pero lo que más me aterrorizaba era no estar con Graham y Talon.

Cuando llegué a casa de Graham, no me atrevía a entrar. Como la carrera no me había despejado la mente, fui hasta el jardín trasero y me senté junto al árbol de Ollie. Me senté con las piernas cruzadas y con la mirada fija en el pequeño árbol al que le faltaban muchos años por crecer. Me pasé allí segundos, minutos, horas. Graham no vino junto a mí hasta que el sol empezó a ponerse. Llevaba un traje que le sentaba genial y parecía que no fuera de este mundo. Me sentía fatal por perderme nuestra cita, pero sabía que, por mis sentimientos, no estaba preparada para salir con él. Mari había añadido más culpa en mi corazón de la que pensaba que podía aguantar. Quizás estaba actuando de forma naíf por cómo me hacía sentir Graham… Quizás estaba actuando como una estúpida.

—Hola —dijo.

—Hola —contesté.

Se sentó.

Me miró.

Habló:

—Estás triste.

Asentí.

—Sí.

—Llevas cuatro horas aquí.

—Ya lo sé.

—He querido dejarte espacio.

—Gracias.

Asintió.

—Pero creo que ya has tenido espacio suficiente. Cuando llevas tanto tiempo sola empiezas a convencerte de que te mereces estar sola, créeme, lo sé. Sin embargo, tú, Lucille Hope Palmer, no te mereces estar sola.

No intercambiamos más palabras, pero la sensación de plenitud era alta y clara. Si el mundo pudiera notar cómo latían nuestros corazones como si fueran uno, quizás entonces no juzgarían nuestra conexión con tanta dureza.

—Esta primera cita es horrible —dije con la voz temblorosa por los nervios y reí.

Se metió la mano en el bolsillo del traje, sacó un paquete de regaliz y me lo entregó.

—¿Mejor? —preguntó.

Suspiré y asentí una vez antes de abrir el paquete.

—Mejor.

A su lado siempre me sentía bien. Como en casa.

En eso no me parecía a mamá. Mientras ella siempre quería ir a la deriva, mi corazón ansiaba estar junto a Graham Russell.

Por primera vez en mi vida, me urgía estar sobre suelo firme.

Capítulo 27

Graham

—Deberías llamarla —dije a Lucy mientras iba por la casa inventándose razones para mantenerse ocupada. Llevaba meses hablando solo sobre cuestiones laborales con su hermana Mari, pero, al parecer, hacía unos días habían tenido una fuerte discusión. Notaba que las preocupaciones se la comían viva, pero se esforzaba al máximo por no hablar sobre el tema.

—No pasa nada. Estamos bien —replicó.

—Mentirosa.

Se volvió hacia mí y levantó una ceja.

—¿No tienes que acabar un libro o algo por el estilo?

Sonreí ante su impertinencia.

Me encantaba esa faceta suya.

Me encantaban todas sus facetas.

—Solo digo que la echas de menos.

—Para nada —dijo, pero su cara decía todo lo contrario a sus palabras. Se mordió el labio inferior—. ¿Crees que es feliz? Yo creo que no. Da igual, no quiero hablar de eso.

—Lucil…

—A ver, él la abandonó literalmente en los peores días de su vida. ¿Quién hace eso? Da igual, es su vida. Ya no voy a hablar más del tema.

—Vale —accedí.

—¡Es que es un monstruo! ¡Y ni siquiera es un monstruo guapo! Lo odio y estoy muy enfadada porque lo ha elegido a él por encima de mí, de nosotras. Y hoy, esta tarde, es la primera fiesta de cumpleaños de Talon, ¡y Mari ni siquiera vendrá! No me puedo creer… Ostras, ¡mierda! —gritó y salió pitando hacia la cocina. La seguí y fui testigo del momento en el que sacaba el pastel de chocolate de Talon, que estaba muy quemado—. No, no, no — masculló y lo dejó sobre la encimera.

—Respira —dije, me puse detrás de ella y le coloqué las manos sobre los hombros. Empezó a llorar y yo a reír—. Es solo un pastel, Lucille. No pasa nada.

—¡No! Sí que pasa —dijo y se volvió para estar de cara a mí—. Íbamos a recorrer Europa en plan mochilero. Empezamos a ahorrar cuando se puso mala. Empezamos un tarro de pensamientos negativos y, cada vez que nos venía un pensamiento negativo sobre su diagnóstico o el miedo se apoderaba de nuestra mente, teníamos que meter una moneda. Tras la primera semana, el tarro ya estaba lleno hasta el borde, así que tuvimos que poner otro tarro. Ella quería ir justo cuando se hubiera recuperado, pero a mí me aterraba. Me daba miedo que no tuviera la fuerza suficiente, que fuera demasiado pronto, así que hice que se quedara en casa. La encerré bajo llave porque no tenía fuerzas suficientes para coger un avión con ella. —Tragó con dificultad—. Y ahora ni ella me habla, ni yo le hablo. Es mi mejor amiga.

—Ya entrará en razón.

—La invité a que viniera hoy a la fiesta de Talon. Así empezó la discusión.

—¿Y eso por qué era un problema?

—Piensa… —La voz de Lucy se quebró y respiró profundamente. Apenas nos separaban unos centímetros—. Piensa que todo esto está mal, lo nuestro y lo de Talon. Piensa que es raro.

—Es raro —dije—. Pero eso no quiere decir que esté mal.

—Me dijo que no eras para mí. Que tu amor no era para mí.

Antes de que me diera tiempo a contestar, sonó el timbre. Se apartó de mi lado y puso una sonrisa falsa.

—No pasa nada, de verdad. Solo estoy molesta por haber quemado el pastel. Ya voy yo a la puerta.

Me quedé allí de pie mirando el pastel y entonces saqué un cuchillo para ver si quizás lo podía salvar cortando las partes incomestibles. Lucy necesitaba una victoria ese día. Necesitaba algo que la hiciera sonreír.

—Dios mío —escuché desde la otra habitación. La voz de Lucy sonaba aterrorizada y, cuando entré en el salón, entendí por qué.

—Jane —dije entre dientes con la vista fija en ella, que estaba en la entrada con un osito de peluche y un regalo en la otra mano—. ¿Qué demonios haces aquí?

Abrió la boca para hablar, pero entonces volvió a dirigir la mirada hacia Lucy.

—¿Qué haces tú aquí? —preguntó en dirección a Lucy y con las palabras entrelazadas con cierto escozor—. ¿Por qué puñetas tendrías que estar tú aquí?

—Yo… —empezó Lucy, pero le temblaba tanto la voz por los nervios que era incapaz de decir ni una palabra.

—Jane, ¿qué haces aquí? —pregunté una vez más.

—Yo… —La voz le temblaba tanto como a Lucy hacía un momento—. Quería ver a mi hija.

—¿Tu hija? —bufé, perplejo porque se hubiera atrevido a entrar en mi casa y a usar esas palabras.

—Eh… ¿podemos hablar, Graham? —preguntó Jane. Clavó la mirada en Lucy y entrecerró los ojos—. ¿A solas?

—Cualquier cosa que digas la puedes decir delante de Lucille —repliqué.

El corazón ya magullado de Lucy recibió un nuevo golpe.

—No, no pasa nada. Me voy. De todos modos, tengo algo de faena que hacer en la floristería. Voy a por el abrigo.

Cuando pasó por mi lado, le sujeté un poco el brazo y le susurré:

—No tienes por qué irte.

Asintió despacio con la cabeza.

—Creo que es mejor que habléis los dos solos. No quiero causar más problemas.

Me apretó la mano ligeramente y la soltó. Cuando cogió su abrigo, salió directa de la casa sin decir nada más y la habitación se llenó de oscuridad.

—¿Qué es lo que quieres, Jane?

—Ha pasado un año, Graham. Solo quiero verla.

—¿Qué te hace pensar que tienes derecho a verla? La abandonaste.

—Tenía miedo.

—Fuiste egoísta.

Hizo una mueca y movió los pies nerviosa.

—De todas formas, me tienes que dejar verla. Como madre, me lo merezco. Es mi derecho.

—¿Madre? —bufé y me entraron náuseas. Ser madre no solo significaba parir. Ser madre significaba darle de comer de madrugada. Ser madre significaba dormir al lado de la cuna porque tu hija estaba mala y tenías que controlar su respiración. Ser madre significaba saber que Talon odiaba los ositos de peluche. Ser madre significaba quedarse.

Jane no era madre, no lo había sido ni un segundo.

Era una desconocida para mi hija. Era una desconocida en mi casa.

Una desconocida para mí.

—Tienes que irte —dije, molesto por el hecho de que creyera que podía volver a nuestras vidas después de todo ese tiempo.

—¿Te acuestas con Lucy? —preguntó, lo que me dejó estupefacto.

—¿Disculpa? —Noté cómo el enfado se me formaba en el estómago y me subía por la garganta—. Hace meses que abandonaste a tu hija. Te fuiste y dejaste solo una mierda de nota. No miraste atrás ni un segundo. Y, sin embargo, ¿ahora te crees que tienes el derecho de preguntarme algo así? No, Jane. No tienes ningún derecho a hacerme preguntas.

Echó los hombros hacia atrás y, aunque se irguió sobre sus tacones altos, le temblaba la voz.

—No la quiero cerca de mi hija.

Caminé hacia la puerta de entrada y la abrí.

—Adiós, Jane.

—Soy tu mujer, Graham. Talon no debería andar cerca de alguien como Lucy. Es una persona tóxica. Me merezco…

—¡Nada! —grité, y mi voz alcanzó un nuevo nivel de enfado, histeria y repulsa—. No te mereces nada. —Había cruzado una línea al usar la palabra «madre». Había cruzado una línea aún más peligrosa al hablar mal de Lucy, que era la que se había quedado. Y la línea más peligrosa que había cruzado fue la de hablar sobre cómo había que criar a Talon—. ¡Vete! —grité de nuevo. En ese instante, Talon se echó a llorar y tragué con dificultad. Me había criado en una casa con gritos y era lo último de lo que quería que fuera testigo mi hija.

Bajé la voz:

—Por favor, Jane, vete.

Salió, pero mantenía la cabeza bien erguida.

—Piensa bien lo que haces, Graham. Si cierras la puerta, nos pelearemos. Si cierras la puerta, habrá una guerra.

—Haré que mis abogados se pongan en contacto con los tuyos —repliqué sin pensármelo.

Y, con eso, cerré de un portazo.

Capítulo 28

Lucy

—Lyric ha vuelto —dije al entrar en los Jardines de Monet, donde Mari montaba un nuevo escaparate.

Me miró y asintió.

—Ya, ya lo sé.

—¿Cómo? —pregunté sorprendida—. ¿Desde cuándo lo sabes?

—La vi hace dos días. Se pasó por casa de Parker para hablar.

Me confundió que las palabras le salieran con tanta facilidad y despreocupación. ¿Quién se había llevado a mi hermana, mi persona favorita del mundo, y la había cambiado? ¿Qué le había pasado a mi Mari?

—¿Y por qué no me lo dijiste? —pregunté; me dolía el pecho porque se me había resquebrajado el corazón—. Ayer nos vimos.

—Iba a mencionarlo, pero nuestra última conversación no terminó precisamente bien. Te fuiste echando chispas —dijo. Cogió un florero y lo llevó hacia las ventanas—. ¿Y qué más da si ha vuelto? Su familia está aquí, Lucy.

—Los ha abandonado durante meses. Dejó a su hija recién nacida en la UCI de neonatos porque fue egoísta. ¿No crees que es terrible que vuelva como si nada a la vida de Graham? ¿Y a la de Talon?

—Nosotras no tenemos nada que decir, Lucy. No es asunto nuestro.

Se me resquebrajó aún más el corazón y Mari actuaba como si ni siquiera le importara.

—Sin embargo… —Mari respiró hondo y se cruzó de brazos sin apartar la vista de mí—. Sí que tenemos que hablar de negocios. Pensaba que podía aguantar algo más de tiempo, pero, aprovechando que ya estamos aquí ahora, podemos hablar.

—¿Sobre qué? —pregunté, confundida del todo.

—Lyric está un poco preocupada por lo que suben algunas cosas del libro de contabilidad y, bueno, creo que tiene razón. Creo que nos precipitamos al contratar a Chrissy. No recaudamos beneficio suficiente.

—¿Por qué narices hablas con Lyric sobre la tienda? —Mari hizo una mueca y yo levanté una ceja—. ¿Por qué no me lo dices a mí?

—No te enfades —dijo, lo que me hizo ponerme aún más histérica—. ¿Te acuerdas de cuando empezábamos y no conseguíamos un préstamo para cubrir el resto de las necesidades?

—Mari… dijiste que habías conseguido otro préstamo del banco. Dijiste que, tras meses intentándolo, al final te lo dieron.

—No sabía qué hacer. Estabas tan contenta y entusiasmada por seguir adelante después de que me pusiera mala que no tuve agallas para decirte la verdad. Habías dejado atrás tantas cosas por mí que solo quería ofrecerte nuestra tienda —continuó ya sin mirarme.

—¿Me engañaste sobre el préstamo? —pregunté y sentí una opresión en el pecho—. ¿Le pediste un préstamo a Lyric?

—Lo siento, Lucy, de verdad que lo siento. Con las facturas médicas y todo lo que se acumulaba, sabía que nunca conseguiría la ayuda de ningún banco.

—Así que actuaste a mis espaldas y le pediste el dinero a Lyric.

—Nunca me hubieras dejado aceptarlo si te lo hubiera dicho.

—¡Claro que no! ¿Crees que te lo dio porque tiene un corazón bondadoso? Mari, Lyric solo actúa por interés. Solo hace cosas que la beneficiarán.

—No —juró Mari—. Lo hizo por nosotras, para ayudarnos a reorientar nuestra vida. Sin ninguna atadura.

—Hasta ahora. —Bufé y apoyé las manos en las caderas—. Si no le hubieras pedido dinero ni hubieras dejado que le debiéramos tanto, eso ni siquiera sería un problema, Mari. Ahora intenta decirte cómo llevar nuestra tienda. Podríamos haber trabajado más duro para conseguir el préstamo por nuestra cuenta. Podríamos haberlo conseguido, pero ahora quiere arruinar todo lo que hemos construido y todo porque te fiaste de la serpiente. Tenemos que deshacer el trato.

—No pienso hacerlo —dijo con total seriedad—. He hablado sobre ello con Parker y piensa que...

Bufé.

—¿Y por qué me iba a importar lo que él piensa? No es asunto suyo.

—Es mi marido. A mí sí que me importa su opinión.

—Pues no entiendo por qué. Te abandonó cuando más lo necesitabas. En cambio, yo estuve contigo, ¿te acuerdas? Fui la que recogí tus pedazos después de que él te destrozara.

—¿Y qué? —preguntó.

—¿Y qué? —repliqué estupefacta—. Significa que al menos deberías tener en cuenta mi opinión por encima de la suya.

Asintió lentamente.

—Dijo que dirías eso.

—¿Perdona?

—Dijo que jugarías la carta del cáncer contra mí, que me recordarías que te quedaste conmigo cuando nadie más lo hizo. Parker cometió un error, ¿vale? Y, si prestamos atención a estos últimos meses, tú también sabes lo que es cometer un error.

—Eso no es justo, Mari.

—No, ¿sabes lo que no es justo? Que cada día me restriegues que estuviste a mi lado. Que cada vez que sienta algo me recuerdes que fuiste tú la única que se quedó a ayudarme cuando tuve cáncer. O sea que ¿ahora siempre estaré en deuda contigo? ¿No puedo seguir adelante y vivir mi vida?

—¿Crees que trabajar bajo las órdenes de Lyric te permitirá vivir tu vida? Esto pasa porque Lyric siempre tiene que controlarlo todo.

—No, esto pasa porque te has acostado con el marido de tu hermana.

—¿Qué? —susurré, aturdida por las palabras de mi hermana, por la facilidad con que le salieron de la boca, y esperé un segundo, estupefacta, a que se disculpara, esperé a que se le suavizara la mirada fría, esperé a que mi hermana, mi mejor amiga, mi guisantito, volviera a mi lado—. Retíralo —dije en voz baja, pero no lo hizo. El amor la había envenenado, el mismo amor que una vez la destruyó.

Me fascinaba cómo el amor era capaz de doler tanto.

—Mira, Parker piensa que... —Hizo una pausa y tragó con dificultad—. Parker y yo, los dos, pensamos que no empeorará las cosas que Lyric nos ayude a encargarnos de la tienda. Es una mujer de negocios. Conoce las leyes y cómo ayudarnos a levantar la tienda. Quiere lo mejor para nosotras. Es nuestra hermana.

—Es tu hermana —corregí—, no la mía. Y esta tienda ahora os pertenece a vosotras. No quiero saber nada del negocio. No quiero saber nada de ninguna de las dos. No te molestes ni en echar a Chrissy. Renuncio.

Fui a la trastienda, recogí mis pertenencias y las metí dentro de una caja de cartón. Cuando volví a la parte delantera, saqué las llaves de la tienda del llavero y las dejé encima del mostrador.

Mari seguía mirándome con frialdad y estaba segura de que no iba a cambiar de opinión. Ni yo tampoco, pero, antes de irme, tenía que dejar claras algunas verdades, aunque ella pensara que eran mentira.

—Te van a decepcionar, Mari. Se van a aprovechar de tu confianza y van a decepcionarte y a hacerte daño. Esta vez, en cambio, es por decisión tuya. Eres libre de tratar con el diablo o no. Y después no me vengas llorando cuando te quemes.

—Sé lo que hago, Lucy. No soy estúpida.

—No —coincidí—, no eres estúpida. Solo eres demasiado confiada, lo que es un millón de veces peor. —Tragué con dificultad y pestañeé para alejar las lágrimas que se me querían escapar—. Y para que conste en acta, nunca me he acostado con él. Lo amo con todo mi corazón. Me encanta su forma silenciosa de amarme, pero nunca nos hemos acostado, ni una sola vez, porque nunca podría superar el hacerle algo así a mi hermana. Ahora, sin embargo, lo veo claro: ser hermanas no solo viene determinado por la sangre. Viene determinado por el amor incondicional. Lyric nunca fue mi hermana y nunca lo será. —Me quité el collar con forma de corazón y se lo puse a Mari en la mano—. Pero tú eres mi corazón, Mari, y sé que yo soy el tuyo. Así que, cuando te hagan daño, búscame. Búscame y te reconstruiré el corazón. Entonces quizás también me ayudes a tapar las grietas del mío.

⁂

—Hola, ¿dónde estabas? Te he estado llamando, pero sale directamente el contestador —dijo Graham cuando me vio en el porche delantero, exhausta. Sus ojos estaban llenos de preocupación y también mostraban una alta dosis de culpa. Llevaba a Talon en brazos—. ¿Estás bien?

Asentí despacio y entré al recibidor.

—Sí. He ido a los Jardines de Monet y he tenido otra discusión fuerte con Mari. Luego me he ido a correr para despejar la mente y cuando se me ha acabado la batería del móvil me he acordado de que tenía aquí el cargador, así que solo he venido a buscarlo. Espero que no te importe. —Pasé por su lado y parpadeé varias veces para intentar esconder las emociones que me salían del alma.

—Claro que no me importa, solo estaba preocupado.

Tenía la vista clavada en mí y su consternación no disminuía, pero me esforcé por hacer ver que no me daba cuenta mientras iba a la habitación de Talon a buscar el cargador.

Me latía el corazón de forma descontrolada mientras intentaba no desmoronarme. La cabeza me daba vueltas, pensaba en todo lo que acababa de pasar en la tienda con Mari. Era como si hubieran drogado a mi persona favorita de todo el mundo y la controlaran unas manos de odio y confusión, pero la hubieran convencido de que era amor lo que guiaba sus decisiones.

Era desgarrador ver a tu mejor amiga tenderse una trampa para sufrir.

—Lucille —dijo Graham, que me había seguido.

Parpadeé.

«Oh, Graham...».

El consuelo de su suave tono de voz me llegó directo al alma.

—Estoy bien —dije y pasé por su lado con el cargador. Evitaba el contacto visual, porque sabía que me desmoronaría y no me podía desmoronar delante de él. Quizás Mari tenía razón, quizás mis sentimientos por el hombre que tenía delante eran una equivocación.

Ojalá el amor viniera con una cronología e instrucciones. Si fuera así, me hubiera enamorado de él en el momento correcto. Si el amor viniera con una cronología, Graham Russell siempre habría tenido mi corazón.

—Creo que voy a pasar unas cuantas noches en un hotel. Creo que es demasiado lío quedarme aquí sabiendo que Lyric ha vuelto. Voy a por algunas cosas.

—Eso es una tontería —dijo—. Tú te quedas aquí. Esta es tu casa.

Casa.

Si me conociera, sabría que toda mi vida fui cambiando de casa. Nunca había echado raíces en ningún sitio y, cuando era hora de irse, tocaba irse.

Aunque irme significara dejar atrás mis latidos.

—No, en serio, no pasa nada —dije y seguí evitando el contacto visual. No quería venirme abajo, no delante de Graham. Esperaría a llegar al hotel para derrumbarme. «Siente menos, Lucy. Siente menos».

Eso me resultó casi imposible cuando noté que una manita me tiraba de la camiseta.

—Lulu —dijo Talon, lo que me hizo volverme hacia ella. Me miraba con la sonrisa más radiante y los ojos más bonitos. Por Dios, cómo me hacía latir el corazón esa sonrisa—. Lulu —repitió y estiraba los brazos para que la cogiera.

Me rompió el corazón, a pesar de mis esfuerzos por mantenerlo intacto.

—Hola, cariño —dije y se la quité a Graham de las manos. Sabía que no estaba bien, que no era mía, pero esa niñita me había cambiado más de lo que me podía imaginar. Nunca me juzgaba con la mirada por mis errores. Nunca me daba la espalda. Solo amaba sin reservas, por completo y con sinceridad.

La abracé con todas mis fuerzas y empecé a temblar. Me pesaba en el alma la idea de no despertarme cada día con sus ruiditos. Me partía el alma la idea de que el último año con Talon y Graham sería el último que pasaríamos juntos.

Sí, Talon no era mía, pero yo sí era suya. La quería con todo mi ser. Lo daría todo por ella y por su padre.

No podía dejar de temblar, ni luchar contra las lágrimas que me inundaban lo ojos. No podía cambiar la persona que siempre había sido.

Era la chica que lo sentía todo y, en ese momento, todo mi mundo se desmoronó.

Abrazaba a Talon y le lloraba sobre la camiseta mientras ella seguía balbuceando. Cerré los ojos con fuerza y sollocé sobre aquella preciosa alma.

Allí fue donde lo había sentido por primera vez.

Donde sentí lo que era la felicidad.

Donde sentí lo que era sentirse amada.

Donde sentí lo que era formar parte de algo más grande que yo misma.

Y ahora me veía obligada a irme.

Noté una mano en la parte baja de la espalda y me incliné con el gesto de Graham. Estaba detrás de mí, tan alto como los robles del bosque, y puso sus labios junto a mi oreja. Cuando sus palabras danzaron de su boca a mi espíritu, me acordé de por qué era el hombre que elegí amar por completo. Cuando habló, sus palabras marcaron para siempre mi alma como suya.

—Si crees que vas a caer, cae en mis brazos.

Capítulo 29

Graham

Jane volvió al día siguiente, como si tuviera algún derecho a pasar siempre que le diera la gana. No me gustaba nada no saber lo que se guardaba bajo la manga, la ansiedad que sentía por el hecho de que hubiera vuelto.

Sabía que era capaz de cualquier cosa, pero mi mayor miedo era que intentara alejarme de Talon. Tenía claro que Jane era inteligente y taimada. Uno nunca sabía lo que era capaz de hacer y eso me comía vivo.

—¿Está ella aquí? —preguntó Jane, de pie en el recibidor. Observó la estancia y puse los ojos en blanco a modo de respuesta.

—No.

—Bien. —Asintió.

—Se ha llevado a Talon de paseo.

—¿Qué? —exclamó sorprendida—. Te dije que no quería que estuviera cerca de mi hija.

—Y yo te dije que no tienes voz ni voto en el asunto. ¿Por qué has vuelto, Jane? ¿Qué quieres?

Nuestras miradas se cruzaron por un momento. No se parecía en nada a su hermana. No había luz en sus ojos, solo sus iris oscuros, y no había mucho amor en ellos, pero su voz tenía más dulzura de la que nunca había oído.

—Quiero recuperar a mi familia —susurró—. Os quiero a ti y a Talon en mi vida.

No me podía creer que se atreviera a pensar que podía volver a nuestras vidas como si no se hubiera tomado un año sabático.

—Eso no va a suceder —comenté.

Apretó los puños.

—Sí que sucederá. Sé que me equivoqué al marcharme, pero quiero rectificar. Quiero estar a su lado el resto de su vida. Me merezco ese derecho.

—No te mereces nada. Nada de nada. Esperaba no tener que ir a los tribunales, pero si es así como lo quieres, así será. No me da miedo luchar por mi hija.

—No hagas esto, Graham. De verdad que no quieres hacerlo —advirtió, pero no le hice caso—. Soy abogada.

—Y me enfrentaré a ti.

—Ganaré —dijo—. Y la alejaré de ti. Me la llevaré lejos de aquí si eso implica no tener a Lucy cerca.

—¿Por qué la odias tanto? —solté—. Es la mejor persona que he conocido nunca.

—Entonces necesitas conocer a más gente.

Me ardía el pecho ante la idea de que ese monstruo se llevara a mi hija.

—No puedes volver y de repente decidir que estás preparada para ser madre. Las cosas no funcionan así y por nada del mundo te dejaré hacerlo. No tienes ningún derecho sobre ella, Jane. No eres nada para esa niña. No significas nada para ella. Solo eres alguien que abandonó a una niña por sus necesidades egoístas. No estás en condiciones de llevarte a mi hija, aunque seas abogada.

—Puedo hacerlo —dijo confiada y noté que se le marcaba la vena en la frente por el enfado—. No voy a quedarme sin hacer nada y ver cómo mi hija se transforma en alguien como Lucy. — Sus palabras me comían vivo. Me enfurecía su forma de hablar, como si Lucy fuera el monstruo en nuestras vidas. Como si Lucy no me hubiera salvado de mí mismo. Como si Lucy no fuera un milagro.

—¿Y quién eres tú para decir con quién puede y con quién no puede estar Talon? —pregunté. Me dolía el pecho por la fuerza con la que me latía el corazón.

—¡Soy su madre!

—¡Y yo soy su padre!

—¡No, no lo eres! —gritó con furia y sus palabras rebotaron en las paredes y me golpearon el alma.

Era como si acabara de estallar una bomba en el salón y hubiera sacudido los cimientos de toda mi vida.

—¿Qué? —pregunté con voz baja y los ojos entrecerrados—. ¿Qué me acabas de decir?

—¿Qué? —preguntó una voz que venía de detrás de nosotros. Lucy estaba allí de pie con el carrito, estupefacta.

Jane permanecía impasible, solo le temblaban las manos. Cuando cruzó la mirada con Talon, se le cayeron los hombros y vi cómo sucedía, vi cómo su corazón se rompía, pero me daba igual. Ni por un segundo me importó su expresión de dolor. Solo me importaba el hecho de que intentaba alejar a mi familia de mí.

—He dicho que... —Tragó saliva con dificultad y miró al suelo.

—Mírame —ordené con un tono de voz serio y elevado. Levantó la cabeza y parpadeó una vez antes de mirarme con dureza—. Repite lo que has dicho.

—Tú no eres su padre.

Mentía.

Era malvada.

Jugaba sucio.

Era el monstruo en el que siempre pensé que me convertiría.

—¿Cómo te atreves a venir aquí con tus mentiras para intentar llevártela? —susurré y me esforcé al máximo por que no me sobrepasaran mis sombras, mis fantasmas, mis miedos.

—No es lo que... —Hizo una mueca y sacudió la cabeza hacia atrás—. Yo, eh...

—Será mejor que te vayas —dije con contundencia, ocultando mis miedos. Una parte de mí la creía. Notaba que en el fondo siempre había tenido esa sensación, pero la había escondido con todas mis fuerzas, y una parte más grande de mí miraba a Talon y se veía reflejado en su mirada. Me veía en su sonrisa. Veía lo mejor de mí en su alma. Era mía y yo, de ella.

—Estabas de gira por un libro —susurró con voz temblorosa—. Y yo, bueno, llevaba semanas mala y me acuerdo de que estaba molesta porque te fuiste una semana sin ni siquiera preocuparte por mí mientras andabas por ahí.

Mi mente retrocedió a toda velocidad hasta esa época; intentaba captar recuerdos, seleccionar cualquier tipo de pista. Talon había nacido prematura. Cuando pensaba que tenía treinta y una semanas, en verdad tenía veintiocho, pero no había dejado que esa idea se asentara en mi cabeza. Talon era mi hija. Mi pequeña. Mi corazón. Solo podía creer que eso no era verdad.

—Tenías la gripe y no parabas de llamarme.

—Solo quería... —Hizo una pausa sin saber muy bien qué más decir—. Se pasó para ver cómo estaba.

—¿Quién se pasó? —preguntó Lucy bajito.

Jane no contestó, pero yo sabía muy bien a quién se refería. Me había contado la historia un montón de veces. Que él se preocupaba mucho por ella y, en cambio, yo era frío. Que era muy amable con todo el mundo. Que siempre estaba allí para los desconocidos y para la gente que amaba.

—Mi padre —dije, y se me quebró la voz. Kent Theodore Russell, un hombre, un padre, un héroe.

Mi infierno personal.

Veía partes de mí en los ojos de Talon, pero la miré y vi partes de él en su mirada. Lo vi en su sonrisa. Vi partes de él en su alma y, sin embargo, ella no era de él, ni él era de ella.

De todas formas, eso bastaba para romperme el alma.

—Deberías irte —dijo Lucy en dirección a Jane.

Jane se irguió y negó con la cabeza.

—Si alguien debe irse eres tú.

—No —reprendí a Jane sin saber cómo me seguía latiendo el corazón—. Si alguien debe irse eres tú. Ahora mismo.

Jane iba a replicar, pero entonces vio el fuego de mi interior. Sabía que, si se acercaba un paso más, la haría cenizas. Recogió sus cosas y se fue después de decir que volvería.

Cuando se fue, corrí hacia Talon y la cogí en brazos. ¿Cómo podía no ser mi mundo entero?

Era mía y yo era suyo.

Yo era suyo y ella era mía.

Me había salvado.

Me había dado algo por lo que valía la pena vivir y Jane había vuelto para intentar arrancármelo.

—¿Puedes vigilarla? —pregunté a Lucy y noté que el mundo se estrellaba contra mí. Ella se acercó y la cogió. Me puso la mano en el brazo, pero me aparté un poco.

—Dime algo —dijo.

Sacudí la cabeza y me fui, sin decir nada. Fui a mi despacho y cerré la puerta detrás de mí. Me senté mirando el cursor parpadeante de la pantalla del ordenador.

Lo odiaba. Odiaba cómo me controlaba. Odiaba que me hubiera destrozado la vida incluso tras su muerte.

Capítulo 30

Día de Acción de Gracias

2015

—Tú debes de ser la mujer que inspira las historias de mi hijo —dijo Kent, que llegó a casa de Graham instantes antes de que fuera a salir con Jane para presentarle al profesor Oliver.

—¿Qué haces aquí? —preguntó Graham a su padre con frialdad y con una mirada dura.

—Es Acción de Gracias, hijo. Esperaba que pudiéramos ponernos al día. He visto que tu último libro llegó al número uno y todavía no lo hemos ni celebrado. —Kent le dirigió una sonrisa a Jane, que lo miraba con los ojos muy abiertos, como si tuviera delante a una leyenda y no a un monstruo—. Ha salido a su padre.

—No me parezco en nada a ti —rugió Graham.

Kent soltó una risita.

—No, eres más gruñón.

Jane rio y eso enloqueció a Graham. Despreciaba que todo el mundo le riera las gracias a Kent.

—Nos vamos a cenar —dijo Graham a su padre, que solo quería que se fuera.

—Pues seré breve. Escucha, mi publicista se preguntaba si querrías hacer una entrevista para ABC News conmigo. Piensa que sería genial para nuestras carreras.

—No hago entrevistas y menos contigo.

Kent se mordió el labio e hizo una ligera mueca. Era una señal de advertencia de que se estaba cabreando, pero con los años había aprendido a controlarse delante de desconocidos. Graham, sin embargo, conocía esa expresión y conocía el enfado que bullía bajo la superficie de Kent.

—Bueno, piénsatelo —dijo con algo de rabia en el tono, que Jane no percibió. Kent se volvió hacia ella y le dirigió la sonrisa con la que enamoraba a todo el mundo—. ¿Cómo te llamas, cariño?

—Jane, y tengo que decir que soy tu mayor fan —dijo entusiasmada.

A Kent se le ensanchó la sonrisa.

—¿Más que de mi hijo?

Graham hizo una mueca.

—Nos vamos.

—Vale, vale. Escríbeme un correo si cambias de opinión y, Jane —dijo Kent, que le cogió la mano y se la besó—, ha sido un placer conocer a tal belleza. Mi hijo es un hombre con suerte.

Jane se sonrojó y le dio las gracias por sus amables palabras.

Antes de darse media vuelta para irse, le dio un último repaso con la vista al cuerpo de Jane antes de decirle a Graham:

—Sé que hemos tenido momentos duros, Graham. Sé que las cosas no siempre han sido fáciles para nosotros, pero quiero arreglarlo. Y creo que la entrevista es un paso en esa dirección. Con suerte, pronto me dejarás volver a tu vida. Feliz Día de Acción de Gracias, hijo.

Kent se fue con su coche y dejó a Graham y a Jane en el porche. Ella movía los pies nerviosa.

—Parece encantador —comentó.

Graham frunció el ceño y se metió las manos en los bolsillos del pantalón de vestir mientras se dirigía hacia su coche.

—No tienes ni idea del monstruo del que hablas. Solo acabas de caer en su trampa.

Ella corrió tras él, le intentaba seguir el paso con los altos tacones.

—Aun así —argumentó— ha sido amable.

No dijo nada más, pero Graham sabía lo que pensaba: que Kent era amable, divertido, encantador y lo contrario a lo que era Graham.

Kent irradiaba luz, mientras que Graham vivía en las sombras.

Capítulo 31

Lucy

Le había tendido una trampa. No le había dejado elegir su futuro porque controlaba su corazón. A Graham no le entraba en la cabeza la idea de no ser el padre de Talon. Luchó con todas sus fuerzas y cuando se hizo la prueba de paternidad estaba segura de que su corazón esperaba que Lyric se equivocara. Cuando llegaron los resultados, vi cómo se desvanecía su luz interior.

Lyric le planteó el mayor dilema de su vida, aunque, en realidad, no era ni siquiera un dilema: invitarla a volver a su vida para poder quedarse con su hija o quedarse conmigo y entonces ella se llevaría a Talon.

Yo estaba allí el día que se lo dijo. Estaba a su lado cuando lo amenazó con destrozarle la vida. Ella tenía el control de todas y cada una de las partes de Graham y yo sabía que solo podía hacer una cosa.

Tenía que recoger mis cosas e irme. También tenía claro que debía hacerlo antes de que él volviera. Llevaba toda la tarde hablando con un abogado, así que me tenía que ir ya, si no, solo le pondría las cosas más difíciles. No podía perder a su hija; no podía perder su alma.

Así que me puse a hacer las maletas.

—¿Qué haces? —preguntó confundido del todo.

—Graham. —Suspiré cuando lo vi junto a la puerta del baño. Sus ojos color café y de párpados pesados me miraban mientras cogía una toalla y me tapaba el cuerpo con ella—. No sabía que estabas en casa.

—Acabo de ver tus cosas en el recibidor.

—Sí.

—Te vas —dijo sin aliento. Se había afeitado el día anterior, pero ya le asomaba la barba. Tenía los labios apretados y yo sabía que también apretaba los dientes. Siempre se le marcaba mucho más la mandíbula cuadrada y esculpida cuando lo hacía.

—Creo que es lo mejor.

—¿De verdad? —Entró en el baño y cerró la puerta detrás de él. Durante unos segundos el único sonido que se oía era el del agua corriendo mientras nos mirábamos el uno al otro.

—Sí —contesté. Se me hizo un nudo en el estómago y el corazón me latía con fuerza. Seguí su mano con la vista mientras cerraba el pestillo. Caminaba hacia mí despacio y una sensación de calor me recorrió la columna vertebral—. Graham, por favor —supliqué, pero no sabía si le pedía que se quedara o que se fuera.

—Te necesito —susurró. Estaba delante de mí, con la vista fija en la mía y, aunque todavía no me había tocado, notaba su presencia—. Por favor —suplicó y me levantó la barbilla con el pulgar mientras se mordía el labio inferior—. No me abandones. —Me sujetó por la espalda, por encima de la toalla, y se me detuvo la respiración. Me recorría el cuello con la boca y suspiraba entre beso y beso. Me levantó y eso hizo que se me cayera la toalla al suelo—. Quédate conmigo. Por favor, Lucy, quédate.

Sabía lo difícil que era para él pedirle a alguien que se quedara, pero también conocía las razones por las que no lo podía hacer.

Mi mente bullía cuando me apretó contra él y se metió en la bañera, donde nos cayó el agua encima. Me mordió un pecho con los labios antes de llevarse el pezón a la boca y chuparlo con fuerza. Se me nubló la mente cuando me empujó contra la pared de la bañera; la ropa se le empapaba y se le pegaba al cuerpo.

—Gra... —Me notaba mareada, débil, feliz, excitada. Muy excitada...

Sus dedos bajaron por mi pecho, por mi barriga y los metió en mi interior con urgencia, con ganas, con dolor.

—No me dejes, Lucille, por favor. No puedo perderte —susurró contra mis labios antes de explorar mi boca con su lengua—. Te necesito más de lo que te crees. Te necesito.

Todo se aceleró: sus movimientos, sus agarrones, sus dedos, su lengua. Me apresuré a desabrocharle los vaqueros, que cayeron al fondo de la bañera, y le acaricié la erección por encima de los bóxers empapados. Cuando se los quitó, sacó los dedos de mi interior y me miró fijamente a los ojos.

Tomamos una decisión que añadimos a nuestra lista de errores. Usamos el cuerpo del otro para elevarnos. Cada vez volábamos más alto a medida que nos tocábamos, gemíamos y suplicábamos Ascendí cuando me agarró las nalgas y me estampó contra la pared de azulejos. Grité cuando me penetró, centímetro a centímetro, y me llenó con un calor indescriptible. Besaba como los ángeles y hacía el amor como un dios. Mientras nos caía el agua encima, yo rezaba en silencio para poder tener aquello siempre y para toda la vida, Graham y yo juntos. El corazón me decía que lo amaría toda la vida. La cabeza me decía que solo me quedaban unos instantes con él y que debía disfrutarlos. Y las entrañas...

Me decían que tenía que dejarlo.

Mientras seguía haciéndole el amor a cada centímetro de mi cuerpo, llevó sus labios hasta mi oreja. Su respiración caliente me rozaba al hablar:

—Aire encima de mí... —Me agarró un pecho y me pellizcó con suavidad el pezón—. Tierra debajo de mí...

—Graham —dije entre dientes, aturdida, confusa, culpable, enamorada.

Enredó sus dedos en mi pelo y tiró un poco de él, lo que me hizo doblar el cuello. Una chispa de electricidad me recorrió la columna cuando se puso a chuparme la piel.

—Fuego dentro de mí... —Siguió penetrándome, más profundo y con más fuerza. Tenía el control de la velocidad, de sus deseos y de nuestro amor. Me llevó a la otra pared y el agua ardiente nos golpeó mientras yo gritaba su nombre entre gemidos y él seguía hablándole a mi cuello—: Agua alrededor de mí...

—Por favor —supliqué, flotaba ya en el límite de la fantasía y sentía cómo nuestro último error se elevaba hasta la cúspide cuando puso una mano contra la pared y la otra en mi cintura. Tenía los brazos tensos y cada músculo se marcaba con líneas claras y bien definidas. Nuestras miradas se cruzaron y empecé a temblar. Estaba tan cerca... tan cerca del éxtasis, tan cerca de nuestro último adiós—. Por favor, Graham —dije entre dientes, sin saber si le suplicaba que me dejara ir o que me retuviera para siempre.

Lanzó su boca contra la mía y me besó con más intensidad que nunca, y supe, mientras su lengua bailaba con la mía y me besaba con sus penas y su amor, que él también sabía lo cerca que estábamos del adiós. Él también intentaba mantener el subidón que ya rozaba el suelo.

Él me besaba para despedirse y yo lo besaba para rascar unos segundos más. Él me besaba para entregarme su amor y yo lo besaba para darle el mío. Él me besaba con su siempre y yo lo besaba con mi para toda la vida.

Tras ascender a lo más alto, descendimos y nos estampamos contra lo más bajo, pero no sin que antes su aire se convirtiera en mi respiración y su tierra fuera mi suelo. Sus llamas eran mi fuego, su sed era mi agua, ¿y su espíritu?

Su espíritu se convirtió en mi alma.

Entonces, nos preparamos para la despedida.

※

—No pensé que sería tan difícil —susurré al oír los pasos de Graham detrás de mí cuando estaba en la habitación de Talon, donde la niña dormía tranquilamente. La idea de no estar allí para verla crecer hacía que me doliera el pecho más que nunca.

—Puedes despertarla —dijo Graham, que se apoyó en el marco de la puerta.

—No. —Sacudí la cabeza—. Si le veo los ojitos nunca podré marcharme. —Me enjugué las lágrimas que me caían de los ojos y respiré hondo para observar a Graham. Cuando nos miramos, lo único que queríamos era estar juntos, ser una familia, ser uno solo. Sin embargo, a veces uno no recibe lo que quiere.

—Ya ha llegado el taxi, pero puedo llevarte yo al aeropuerto —ofreció.

Al final había dado el salto y había gastado todas las monedas de los tarros llenos de negatividad que había recogido a lo largo de los años. Iba a hacer el viaje a Europa que siempre habíamos soñado Mari y yo. Tenía que marcharme tan lejos como pudiera, porque sabía que, si mi corazón seguía en el mismo continente que Graham, encontraría la forma de volver con él.

—No, no te preocupes, de verdad. Es más fácil así. —Me puse los dedos contra los labios, los besé y se los puse a Talon en la frente—. Te quiero más de lo que el viento quiere a los árboles, cielito, y siempre estaré aquí para ti, incluso cuando no me veas.

Cuando caminé hacia Graham, se me acercó como para darme un abrazo, como para alejar mi pena, pero no le iba a dejar. Sabía que, si caía en sus brazos, le suplicaría que no me dejara ir nunca. Me ayudó a sacar las maletas y a cargarlas en el coche.

—No te voy a decir adiós —dijo y me cogió las manos. Se llevó mis palmas a los labios y las besó con suavidad—. Me niego a decirte adiós. —Me soltó y se fue hacia el porche y, justo cuando iba a abrir la puerta del taxi, me llamó. Abrió la boca para decir—: ¿Cuál es el secreto, Lucille?

—¿Qué secreto?

—El de tu infusión: ¿cuál es el ingrediente secreto?

Fruncí el ceño y me mordí el labio inferior. Mis pies echaron a andar hacia él. Cuanto más me acercaba, más caminaba él hacia mí. Cuando estábamos el uno frente al otro, le estudié los ojos de color caramelo, un color que nunca volvería a ver, y me guardé esa mirada junto al corazón. Recordaría esos ojos todo lo que pudiera.

—Dime qué ingredientes crees que lleva y después te diré cuál te falta.

—¿Me lo prometes?

—Te lo prometo.

Cerró los ojos y empezó a enumerarlos:

—Canela, jengibre, limón.

—Sí, sí, sí.

—Guindilla roja, azúcar, pimienta negra.

—Ajá —solté mientras algún que otro escalofrío me recorría la columna vertebral.

—Y extracto de pipermín. —Cuando abrió los ojos, me miró como si pudiera ver una parte de mí que yo todavía tenía que descubrir.

—Todo eso es correcto —dije.

Sonrió y casi lloré, porque cuando sonreía siempre me sentía como en casa.

—¿Y bien? ¿Qué es? —preguntó.

Miré alrededor para asegurarme de que nadie podía oírnos y me incliné hacia él; le rocé un poco la oreja con los labios.

—Tomillo —dije y me alejé de con una sonrisa, lo que le hizo fruncir el ceño—. Una pizca de tomillo.

—Tomillo. —Asintió lentamente y se alejó de mí.

—Disculpe, señora, pero no puedo esperar aquí todo el día —dijo el taxista.

Me volví hacia él y asentí antes de volver la vista hacia Graham, que todavía me miraba.

—¿Alguna última palabra? —bromeé; los nervios me revolvían el estómago.

Entrecerró los ojos y me puso el pelo detrás de las orejas.

—Eres el mejor ser humano de todos los seres humanos.

Tragué con dificultad. Lo echaba de menos. Lo echaba mucho de menos, aunque estaba allí, justo enfrente de mí. Todavía podía estirar el brazo y tocarlo, pero, por alguna razón, cada vez lo notaba más lejos.

—Algún día te alegrarás de que lo nuestro no haya funcionado —prometí—. Algún día te levantarás con Talon a la izquierda y alguien más a la derecha y te darás cuenta de lo feliz que eres porque lo nuestro no funcionara.

—Algún día me despertaré —replicó con el rostro sombrío—
y estarás tú a mi lado.

Mi mano viajó hasta su mejilla y mis labios se colocaron sobre
los suyos.

—Eres el mejor ser humano de todos los seres humanos. —Una
lágrima me cayó por la mejilla y lo besé despacio, y me detuve en
sus labios un segundo antes de dejarlo ir—. Te quiero, Graham
Cracker.

—Te quiero, Lucille.

Cuando abrí la puerta del taxi y me metí dentro, Graham me
llamó una última vez.

—¿Sí?

—Tiempo —dijo con dulzura.

—¿Tiempo?

Levantó el hombro izquierdo, pero rápido lo dejó caer.

—Una pizca de tiempo.

Capítulo 32

Graham

Esa noche me desperté de un sueño solo para encontrarme con una pesadilla.

El lado izquierdo de mi cama estaba vacío y Lucy volaba en un avión y se alejaba de mí. Había tenido que hacer de tripas corazón para no suplicarle que se quedara cuando llegó el taxi. Me había costado cada gramo de mi ser no permitir que la gravedad me hiciera caer de rodillas. Si se hubiera quedado, no habría dejado que se volviera a ir. Si se hubiera quedado, habría empezado todo de cero y habría aprendido a quererla más de lo que ya la quería. Si se hubiera quedado, siempre habría estado flotando, pero sabía que no lo iba a hacer, que no podía. En mi situación actual no había manera de que pudiera retenerla ni darle el amor que se merecía.

Ella era mi libertad, pero yo era su jaula.

Estaba tumbado en la cama, me dolía el pecho por la nostalgia que sentía en el corazón y casi me derrumbé en ese momento y en ese lugar. Casi dejé que mi corazón se endureciera hasta quedar como estaba antes de que Lucy llegara a mi vida, pero en ese momento se puso a llorar una preciosa niñita en su cuarto y fui corriendo hasta allí. Al llegar, alargó los brazos hacia mí y dejó de llorar al instante.

—Hola, amor mío —susurré y se acurrucó contra mí, apoyó la cabecita en mi pecho.

Volvimos a mi habitación, nos tumbamos y, en unos minutos, ya estaba durmiendo. Su respiración subía y bajaba y roncaba un poco mientras se acurrucaba encima de mí.

Fue entonces cuando recordé que derrumbarse no era una opción. Recordé por qué no me podía permitir caer en un pozo de soledad: no estaba solo. Tenía la razón más hermosa para seguir adelante.

Talon era mi salvadora y me había prometido a mí mismo que sería su papá, no solo su padre. Cualquiera podía ser su padre, pero hacía falta un hombre de verdad para colocarse en el papel de papá. Y eso se lo debía. Se merecía tenerme al cien por cien.

Cuando se agarró a mi camiseta y encontró sueños que la consolaron, yo también me permití descansar.

Me asombraba cómo funcionaba el amor.

Me asombraba cómo mi corazón podía estar tan roto y, a la vez, tan lleno.

Esa noche, mis peores pesadillas y mis sueños más bonitos se entremezclaron y mantuve a mi hija abrazada a mí como recordatorio de por qué debía levantarme a la mañana siguiente, como el sol.

⨯⨉

Jane trajo sus cosas a casa a la semana siguiente. Se puso cómoda en una casa que no le guardaba ningún aprecio. Iba de aquí para allí haciendo cosas como si supiera lo que estaba haciendo y, cada vez que cogía a Talon, me tensaba.

—Esperaba que pudiéramos salir a cenar los tres, Graham —dijo mientras deshacía las maletas en mi habitación. Me importaba tan poco que ni le dije que no durmiera en mi habitación. Yo dormiría en la habitación de la niña, con mi hija—. Nos iría bien para conectar de nuevo.

—No.

Levantó la vista, perpleja.

—¿Qué?

—He dicho que no.

—Graham...

—Solo quiero dejarte una cosa clara, Jane. No te he elegido a ti. No quiero nada contigo. Puedes vivir en mi casa, puedes coger a mi hija, pero tienes que entender que ni una pizca de mí te quiere a ti. —Cerré los puños y fruncí el entrecejo—. La he elegido a ella. He elegido a mi hija y la elegiré a ella cada segundo de cada día del resto de mi vida porque es mi todo. Así que deja de hacer ver que seremos felices y comeremos perdices. No eres mi frase final, no eres mi última palabra. Solo eres un capítulo que me encantaría poder borrar.

Me volví y me alejé de ella. La dejé perpleja, pero me daba igual. Aprovecharía todos los instantes que pudiera para tener a mi hija en brazos.

Un día, de alguna manera, Lucy volvería a nosotros.

Porque ella estaba destinada a ser mi última palabra.

—No deberías estar aquí —dijo Mari cuando entré en los Jardines de Monet.

Me quité el sombrero y asentí.

—Lo sé.

Se irguió y cambió el peso de una pierna a la otra.

—Deberías irte. No me siento a gusto contigo por aquí.

Asentí una vez más.

—Lo sé. —Sin embargo, me quedé, porque a veces lo más valiente que podía hacer uno era quedarse—. ¿Él te quiere?

—¿Perdona?

Apreté el sombrero contra el pecho.

—He dicho que si él te quiere. ¿Tú le quieres?

—Escucha…

—¿Te hace reír con tanta fuerza que te hace echar la cabeza hacia atrás? ¿Cuántas bromas son solo vuestras? ¿Intenta cambiarte o inspirarte? ¿Eres lo suficiente buena para él? ¿Te hace sentir que vales la pena? ¿Es lo suficiente bueno para ti? ¿A veces te preguntas, cuando estás a su lado en la cama, por qué sigues allí? —Hice una pausa—. ¿La echas de menos? ¿Te hacía reír con tanta fuerza que te hacía echar la cabeza hacia atrás? ¿Cuántas bromas eran solo vuestras? ¿Intentaba cambiarte o inspirarte? ¿Eras lo suficiente buena para ella? ¿Te hacía sentir que vales la pena? ¿Era lo suficiente buena para ti? ¿A veces te preguntas, cuando estás en la cama, por qué se ha ido?

El cuerpecito de Mari se puso a temblar con las preguntas. Abrió la boca, pero no le salió ninguna palabra.

Así que seguí hablando:

—Estar con alguien con quien se supone que no estarías si no fuera por miedo a estar sola no merece la pena. Te aseguro que te pasarás la vida más sola junto a él que sin él. El amor no aparta. El amor no asfixia. Hace que el mundo florezca. Eso me lo enseñó ella. Me enseñó cómo funciona el amor y estoy seguro de que a ti también.

—Graham —dijo Mari en voz baja mientras las lágrimas le caían por las mejillas.

—Nunca he querido a tu hermana mayor. Estuve aletargado durante años y Jane solo fue otra forma de letargo. Ella tampoco me ha querido nunca. En cambio, Lucille... es mi mundo. Es todo lo que necesitaba y mucho más de lo que me merezco. Sé que quizás no lo entiendas, pero lucharé por su corazón el resto de mi vida si eso significa que recuperará su sonrisa. Por eso estoy ahora mismo aquí en tu tienda, Mari, para preguntarte si lo amas. Si él es todo lo que sabes que es el amor, quédate. Si él es tu Lucille, no te alejes de él ni un segundo. Sin embargo, si no lo es... aunque solo una brizna de tu alma dude de que es el elegido, corre. Necesito que corras junto a tu hermana. Necesito que luches conmigo por la única persona que siempre ha estado ahí, incluso cuando no nos debía nada. Yo ahora mismo no puedo estar con ella y va por el mundo con el corazón partido por la mitad. Así que aquí estoy, he venido a verte para luchar por ella. Aquí estoy, suplicándote que la elijas a ella. Te necesita, Mari, y voy a dar por supuesto que tu corazón también la necesita a ella.

—Yo... —Se desmoronó y se tapó la boca con las manos sin poder parar de temblar—. Todo lo que le he dicho... La forma en que la he tratado...

—No pasa nada.

—Sí que pasa —dijo y sacudió la cabeza—. Era mi mejor amiga y la aparté, a ella y a sus sentimientos. Los elegí a ellos antes que a ella.

—Fue un error.

—Fue una decisión y nunca me lo perdonará.

Hice una mueca y entrecerré los ojos.

—Mari, estamos hablando de Lucille. Lo único que conoce es el perdón. Sé dónde está ahora mismo. Te ayudaré a ir hasta allí y hacer todo lo que necesites para recuperar a tu mejor amiga. Me ocuparé de todos los detalles. Solo tienes que correr.

Capítulo 33

Lucy

Los jardines de Monet de Giverny lo eran todo y más. Pasé tiempo caminando por el campo, oliendo las flores y captando las vistas día tras día. En esos jardines casi me sentía yo misma. Estar rodeada de tanta belleza me recordaba los ojos de Talon, la sonrisa torcida de Graham, mi hogar.

Al caminar por un sendero de piedra, sonreí a todos los transeúntes que disfrutaban de la experiencia de los jardines. A veces me preguntaba de dónde venían. ¿Qué los había llevado hasta el punto en el que se encontraban en ese momento? ¿Cuál era su historia? ¿Habían amado alguna vez? ¿El amor los había consumido? ¿Habían escapado?

—Garbancito.

Se me encogió el corazón al oír esa palabra y al reconocer la voz que la había pronunciado. Me volví y se me salió el corazón por la boca al ver a Mari allí de pie. Quería acercarme, pero los pies no me respondían. El cuerpo no se me movía. Me quedé quieta, igual que ella.

—Yo... —empezó a decir, pero se le quebró la voz. Agarraba con fuerza un sobre contra el pecho y lo intentó de nuevo—: Me dijo que estarías aquí. Dijo que visitabas esto cada día. Lo único que no sabía era a qué hora. —No dije nada. A Mari se le inundaron los ojos de lágrimas e hizo un esfuerzo por no venirse abajo—. Lo siento mucho, Lucy. Siento haber perdido el rumbo. Siento haberme conformado. Siento haberte alejado. Solo quiero que sepas que he dejado a Parker. La otra noche estaba con él en la cama y me abrazaba con fuerza. Me tenía abrazada contra él, pero sentí que me derrumbaba. Cada vez que me decía que me quería, me sentía menos yo misma. Estaba tan cegada por la realidad que dejé que mi miedo a estar sola me condujera de nuevo a los brazos de un hombre que no me merece. Estaba tan preocupada por sentirme querida que ni siquiera me preocupaba por querer. Entonces, te alejé de mí. Has sido la única constante en mi vida y no me puedo creer que te haya hecho el daño que te he hecho. Lucy, eres mi mejor amiga, eres mis latidos y lo siento, lo siento, lo...

No tuvo tiempo de decir nada más antes de que la rodeara con los brazos y la abrazara con fuerza. Sollozaba en mi hombro y yo no la soltaba.

—Lo siento mucho, Lucy. Lo siento mucho todo.

—Chsss —susurré, y la apretujé más—. No tienes ni idea de lo genial que es verte, guisantito.

Suspiró aliviada.

— No tienes ni idea de lo genial que es verte, garbancito.

Tras un rato para tranquilizarnos, cruzamos uno de los muchos puentes de los jardines y nos sentamos con las piernas cruzadas. Me entregó el sobre y se encogió de hombros.

—Me dijo que te diera esto y que no te dejara salir de los jardines hasta que no te leyeras todas las páginas.

—¿Qué es?

—No lo sé —dijo y se puso de pie—. Sin embargo, me pidió que te dejara tiempo para leerlo sola. Voy a dar una vuelta y nos vemos aquí cuando acabes.

—Vale, me parece bien.

Abrí el paquete y dentro había un manuscrito titulado *La historia de G. M. Russell*. Inspiré con fuerza: su autobiografía.

—Ah, y, Lucy —llamó Mari, y me volví en su dirección—. Me equivoqué con él. Su forma de quererte es inspiradora. Tu forma de quererlo es impresionante. Si alguna vez tengo la suerte suficiente de sentir tan solo una cuarta parte de lo que sentís vosotros, moriré feliz.

Cuando se fue, respiré hondo y empecé el capítulo uno. Los capítulos fluían con facilidad. Cada frase era importante. Cada palabra era necesaria. Leí la historia de un chico que se convertía en un monstruo y que, poco a poco, aprendía a amar de nuevo. Entonces, llegué al capítulo final.

La boda

Le sudaban las manos y su hermana, Karla, le enderezaba la corbata. Nunca hubiera pensado que podría estar tan nervioso por tomar la mejor decisión de su vida. En toda su vida, nunca se hubiera imaginado enamorarse de ella.

Una mujer que lo sentía todo.

Una mujer que le enseñaba lo que significaba vivir, respirar, amar.

Una mujer que se convertía en su fortaleza en los días grises.

Había cierto romanticismo en cómo se movía por el mundo, en cómo bailaba de puntillas y en cómo se reía sin importarle parecer ridícula. Había mucha verdad en su forma de mantener la mirada, en su forma de sonreír.

Esos ojos.

Por Dios, podría mirarla a los ojos el resto de su vida.

—¿Eres feliz, Graham? —preguntó Mary, su madre, que entró en la habitación y vio que los ojos de su hijo brillaban por la emoción.

Por primera vez en su vida, la respuesta le salió sin dificultad:

—Sí.

—¿Estás preparado? —preguntó ella.

—Sí.

Su madre lo cogió por un brazo y Karla por el otro.

—Pues vamos a por la chica.

Llegó al altar, a esperar que lo acompañara la mujer que amaría siempre, pero primero le tocaba el turno a su hija.

Talon fue hasta el altar tirando pétalos de rosa y dando vueltas con un hermoso vestido blanco. Era su ángel, su luz, su salvadora. Cuando llegó al final, corrió hacia su padre y lo abrazó con fuerza. Él la cogió en brazos y esperaron. Esperaron a que ella los acompañara. Esperaron a que sus miradas se cruzaran y, cuando lo hicieron, el alma de Graham de quedó sin aliento. Estaba preciosa, pero eso no era ninguna sorpresa. Toda ella era impresionante, real, fuerte y amable. Verla caminando hacia él, hacia su nueva vida juntos, lo cambió en ese instante. En ese instante, él le prometió a ella todo su ser, incluso las grietas, que, después de todo, era por donde pasaba la luz.

Cuando estuvieron juntos, se cogieron de las manos como si fueran uno. Cuando llegó la hora, él abrió la boca para pronunciar las palabras con las que había soñado:

—Yo, Graham Michael Russell, te tomo a ti, Lucille Hope Palmer, como esposa. Te prometo todo, mi pasado fracturado, mi presente lleno de miedos y todo mi futuro. Soy tuyo antes que mío. Eres mi luz, mi amor, mi destino. Aire encima de mí, tierra debajo de mí, fuego dentro de mí, agua alrededor de mí. Te entrego toda mi alma. Te entrego todo mi ser.

Y, entonces, de la manera más cliché y en todas las facetas de sus vidas, fueron felices y comieron perdices.

Fin

Me quedé mirando sus palabras con las manos temblorosas y con lágrimas que me caían por las mejillas.

—Tiene un final feliz —susurré para mí, sorprendida. Graham nunca había escrito un final feliz.

Hasta que me conoció a mí.

Hasta que hubo un «nosotros».

Hasta ese momento.

Me levanté del puente y me apresuré a encontrar a mi hermana.

—Mari, tenemos que volver.

Me dirigió una amplia sonrisa y asintió con conocimiento de causa.

—Esperaba que dijeras eso. —Se quitó el collar con forma de corazón que mamá me había regalado y me lo volvió a poner alrededor del cuello—. Venga —dijo con dulzura—. Volvamos a casa.

Capítulo 34

Lucy

Estaba en el porche de Graham y me latía el corazón con fuerza. No estaba segura de lo que habría al otro lado de la puerta, pero, fuera lo que fuera, sabía que no me haría huir. Me iba a quedar. Me iba a quedar siempre y para toda la vida.

Llamé a la puerta unas cuantas veces y también al timbre, luego esperé.

Y esperé.

Y esperé un poco más.

Al girar el pomo, me sorprendió que estuviera abierto.

—Hola —grité.

La estancia estaba oscura y era obvio que Graham no estaba. Cuando oí pasos me tensé. Lyric se acercó corriendo desde la habitación con dos maletas en las manos. Al principio no me vio y cuando levantó la vista pude ver el pánico en sus ojos.

—Lucy —dijo sin aliento. Llevaba el pelo sin peinar, igual que el de mamá, y tenía los ojos inyectados en sangre. Sabía que no le debía nada. Sabía que no tenía nada que decirle, ni consuelo que ofrecerle.

Sin embargo, sus ojos, sus hombros caídos…

A veces la gente más fea era la que estaba más rota.

—¿Estás bien? —pregunté.

Se rio y le cayeron unas lágrimas de los ojos.

—Como si te importara.

—¿Por qué piensas que te odio? —solté—. ¿Por qué narices me odias tú?

Cambió el peso de una pierna a la otra y se irguió.

—No sé de qué me hablas.

—Claro que sí, Lyric. No sé por qué, pero siempre has tenido un problema conmigo, sobre todo después de la muerte de mamá. Nunca he entendido el porqué. Siempre te he admirado. —Resopló sin creerme—. De verdad.

Abrió la boca y, al principio, no le salió ninguna palabra, pero lo intentó de nuevo:

—Te quería más a ti, ¿vale? Ella siempre te quiso más a ti.

—¿Qué? Eso es ridículo. Nos quería a las tres por igual.

—No, no es verdad. Tú eras su corazón. Siempre hablaba de ti, de lo libre que eras, de lo lista que eras, de lo increíble que eras. Eras su luz.

—Lyric, ella te quería.

—Estaba celosa. Me molestaba cómo te quería y luego he vuelto aquí y él también te quiere a ti. Todo el mundo siempre te ha querido a ti, Lucy, y a mí me han dejado sin amor.

—Yo siempre te he querido, Lyric —dije. Me dolía el pecho por el sufrimiento de su voz.

Se rio sin creerme mientras le temblaba el cuerpo y las lágrimas le resbalaban por las mejillas.

—¿Sabes lo último que me dijo mamá cuando estaba en su lecho de muerte y le sujetaba la mano?

—¿Qué?

—«Ve a buscar a tu hermana» —dijo, y se le quebró la voz—. «Quiero a Lucy».

Yo también lo sentí. Sentí que esas palabras le habían resquebrajado el corazón a mi hermana y que nunca había sido capaz de recomponerlo.

—Lyric… —empecé a decir, pero sacudió la cabeza.

—No. Se acabó. Estoy harta. No te preocupes, puedes recuperar tu vida. Este no es mi sitio. No hay nada en esta casa que me haga sentir que es mi hogar.

—¿Te vas? —pregunté confusa—. ¿Sabe Graham que te vas?

—No.

—Lyric, no los puedes abandonar otra vez.

—¿Por qué? Ya lo hice antes. Además, ni él me quiere aquí ni yo quiero estar aquí.

—Pero al menos podías haber dejado una nota como la última vez —dijo Graham, lo que nos hizo volvernos. Cuando nuestras miradas se cruzaron, noté que mi corazón recordaba cómo latir.

—No pensé que fuera necesario —dijo Lyric y agarró las asas de las maletas.

—Vale, pero antes de que te vayas, espera un segundo —dijo Graham, que se me acercó con Talon en brazos—. Lucille —susurró. Tenía los ojos llenos de la misma dulzura que había visto unos pocos meses atrás.

—Graham *Cracker* —repliqué.

—¿Puedes cogerla en brazos? —preguntó.

—Claro —respondí.

Se fue a su despacho y cuando volvió sujetaba unos papeles y un bolígrafo.

—¿Qué es eso? —preguntó Lyric cuando le tendió los papeles.

—Los papeles del divorcio y otros documentos legales que me garantizan la custodia total de Talon. No vas a irte de nuevo sin hacer esto bien, Jane. No vas a largarte y jugar con la posibilidad de llevarte a mi hija. —Su tono de voz era serio, pero no mezquino; directo, pero no frío.

Ella abrió la boca como si fuera a discutirle, pero cuando miró a Graham seguramente se fijó en su mirada. Sus ojos siempre le contaban a la gente todo lo que tenían que saber. Estaba claro que él nunca sería suyo y, al final, Lyric comprendió que nunca lo había querido de verdad. Asintió poco a poco.

—Los firmaré en tu mesa —dijo y se dirigió a su despacho.

Cuando estuvo fuera de nuestra vista, vi el gran suspiro que soltó Graham.

—¿Estás bien? —pregunté.

Me besó para decirme que sí.

—Has vuelto a mí —susurró; nuestros labios se tocaban.

—Siempre volveré.

—No —dijo muy serio—. No te vayas nunca más.

Cuando Lyric volvió, nos dijo que los papeles estaban firmados y que ya no nos daría más problemas. Cuando salió por la puerta principal, la llamé.

—Las últimas palabras de mamá para mí fueron: «Cuida de Lyric y Mari. Cuida de tus hermanas. Cuida de mi Lyric, de mi canción favorita». Tú fuiste su último pensamiento. Tú fuiste su último aliento, su última palabra.

Las lágrimas le resbalaban por las mejillas y asintió en señal de agradecimiento por una tranquilidad que solo yo podía darle a su alma. Si hubiera sabido lo que le pesaba tanto en el corazón, se lo habría dicho hacía años.

—Le he dejado un regalo a Talon —dijo—. He pensado que sería mejor para ella de lo que lo fue para mí. Está sobre su mesita de noche. —Sin más palabras, Lyric desapareció.

Cuando fuimos a la habitación de la niña, me llevé la mano al pecho al ver el regalo que Lyric le había dejado a su hija: la cajita de música con una bailarina que mamá le había dado a ella. Tenía una nota encima y me puse a llorar cuando leí las palabras del papel: «Baila siempre, Talon».

Capítulo 35

Lucy

Cuando llegó Navidad, Graham, Talon y yo la celebramos tres veces. El día empezó con nosotros abrigados y tomando café en el jardín trasero junto al árbol de Ollie. Graham visitaba el árbol cada día, se sentaba y le hablaba a su mejor amigo, a su padre, y le contaba cómo estaba creciendo Talon, cómo estaba creciendo él y cómo nos iba a nosotros. Me encantaba esa conexión, era como si Ollie, de algún modo, viviera para siempre.

Era precioso ver su árbol allí de pie y bien alto todas las mañanas y todas las noches.

Por la tarde, fuimos a casa de Mary para celebrar el día con su familia. Mari se apuntó y estuvimos todos unidos, riendo, llorando y recordando. La primera Navidad sin un ser querido siempre era la más dura, pero cuando estabas rodeado de amor, las heridas dolían un poco menos.

Esa noche, Graham, Talon y yo llenamos el coche para ir a pasar el resto del día con el árbol de mamá. Mari nos dijo que se encontraría con nosotros allí unas horas más tarde. Me pasé todo el camino hacia la cabaña mirándome la mano, que estaba cogida a la de Graham. Mi aire, mi fuego, mi agua, mi tierra, mi alma.

No sabía que un amor pudiera ser tan real.

—Vamos a hacerlo, ¿verdad? —susurré y miré hacia atrás, hacia Talon, que dormía en el asiento trasero—. Me refiero a estar siempre enamorados.

—Siempre —prometió y me besó la palma de la mano—. Siempre.

Cuando nos detuvimos en la cabaña, todo estaba cubierto de nieve. Graham saltó del coche y se fue corriendo hacia el árbol con la sillita de coche de Talon en la mano.

—Graham, deberíamos entrar. Hace frío.

—Al menos deberíamos decir hola —dijo sin apartar la vista del árbol—. ¿Puedes encender las luces? Me preocupa que si dejo la sillita en el suelo Talon se ponga a llorar.

—Claro —dije y corrí contra el viento helado. Al encenderlas, me volví hacia el árbol de mamá y se me encogió el corazón al ver que las luces mostraban unas palabras que me cambiarían la vida para siempre: «¿Quieres casarte conmigo?».

—Graham —susurré temblando, y poco a poco me volví hacia él. Entonces, lo vi con una rodilla en el suelo y sujetando un anillo.

—Te amo, Lucy —dijo; era la primera vez que no me llamaba Lucille—. Amo tu generosidad, tu preocupación, tu risa y tu sonrisa. Amo tu corazón y cómo late por el mundo. Antes de conocerte estaba perdido y gracias a ti encontré el camino a casa. Eres la razón por la que creo en el mañana. Eres la razón por la que creo en el amor y no pienso dejarte escapar nunca. Cásate conmigo. Cásate con Talon. Cásate con nosotros.

Se me llenaron los ojos de lágrimas al estar allí frente a él. Me agaché para arrodillarme a su lado. Lo abracé y lo apreté contra mí mientras no dejaba de susurrarle que sí; el mundo viajaba directamente desde mis labios hasta su alma.

Me puse el anillo en el dedo sin soltarme y el corazón me latía con fuerza porque sabía que por fin se había hecho realidad mi mayor expectativa.

Por fin echaba raíces en un hogar cálido.

—¿Así que este es nuestro «fueron felices y comieron perdices»? —pregunté en voz baja, mis labios rozando los suyos.

—No, cariño, este es solo nuestro primer capítulo.

Cuando me besó juraría que, en la oscuridad de la noche, noté el calor del sol.

Epílogo

Graham

Seis años después

—¿Era tu mejor amigo, papi? —preguntó Talon mientras me ayudaba a cavar por el jardín. El sol del verano nos daba en la cara al coger pimientos verdes y tomates para la cena de esa noche.

—Sí, mi mejor amigo —contesté con la rodilla clavada en la tierra. Los girasoles que habíamos plantado hacía meses estaban tan altos como Talon. Cada vez que soplaba el viento, las flores que había elegido Lucy despertaban nuestros sentidos.

—¿Me puedes explicar otra vez su historia? —pidió y dejó su pala en el suelo. Entonces agarró un pimiento verde y le dio un mordisco como si fuera una manzana, como hacía su madre. Si estaba dentro y no las encontraba, normalmente era porque estaban en el patio trasero comiendo pepinos, pimientos y ruibarbos.

«La tierra es buena para el alma», bromeaba siempre Lucy.

—¿Otra vez? —pregunté con una ceja levantada—. ¿No te la conté justo ayer por la noche antes de irte a dormir?

—*Maktub* —replicó ella con una sonrisa pilla—. Significa que todo está escrito, lo que significa que me la tienes que contar otra vez.

Reí.

—¿En serio? —pregunté, me acerqué a ella y la achuché.

Rio.

—¡Sí!

—Venga, vale, ya que al fin y al cabo todo está escrito —bromeé. La llevé hasta el árbol del profesor Oliver, donde había tres sillas en fila. Dos sillas grandes y una infantil de plástico. Senté a Talon en su silla y yo tomé asiento en la mía, a su lado—. Todo empezó cuando estaba en la universidad y suspendí mi primer trabajo.

Le conté la historia de cómo llegó el profesor Oliver a mi vida y me plantó una semilla en el corazón que se convirtió en amor. Era mi mejor amigo, mi padre, mi familia. A Talon siempre le encantaba la historia. Me llenaba de amor ver cómo sonreía mientras escuchaba atenta. Escuchaba como Lucy, con todo el corazón y con brillo en los ojos.

Cuando acabé la historia, Talon se levantó, como hacía siempre, caminó hacia el árbol y lo abrazó con fuerza.

—Te quiero, abuelo Ollie —susurró y le dio un beso a la corteza.

—¿Otra vez? —preguntó Lucy, refiriéndose a la historia del profesor Oliver, cuando salía. Se acercó a nosotros caminando como un pato, con su barriga de embarazada muy crecida, y cuando se agachó para sentarse en la silla, suspiró con fuerza como si acabara de correr cinco kilómetros.

—Otra vez. —Sonreí antes de inclinarme para besarla en los labios y en la barriga.

—¿Qué tal la siesta, mamá? —preguntó Talon, a tope de energía. Era increíble verla correr y crecer entusiasmada. Hacía años cabía en la palma de mi mano. Hacía años no estaba claro si sobreviviría y ahora era la misma definición de vitalidad.

—La siesta ha estado bien —contestó Lucy con un bostezo, todavía cansada.

A partir de ese día, aún dormiríamos menos cada noche.

Nunca en mi vida había estado más entusiasmado y preparado.

—¿Necesitas algo? —pregunté—. ¿Agua? ¿Zumo? ¿Cinco *pizzas*? Sonrió y cerró los ojos.

—Solo un poquito de sol.

Los tres nos pasamos horas sentados fuera, empapados de luz solar. Era increíble estar rodeado por la familia.

Familia.

De alguna manera había acabado con una familia. Nunca en mi vida había pensado que acabaría así: feliz. Las dos chicas sentadas a mi lado eran mi mundo y el chiquitín que nacería pronto ya era dueño de mis latidos.

Cuando llegó la hora de hacer la cena, ayudé a Lucy a levantarse y, cuando se puso de pie, los dos nos paramos un segundo.

—Mamá, ¿te has hecho pipí en los pantalones? —preguntó Talon, que miraba a Lucy.

Levanté una ceja al darme cuenta de lo que acababa de pasar.

—¿Hospital? —pregunté.

—Hospital —respondió.

Todo fue diferente a cuando Talon nació. Dimos la bienvenida al mundo a mi hijo, que pesaba tres kilos setecientos. Llegó al mundo chillando, lo que nos permitió a todos saber que tenía unos pulmones fuertes.

A menudo recordaba los instantes más felices de mi vida y me preguntaba cómo alguien como yo tuvo tantas bendiciones. Estaba el momento en que Talon salió de la UCI de neonatos. La primera vez que el profesor Oliver me llamó hijo. La primera vez que Lucy me dijo que me amaba. El instante en el que se aceptaron los papeles de la adopción para que Talon se convirtiera en hija de Lucy y mía. El día de mi boda. Y ese instante en el que sostuve a mi precioso hijo por primera vez.

Oliver James Russell.

Ollie para abreviar.

Volvimos a casa un día después de que naciera Ollie y, antes de ir a dormir esa noche, Talon caminó hasta su hermano, que dormía en los brazos de Lucy, y lo besó en la frente.

—Te quiero, Ollie bebé —susurró, y se me ensanchó el corazón todavía más. Crecía cada día al estar rodeado de mis amores.

Llevé a Talon hasta su cama, aunque sabía que en mitad de la noche vendría a dormir con su madre y conmigo. Cada noche le daba la bienvenida con un abrazo y un beso, porque sabía que llegaría el día en el que no vendría a acostarse a nuestro lado. Sabía que llegaría el día en el que se haría demasiado mayor y demasiado guay para dormir con sus padres. Así que cada vez que venía a nuestra habitación, la agarraba con fuerza y le daba las gracias al universo porque mi hija me enseñara qué era el amor verdadero.

Una vez Talon estuvo arropada, me fui hacia la habitación del bebé, donde Lucy se estaba quedando dormida en el sillón reclinable y Ollie seguía durmiendo. Se lo cogí de las manos y lo puse en la cuna, donde le di un suave beso en la frente.

—Hora de acostarse —le susurré a mi esposa, a quien le di un suave beso en la mejilla y la ayudé a levantarse.

—Hora de acostarse —contestó entre dientes y bostezó mientras la acompañaba a la habitación. Cuando aparté las sábanas de la cama y la acosté, me tumbé a su lado y la abracé con fuerza.

Me rozó el cuello con los labios mientras se acercaba a mí.

—¿Feliz? —Bostezó.

La besé en la frente.

—Feliz —respondí.

—Te quiero, mi Graham *Cracker* —dijo bajito, segundos antes de quedarse dormida.

—Te quiero, mi Lucille —dije, y le besé otra vez la frente.

Esa noche, mientras estábamos acostados en cama, pensé en nuestra historia. En cómo ella me había encontrado cuando estaba perdido, en cómo me había salvado cuando más la necesitaba. En cómo me había obligado a dejar de apartar a la gente y me había demostrado que el amor verdadero no era solo algo de los cuentos de hadas. Me enseñó que el amor verdadero requería tiempo. El amor verdadero requería trabajo. El amor verdadero requería comunicación. El amor verdadero solo crecía si los implicados se tomaban la molestia de nutrirlo, de regarlo, de aportarle luz.

Lucille Hope Russell era mi historia de amor y me prometí a mí mismo que pasaría el resto de mi vida siendo la suya.

Después de todo, *maktub* (todo estaba ya escrito).

Estábamos destinados a vivir felices y a comer perdices mientras nuestros corazones flotaban junto a las estrellas y nuestros pies seguían sobre la tierra firme.

FIN

Agradecimientos

Escribir esta novela ha sido muy duro para mí y mucha gente me ha ayudado a llegar a esa última palabra: «FIN». Sin embargo, hay una chica que de verdad me ha escuchado desmoronarme y luego me ha ayudado a recomponer mis piezas con este libro. Se ha pasado horas al teléfono hablando conmigo y cuando borré setenta mil palabras, me cogió de la mano y me dijo que podía empezar de nuevo y mejorarlo. Staci Brillhart, tú has sido mi apoyo con este libro. Me has mantenido con los pies en la tierra cuando quería salir flotando, has sido un auténtico ángel para mí. No tengo ni idea de cómo he tenido la suerte de conocer a alguien como tú, paciente, solícita y siempre disponible para mí. Pero te agradezco desde lo más profundo de mi corazón el haberme sujetado de la mano y el haber escuchado mis lágrimas. Siempre estaré aquí por si me necesitas, ya sea de día o de noche, amiga mía. Eres la razón por la que creo en lo bueno de este mundo.

A Kandi Steiner y a Danielle Allen, dos mujeres que hacen que se me dispare el corazón. Sois la definición de fuerza, carisma y lealtad. Gracias por leer partes del libro y por escuchar mis ataques de pánico y seguir queriéndome igual. Sois dos de las mejores cosas que provienen del mundo del libro. ¡Os adoro más de lo que se puede expresar con palabras, queridas!

A mi tribu de mujeres que se animan las unas a las otras y se alegran de los éxitos de las demás: ¿cuánta suerte tengo de conocer esa belleza?

A Samantha Crockett: eres mi mejor amiga. Gracias por los memes alentadores para ayudarme a terminar el libro. Gracias por los viajes a Chicago para despejarme la mente. Y gracias por ser mi mejor amiga. Conocerte es una bendición, así como quererte a rabiar. Incluso aunque te gusten los guisantes.

A Talon, Maria, Allison, Tera, Alison, Christy, Tammy y Beverly: sois mi grupo de betas favorito. Gracias por retarme y no dejar que mis palabras se colocaran solo de forma «aceptable». Hacéis que mis historias tengan más fuerza y, gracias a vuestras voces, estoy aprendiendo a encontrar la mía. Daros las gracias no es suficiente, pero ya que no sois lectoras beta de esta parte, no me podéis decir cómo mejorarla, ja, ja, ja.

Muchas, muchas gracias a mis correctores de estilo, Ellie de Love N Books y Caitlin de Editing by. C. Marie. Gracias por darlo todo con mis palabras desordenadas y por limarlas hasta que brillan. Ah, y gracias por lidiar con mis «¡Un segundo, dejadme añadir esto!». Por Dios, que irritante soy.

Virginia, Emily y Alison, las mejores correctoras ortotipográficas del mundo. Por esos pequeños detalles y esas molestas comas que uso en exceso: gracias por ayudarme a arreglar esos errores peculiares. Diría que lo haré mejor la próxima vez, pero me temo que es mentira.

A Staci Brillhart de nuevo, por el espectacular diseño de la cubierta y también por descubrir esa fantástica fotografía (en serio, ¡es un unicornio!) ¡Gracias! Y gracias a Arron Dunworth, el increíble fotógrafo, y a Stuart Reardon, el impresionante modelo de la cubierta que parece salido de otro mundo.

A mi familia y amigos, a quienes sigo gustando a pesar de que me paso buena parte de mi vida escribiendo en una cueva. Gracias por vuestra comprensión cuando a veces dejo una conversación a medias para ir hasta mi libreta a apuntar palabras al azar. Gracias por vuestra comprensión cuando a veces escucho las mismas canciones una y otra vez al escribir ciertas escenas. Y gracias por quererme, incluso los días (bueno, semanas) en los que no hago la cama o no me maquillo. Vivir con una escritora zombi debe de ser raro, pero, de todas formas, me queréis. Raritos.

Y, finalmente, a ti. Y a ti. Y a ti. Gracias por leer el libro. Gracias por darme una oportunidad. Sin todos vosotros, lectores y blogueros, solo sería una chica con un sueño y una novela sin leer. Me habéis cambiado la vida. Gracias por motivarme a mejorar con cada novela. Gracias por aparecer cuando más os necesito. Gracias por los mensajes que a veces tardo semanas en contestar (os juro que los leo todos). Gracias por amar la palabra escrita y por sacar tiempo para abrir mis libros. Os querré siempre y para toda la vida. Sois mis Lucilles del mundo. Sois mi corazón. Sois mis seres humanos preferidos de todos los seres humanos.

Maktub.

También de Brittainy Cherry

BRITTAINY CHERRY

El AIRE *que* RESPIRA

Serie
LOS ELEMENTOS

wonderbooks

BRITTAINY CHERRY

El FUEGO que NOS UNE

Serie
LOS ELEMENTOS

🦄 wonderbooks

BRITTAINY CHERRY

El
SILENCIO
bajo el
AGUA

Serie
LOS ELEMENTOS

wonderbooks

Sigue a Wonderbooks
en www.wonderbooks.es
en nuestras redes sociales
y suscríbete a nuestra *newsletter*.

Acerca tu teléfono móvil a los códigos QR y
empieza a disfrutar de información anticipada
sobre nuestras novedades, contenidos y ofertas
exclusivas.